病葉《わくらば》流れて

白川　道

JN276398

幻冬舎文庫

病葉《わくらば》流れて

かつて新芽だったことがある。

かつて新葉だったことがある。

青い色をした仲間たちは、季節がうつろっても、
輝きを失うことはなかった。
仲間たちは、陽の光を、風の香りを、
ごく自然に受けとめていた。

ある日、ふと、疑問が頭をもたげた。
自分の葉脈のなかに流れているものが、
他の仲間たちのそれとは、
どこかちがうのではないか……。

疑問はふくらみ、やがてはじけた。
樹から落ち、腐葉土のなかに身を置いた。

そして自覚した。
病葉……。

そのときから時間の水脈に身を任せた。
どう流れゆこうと、しょせん、
病葉は朽ちるだけだから。

1

三十年前――。

十八歳の春、私は小さなボストンバッグを片手に、プラットホームに降り立った。中央線を下った、国分寺駅から武蔵野の奥へ分け入って行く某私鉄のちっぽけな駅である。

ホームには私に似た、どこか田舎からきのうきょう出てきたばかりのような何人かの若者の姿が見られた。ある者は学生服に身を包み、またある者は春らしい色彩のシャツやセーターで装ってもいた。しかし、どの若者の身体からも、今し方、樹木から新芽を出したばかりとでもいうような初々しい匂いが発散されていた。

そんな若者たちを吐き出すと、まるでおもちゃをおもわせる二両編成の電車は、再び間延びした速度でホームを出ていった。その後ろ姿をぼんやりとした視線で見送ったあと、私は一度大きく息を吸い込んでからボストンバッグを握り直した。

その年の冬はいつになく寒さが厳しく、前年の暮れから何度となく降った雪は、年が明けた二月になっても、まだいぜんとしておもい出したようにその姿を天空に舞わすほどだった。

三月も中旬に入った頃、ようやく春らしい日々が訪れはしたものの、都心をはるか離れたこの武蔵野の一角では、肌に吹いてくる風にどこかまだ冬の名残が感じられた。そのせいか、線路沿いにある陽の当たらない雑木林のあちこちに、白い塊が忘れ物のように残されていた。

私がこの駅に降りるのは、きょうが初めてのことではなかった。ひと月ほど前の二月に、すでに何度か経験していた。大学入試のためである。難関をなんとか凌《しの》ぎ、今こうして再びこの駅に足を降ろすことができたからといって、とりたてて感慨はなかった。それどころか私の胸のなかには、入試のときに覚えた不安感とはまた別の、ある種いいようもない感情が芽生えはじめていた。それは、安堵《あんど》感を枕《まくら》に、まるで重みも中身もない布団を被って横たわっているとでもいうような、そんな漠とした不安だった。

単線で、何駅かの間を上り下りするだけのこの私鉄の駅舎はまるでマッチ箱のようにちゃちなもので、何人かの乗降客の相手をし終えた駅員の姿はもう改札口には見られなかった。

ボストンを片手に改札口を通るとき、私は駅舎のなかをちらりとのぞいた。

制帽を被った中年の駅員が、読みかけの新聞から顔を上げ、私の顔を見るなり小さく顎《あご》をしゃくった。

そこを通り過ぎ、私は目の前に広がる景色をゆっくりと見回した。

春の午後の日差しを浴びて、目の前に十メートル幅の道が一直線に伸びている。道の両側にはゆったりとした間隔で平屋建ての民家が並んでおり、ところどころに灌木《かんぼく》の茂みがある。二百メートルほどの、その行き止まった先に、大きな門と柵がかすかに見えた。樹木の生い茂る敷地の中から、旧い煉瓦《れんが》造りの建物の一角が顔をのぞかせている。私がこれから過ごす学舎だった。駅と学舎の間のその道を何人かの若者たちが行きかっている。

周辺には店らしきものの姿はほとんどない。角に一軒、看板のはげかかった小さな中華そば屋があり、その二、三軒隣にあるのはどうやら寿司屋らしい。そのずっと先にクリーニング屋の看板が掲げてあるのが目につくだけだった。

私はゆっくりと学舎への道の第一歩を踏み出した。二、三十メートル先を、先刻、始発駅で見かけた学生服姿の若者が大きなボストンバッグ二つに足を取られながら歩いている。一休みするように若者が立ち止まった。振り向いた彼の目と視線が合ったとき、ごく自然に私は早足になっていた。

「新入生？」

敬語を避け、できるだけ親愛の情を込めて私は訊《き》いた。

「そうです」

語尾がうわずったような感じで、若者が応えた。

「もしかしたら、君も寮に入るの？」

返事の代わりに、若者が小さくうなずいた。

「じゃ、仲間だ。僕もきょうから入寮するんだ」

梨田《なしだ》雅之《まさゆき》。私は自己紹介をした。つられたように、照れ臭そうな表情を浮かべながら若者も応えた。湯浅《ゆあさ》正己《まさみ》。

「運ぶの手伝うよ」

私は自分のボストンを左手に持ち替え、二つある湯浅のボストンの、紐《ひも》を結《ゆ》わえてある重そうなほうのひとつに右手を伸ばした。

ありがとう……。湯浅は消えいるほどに小さな声でいうと、まぶしそうに私を見た。その眼の輝きは、一瞬、田舎の山奥にいる小動物をおもわせるほどに純なものだった。

そのとき、左手の灌木の陰から、男がいきなり飛び出してきた。あるいはゆっくりと出てきたのかもしれない。だが、そうと感じさせるほどに男のいでたちが派手だったのだ。ジーンズの上にブルーのシャツを着こみ、長髪を垂らしたその首には赤いスカーフを巻きつけている。

「いよっ、若者。学ぶのはフランス語と麻雀だけでいいぞ」

意味不明のことばを私たちに投げると、もう駅のほうへ身を翻している。

なんだ、あれ――。私と湯浅は顔を見合わせた。

「異邦人みたいだね」

湯浅がぽつりといった。

男の飛び出してきたあたりを見ると、灌木の茂みに隠れて、人家らしき建物があった。出入り口らしき開き戸のガラス窓に、つたない手書きの文字で何やら記してある。『麻雀・来々荘』。

私が生まれて初めて目にした、麻雀屋の屋号だった。


春休みのせいだろう、キャンパスには人影がほとんど見られなかった。

「帝国主義打倒」「アメリカはベトナムから出て行け」「沖縄を返せ」――そんないくつかの立て看板だけが私と湯浅を迎えてくれた。

「学生運動には興味があるのかい？」

重いボストンの手を休め、私は湯浅に訊いてみた。

「わからない」湯浅がはにかんだ表情を浮かべた。「だって、今までサイン、コサイン、タンジェントなんてことばかり覚えていたから……」

湯浅の返事に、私は初対面で抱いた彼への親近感がますますふくれてゆくのを覚えた。

「それで、君は？」湯浅が訊いた。

「正義とか社会とか、なんかそういうことばに弱いんだ。照れちゃってね。それに正直なところ、ベトナムの明日どころか、自分の明日すらわかっていない」

湯浅の口元に笑みが浮かんだ。

寮のある場所は、学舎を突っ切った裏手と聞いていた。

その方向に歩いてゆくと、ほどなく噴水の止まった煉瓦造りの溜《た》め池の向こうに、まるで長屋をおもわせる細長い一階建ての木造建物が三棟、東西に並列して並んでいるのが目に入った。そのいずれもが見るからに老朽化している。各棟の合間の物干し場には、下着や布団などがぶら下がっており、その近くの芝生の上では、日向ぼっこをしている何人かの寮生らしき者の姿が見られた。

——ここか。

何がしかの期待と漠とした不安、その二つが胸のなかでせめぎ合うのを感じながら私はその建物を見つめた。

私学ではなく国立を、下宿ではなく寮を。私がそう選択したのに深い理由や意志があったわけではなかった。ありていにいえば実家の家計が苦しかったからだ。その前年の夏、父親の勤める小さな会社は倒産し、どう見ても我が家には経済的なゆとりはありそうにもなかった。

しかし、寮生活をすることに不満があったわけではない。むしろ興味津々《しんしん》たるものがあった。生まれてこのかた親元を離れたことのない私にとって、小説や漫画でしか知ることのない大学の寮生活というのはある種の憧《あこが》れを抱かせるに十分な存在だったからだ。

玄関を入ると、受付の窓口にいた持ち回り当番だという寮生が、名前を聞いたあと、私と湯浅の部屋を教えてくれた。二人とも一番北に位置する「北棟寮」と名のついた棟にある部屋で、湯浅と私は二つ隔てただけのすぐ近くとなっていた。

「四人部屋だからね。春休みで同部屋の先輩たちは帰郷してるかもしれないけど、簡単な寮規則さえ守れば、あとは自由だよ」

寮生に礼をいい、私と湯浅はボストンを手に、教えてもらった部屋に向かって廊下を歩いていった。

ジャラジャラジャラ――。通りかかった部屋から、乾いた、何かをかき混ぜているような音がする。

小さく開いたドア越しに部屋のなかを盗み見ると、下着姿の若者が四人、座りテーブルを囲みながら何やらゲームに熱中していた。

「麻雀だよ」

湯浅が小声でいった。

「麻雀?」

「知らないの? さっきの異邦人みたいなのがいってたじゃない」

田舎の純朴な若者だとばかりおもっていたが、その湯浅の口振りは私よりはるかに世のなかを知っている大人を感じさせるものだった。

私は麻雀という遊び自体は耳にしていたが、ルールどころか、その道具すら一度も目にしたことがなかった。

中国、竹、象牙《ぞうげ》、騒々しい――、そんな断片的な知識を繋《つな》ぎ合わせ、私は麻雀という遊びは占い師などが用いる筮竹《ぜいちく》みたいな物を使ってやるものだと勝手におもいこんでいたのだった。したがって、初めて目にするそのちっぽけな、四角い石ころのような牌《パイ》と称する麻雀の道具は、私の頭のなかにある麻雀のイメージとは程遠いものだった。

「おもしろいのかな」

「おもしろいよ」

湯浅が事もなげにいった。

「やったことあるのかい」

「ああ、家の親父が大好きだから。でもあまりにおもしろ過ぎて、中国では亡国のゲームだといわれているんだ」

私はあらためて湯浅の顔をまじまじと見つめた。

「覚えたいんだったら、いつでも教えてあげる」

私のウイークポイントを見つけたかのように湯浅が得意げにいった。

自分たちの部屋に辿《たど》り着くまで、それから更に二回ほど、私たちは麻雀の音が響く部屋を通り過ぎた。

――なんか、麻雀屋が何軒もあるみたいなところだな。

それが、この寮に対する私の第一印象だった。

たぶん同居人となる先輩も帰郷しているのだろう、部屋には誰もいなかった。

つん、と饐《す》えたような匂いがする部屋の中央に立ち、私はあらためて部屋を見回した。

六畳あるかないかの広さ。板敷きの床はささくれ、抉《えぐ》れた木目には積年の垢《あか》がしみ込んでいる。左右がまるで押し入れのような二段式の木製ベッドになっており、そのいずれにもカーテンが引かれていた。部屋の隅っこに家から送った私の荷物がぽつんと置いてあった。

あとは自由だよ……。先刻の受付の寮生のことばが耳に残っている。

――自由か。

私は胸のなかで何度かつぶやいた。

この十八年間生きてきて、自由ということばを真剣に考えてみたことはなかった。義務教育の六年間、そして高校生活において、してはならぬという校則や戒めはあったにせよ、別段それを不自由などと感じたこともない。それは家庭内での生活においても同様だった。逆にいえば、自由への渇望感というものが私にはなかったともいえる。

——自由とはどういうことなのだろうか。

私は十八歳で、これからはたばこを公然と吸える。私は十八歳で、これからは酒場で羽目も外すだろう。私は十八歳で、たぶん女も知る。

だが、そんなことは自由とは何ら関係がない。私は自由ということばの、その甘い響きに酔う一方で、とらえどころのない焦燥感を心の内に感じていた。

ふと、麻雀屋から出てきて声をかけてきたあの不思議な雰囲気を持った男の姿が脳裏に浮かんだ。

——フランス語か……。

第二外国語はそれにしてみよう。私はなんとなくそうおもった。

私の大学は、一学年が、五、六百名、つまり全校合わせてみても学生数わずか二千四、五百名ぐらいにしかならない小さなものだった。

最初の二年間をこの私鉄沿線にあるちっぽけな学園村で過ごし、専門課程に入る後期になると中央線沿線の国立にある本校へと移って行く。

四月に入る頃からしだいに学生の姿が増え始め、総勢百名前後の寮のほうにも次々と寮生が帰郷して来、今までとはうって変わった活気が学園全体を包むようになっていた。

だが、何かが欠けていた。春らしい華やいだものがないのだ。

理由は簡単だった。女子学生の姿がまったく見られないからだった。なにしろ、この大学での女子学生の数ときたら一学年にせいぜい一人か二人いるだけのもので、まったくといっていいほどに女っけがない。都心の私学に通う友人たちの話ではそれなりに艶《つや》っぽいものもある。その点では彼らをちょっぴりと羨《うらや》ましくもあり、若い私の不満ともいえた。

入寮してからの生活は、私のそれまでの十八年間の生活とは百八十度変わったものになりつつあった。

「おまえな、ここにいると酒と麻雀だけは強くなるぞ。しかも、社会に出たらこの二つは役に立つ」

すぐに親しくなった同部屋の二人の先輩にまず最初に教えこまれたのが酒と麻雀だった。

私は先輩に渡された麻雀の入門書を片手に暇を見つけては、

「イー、スー、チー……、リャン、ウー、パー……、イッチョンチョン、ニパッパー、ニゴンロク、ザンパースー……」などと指を折りながら、呪文《じゅもん》をつぶやくように麻雀のルールの習得に没頭していた。

この二人、一人は愛知、もう一人は山形の出身なのだが、学部もクラスもちがうとはいえ、妙に気が合うらしく事あるごとにつるんでは遊んでいる。

四人部屋の残るもう一人の先輩は、身体の具合を悪くしたとのことで、故郷の和歌山でしばらく療養する旨の連絡が入っていた。

「よかったよ、三橋が帰って来なくて。俺たちがここを出るまでゆっくり休んでいてほしいよな」

どうやら三橋という先輩は二人にとっては煙たい存在だったらしい。

「マルキストでな。うるせえったらありゃしない。何かといっては講釈をたれるんだ。どうせ就職シーズンになったら、何食わぬ顔で資本主義の僕《しもべ》になるくせによ。酒も麻雀もこの部屋では御法度だったんだから」

酒が切れれば、寮の裏手の酒屋へ走るのはむろん私の役目だった。酒の味がわかるわけでも飲み慣れているわけでもない。酒や遊びがわからなくちゃ男じゃない。そんな見栄に縛られていた私は、酒屋への道すがら、何度となく道端にしゃがみこんでは嘔吐《おうと》を繰り返しつつも、ただひたすら酒と麻雀の修業に励んでいた。

こうした日々ではあったが、それでもどうやら私は幸せな部屋に入居できていたらしい。他の新入寮生のなかには、気難しい先輩や変わり者、あるいは学生運動命というような猛者に囲まれて閉口している者もかなりいるようだった。

寮生活というものを、もっとバンカラで、先輩後輩の規律にも煩《うるさ》く、いわば戦前の旧制高校タイプのようなものを想像してもいた私だったが、どうやらそれは杞憂《きゆう》に終わったようだった。

私の見るかぎり、この大学の学生は良くいえば穏健で、悪くいえば日和見主義の、体制に従順なタイプと受けとめることができた。

新学期のカリキュラムの選定も終わり、五月も過ぎると、私は授業にも馴《な》れ、いくらか心の余裕も生まれ始めていた。そして湯浅以外にも、寮やフランス語のクラスのなかに、少しずつ友人らしき者ができつつあった。

「麻雀がうまくなったね」

寮の食堂に連れ立って出かけた湯浅がいった。

前日の夜、久しぶりに湯浅と部屋で卓を囲んでいた。結果は、先輩二人と湯浅を差し置いて、私のひとり勝ちだった。

「そうかい。ツイていただけだろう」

「いや、君は素質あるよ。だって、まだ覚えてから二か月ぐらいしか経っていないじゃないか」

内心私は得意だった。湯浅と同じことを、もう何度か部屋の先輩二人にもいわれていたのだ。

「それはそうと……」湯浅がちょっと躊躇《ちゅうちょ》してからいった。「今度、デモに行ってみないか？」

「デモ？」

「ああ、米軍基地闘争なんだけどね」

湯浅と同部屋の、二年留年している寮の副委員長は、寮内でも有数の学生運動の活動家だった。

湯浅のことばを耳にしながら、私は初めて彼と会ったときの、あの小動物を思わせる純な瞳《ひとみ》をおもい出していた。あの瞳は何色にでも染めることができる、真っ白な輝きを持ったものだった。

「自分の意志でかい？」私は訊いた。

「——もちろん」湯浅の答に自信は感じられなかった。

「ついこの間までは、サイン、コサイン、タンジェントの世界にいたにしては長足の進歩じゃないか」

湯浅が一瞬顔を赤くした。私は構わずつづけた。「行くよ。でもな、闘争をしにじゃないぜ。それに活動をするためでもない。湯浅、おまえが友達だからさ」

数日後、私と湯浅はデモの隊列に混じって、立川の近郊を、延々と十キロ近くも歩きつづけた。

初夏をおもわせる日差しと舞い上がる砂埃《すなぼこり》、そして誰もが同じ口調で叫ぶアジテーターの声。

「なあ、湯浅」私はいった。「最初におまえにいっただろう？ 正義とか社会とか、どうもそういうやつに俺は弱いんだ。おまえは好きにやればいい。何しろ俺たちには時間がいっぱいある。でも、やるならとことんだぜ。とことんやらなきゃ、きっとなにもわかりゃしない」

湯浅がうなずいたようだった。

ある日、私は午前中のフランス語の教室にいた。後ろの席で何人かの仲間と他愛《たわい》もない話に興じていた。

「あっ、あいつ――」

ひとりが声を上げた。教室の前方を見ると、首にスカーフを巻いた男が、教壇のある一段高い床に立ち、まるで教室全体を睥睨《へいげい》するかのように視線を投げている。男は、学ぶのはフランス語と麻雀だけでいい、といったあの男だった。

――やっと現れたな。

私は男の姿を見たとき、内心でひそかに男との再会を期待していた自分に気がついた。

「あいつ、雀ゴロだぜ。この間ひどくカモられた」

そう口にする学友は、クラスのなかでも麻雀が滅法強いと評判の男だった。

男は窓際のなかほどの席に腰を下ろすと、まるですべてのことに興味がないとでもいうような表情を浮かべ、ガラス越しに外を眺めていた。

「永田というんだけど、四浪の上に、もう二年も留年してんだぜ」

麻雀に負けたのがよっぽど悔しいのか、そう話す学友の口の端々には悪意が感じられた。

「四浪しようと、留年を二年しようとそれがどうしたってわけ？　そんなの本人の勝手じゃないの」

東京の名門私学、現役ストレート入学、それに親は外務省勤務。どこかそれを鼻にかけた感のあるその学友に私はいった。

「だって、そんなんじゃ就職のとき、まともなところは相手にしないぜ」

「就職？　まともなところ？」

学友は鼻白んだように黙り込んだ。

私は永田に近い斜め後ろの席に腰を据え、その授業の間中、ちらちらと視線を送りながら彼を観察した。

永田が講義に耳を傾けているふうはなかった。小説らしきものをパラパラとめくり読みしては、ふとおもい出したように、時々窓の外に視線を投げていた。

一度、長髪をかきあげる仕草をしながら後ろを振り返ったときに、彼の素顔を見ることができた。永田は意外とおもえるほどもの静かな顔だちをしていた。それにどことなく品も感じられる。

そのときになって初めて、私は実際の彼の素顔に対する印象を今まで持っていなかったことに気がついた。最初の出会いは、そのいでたちやとっぴな語りかけにばかり気を取られ、ただ単に、彼を包む雰囲気だけでとらえていたにすぎなかったのだ。

だが私の脳裏に残されていたその雰囲気にしてからも、きょうはどこかが微妙にちがった。初めて会ったあの日、春の日差しの下で私に声をかけてきた彼にはどこか溌剌《はつらつ》としたものを感じたものだった。しかし、今そこに腰を下ろしている彼にはそんな生気を感じとることはできなかった。彼を包みこんでいるものは、疲労感というより、倦怠《けんたい》感に近いものだった。

それは、高校生の頃に時々読んだことのある、虚無的で破滅型の主人公が漂わせる、あの一種独特の雰囲気にどことなく似ていた。つまり永田を覆う雰囲気というのは、この十八年間で私がいまだに接したことのない、しかしながら心の奥底では私がなんとなくある種の憧《あこが》れを持っていた、そんな人種だけが持つ匂いともいえた。

学友のいう話が本当なら、永田は私より六つ年上の二十四歳になる。だが実際の彼は、私の目には、それよりはるかに年を食っているように見えた。

「若者はフランス語を択《と》った。それに麻雀の特訓中でもある」

私はノートの切れ端にメモして小さく丸め、教師の目を盗んでそれを永田の席に放った。

一瞬、永田が怪訝《けげん》な表情を浮かべ、私のほうへ視線をよこした。私はそしらぬふりで彼の目をやり過ごした。

永田はメモを開いて一読すると、笑いをこらえるように両手で頭を支えた。それからメモの裏側に素早く何かを走り書きすると、今度は私に向かってさりげなく放り返してきた。

私は丸めたメモを広げた。その裏面にはボールペンでフランス語の単語が一字だけ書き込まれていた。

「ａｂｓｕｒｄｅ」

習い始めたばかりでそんな単語の意味がわかるはずもない。私は手元の辞書を引き、その単語を調べてみた。そこには簡潔にこう訳されていた。「不条理な、非合理な、ばからしい」

――アプシュルド。

たぶんそう発音するのだろう。だが、どの意味で永田はこの単語を使ったのだろう。しかしながら私は、なんとなく意味がわかるような気もした。その単語の意味するところと彼から伝わってくる雰囲気に違和感を感じなかったからだ。

授業が終わると、私は廊下で永田の出てくるのを待った。

「けっこう素直なんだな」

永田が近づいてくるなり、にやりと笑みを浮かべながらいった。

「麻雀、強いらしいですね」

「寮に入ってるのか？」

永田が私のことばを無視するように訊いてきた。うなずくと、今度は私の名前を訊いた。

「――梨田ねえ、まあ俺の名前も教えとかなきゃ失礼だな」

永田はそうつぶやくと、永田《ながた》一成《かずなり》とフルネームを私に告げた。

「アプシュルド、って？」

たぶん彼の癖なのだろう。私の問いに、永田が例のにやりとした笑みを口元に浮かべた。

「その意味のわからんうちは、絶対俺には麻雀では勝てんよ」

そういうと、永田は背を向けた。

たかだか六つしかちがわないのに、薄暗い廊下をさりげなく歩き去って行く彼の後ろ姿が妙に大きく見え、またずいぶん年の離れた大人のように私の目には映った。

その意味がわからないうちは——、永田のことばがひどく私を傷つけていた。

アプシュルド、アプシュルド……、私は胸のなかで何度かつぶやいた。

今度永田に会ったら、彼がそれをどうわかっているのか訊いてみよう。そう私はおもった。

だが、その今度という機会にはなかなか恵まれなかった。私の内心の期待もむなしく、それ以降、彼がぱったりと授業に顔を出さなくなったからだ。学園近くの麻雀屋に出入りしている仲間に訊いてみても、彼と麻雀をしたという話どころか、見かけたという噂すらも聞かない。

「あの変なやつ——」

「変なやつ？」

私は学食で隣り合わせた湯浅に永田の話を聞かせた。

「あいつ、アプシュルドなんていったのか」

湯浅がカレーを口に運びながら笑った。

「おまえ、第二外国語はドイツ語なのに意味わかってんのか？」

「私は実存した——、だよ」

「私は実存した？」

「カミュだよ、カミュ」湯浅がわけ知り顔で水を飲んだ。「無駄なこと、ばかげている。人生なんて価値付けしても意味がない、ただ生きてるだけ。まあそんな意味かな。不条理の世界ってわけ。その永田というやつ、実存主義かぶれじゃないのか」

「おまえが首っぴきで読んでたのは資本論だけじゃなかったのか」

湯浅が笑ってから、本を貸すといった。

外は夏の訪れを予感させるような太陽の光が降り注いでいる。

——私は実存した、か。なんか、格好いいことばだな。

湯浅と肩を並べて寮へと歩きながら、私はひとり胸の内でつぶやいた。

2

大学生活の自由というのは、勉学心に燃えている者にとってはこの上なく役立つものだろう。なにしろ何の束縛もない。そこには自分で選択できる潤沢な時間が嫌というほど流れている。

その反対に、私のように、志も目的も目標もなく、ただのんべんだらりと入学してきた者は、そのありあまる自由にかえって戸惑い狼狽《ろうばい》してしまう。手にした自由に振り回され、逆に自分をすら見失ってしまう。

入学してからほんの数か月にして、私にはすでにその予兆があった。

学園の土を踏み、最初に覚えたあの漠とした不安。それは生まれて初めて手にしたこの自由というものを、今度は自分の意思でコントロールしなければならないという、そんな目に見えぬ不安だったのかもしれない。

絶対、俺には麻雀は勝てない。そういった永田のことばへの反発、そして自分の心を落ち着かなくさせているこうした不安感から逃れるように、私は以前にもまして麻雀に打ち込むようになっていた。

だが、私は寮の外で麻雀を打つことはしなかった。それは夏休みが終わる秋口まで封印しておこうと心に決めていた。何しろ私には麻雀で負けるほどには経済的な余裕がなかった。寮のなかで行う麻雀など遊びに毛の生えた程度のもので、腕を磨くには持ってこいだが、博《ばく》打《ち》と呼ぶにはあまりに可愛らしいものだった。

その一方で、私の枕元には湯浅が貸してくれたカミュの本を皮切りに、サルトルやキルケゴールなどの、いわゆる実存主義と目されている本も積まれていた。だが、何度読み返してみてもそこに書かれている内容は難解で、まったくといっていいほど私には理解できる代物ではなかった。とはいえ、その手の本を小脇に抱えることで、私は内心得意な気分も味わっていた。内容の理解はさておいても、なんとなく自分が大人の仲間入りをしたかのような心地に浸れるからだった。

女っけがないとはいえ、二十歳そこそこの若者が溢《あふ》れるキャンパスである。青春のエネルギーが捌《は》け口を求めぬわけがない。都心の大学クラブが主催するダンス・パーと称するダンスのパーティ券が持ち込まれたり、合コンなるものの誘いがひっきりなしにある。昔からの伝統行事なのだろう、寮は寮で近場にある某私立女子大との合同催事が何かにつけては企画されていた。

だが、私はそれらのいずれにも参加はしなかった。女に興味がなかったわけではない。いやむしろまったくその逆だった。ただ私は、集団で何かをするのが小さい頃から生理的に合わず、単に苦手だったというにすぎない。

その点では湯浅も私と同類だった。私たち二人は、学園の始発駅である中央線の国分寺駅前の繁華街に暇を見つけては出かけた。目的は、その頃できつつあった「美人喫茶」という看板を謳《うた》い文句にした喫茶店へ顔を出すことだった。本屋で立ち読みし、お目当ての喫茶店、「南十字星」に通う。

まだ十八歳、しかも田舎の青くさい女子学生しか知らない私にとって、その店で働く、化粧をし、きれいな衣服に身を包んだウエートレスはこの上なく大人の女に見えた。

ゆったりとしたソファのような椅子に腰を下ろし、コーヒーをすすりながら本を開く。むろん活字などが頭に入るわけもない。ウエートレスが側を通ったあとの、なんともいえない化粧の残り香に胸をときめかせる。そのなかのひとりがとりわけ私のお気に入りだった。どちらかというと小柄で、髪を肩口まで伸ばし、目のクリッとした、色白の女だった。

何度か通ううちに、湯浅もそれに気づいたらしく、その女の来る気配を察知すると、

「おい、来るぞ、来るぞ」

と私に合図してはからかう。

その途端に私はどきまぎし、読んでもいない本に狼狽した視線を戻した。

たまたまひとりで店に顔を出したそんなある日の帰りしな、その女が私にこっそりと小さな封筒を手渡した。うろたえる私に、女はにっこりと口元に笑みを浮かべると、すぐに背を向け足早にカウンターのほうへと戻っていった。

私は店を出ると、すぐに封筒を開けてみた。一枚の便箋《びんせん》に、わずか一行の文字が並んでいた。

「できるだけひとりで来てください。私は土曜日は休みです。テコ。」

ひとりで来い、土曜日は休み……。私は胸の動悸《どうき》を静めるように何度も読み返した。ラブレターというものを貰ったことがないわけではない。高校生の頃、何度となくやりとりした相手もいた。だが、そんな経験がとても幼く感じられるほどに直截《ちょくせつ》的な文面だった。

——テコか。

その名前からして、田舎ではほとんど耳にしない響きを持っている。

私はどこか自分が一段上の大人の足がかりをつかんだような気持ちを抱えて、駅への道をゆっくりと歩いた。

その日の夜、なかなか私は眠れなかった。湿った空気の充満する木製のベッドの夜具のなかで、テコの顔姿を頭におもい描きつつ、いつしか私は自分の分身にそっと指を伸ばしていた。

「おい、梨田、いいところに連れていってやる」

翌日の夕食のあと、同室の先輩二人に声をかけられた。立川にあるストリップ劇場だという。

「これからはなんでも見ておかなきゃいかんぞ。偏見は最大の敵だ」

ヌードの写真は何度となく目にはしていたが、私はまだ、大人の女の生の裸体を見たことがなかった。一瞬、テコの顔が脳裏をかすめたが、ストリップを観たからといって別に彼女が汚れるものでもないだろう。胸にそう言い訳すると、湯浅にも声をかけ、私たち四人は連れ立って勇躍立川に出かけた。

駅の北側の繁華街を抜けた、どことなく寂しい一角にそのストリップ劇場はあった。周辺には民家が軒を連ねている。妖《あや》しげな看板や写真になんとなく照れたおもいを抱きながら、私は先輩のあとにつづいた。

調子外れの生バンドに合わせて女が狭い舞台で踊っていた。赤や黄色のピンスポット照明が女を照らし出している。場内の明かりに目が慣れるにしたがって女の年格好や表情が見てとれるようになった。四十に手が届きそうな女だった。厚化粧のなかの顔が、どこかむくんでいる。女が薄いショールのような衣装を音楽に合わせながら一枚ずつ脱いでゆく。

「ひどいね」湯浅がいった。

「ああ」私は答えた。

この十八年間、淡い期待と共に頭におもい描いてきた女の裸体との最初の出会いは、うら寂しい無残な気持ちを私にもたらしただけだった。

目を逸らし、女の羞恥心を踏みにじっているその光源に視線を転じたとき、おもわずことばを発しそうになった。赤や紫の色彩パネルを忙しげに操作している照明係は、あの永田だった。

「おい、湯浅、永田がいるよ」

湯浅は永田が客として来ているとおもったらしく、私が投げた視線の方向をしきりに見回している。

「照明係だよ」

「照明係？」

湯浅がきょとんとした顔で、一瞬、私を見てから、照明パネルを一生懸命操作している永田に目をやった。

「アルバイトかな？」

湯浅が訊いた。

「本職でやってるわけないだろ」

「そうだよな」

野卑なかけ声とどこか調子外れのバックバンドの音。そしてそれに合わせて軀《からだ》をくねらせている舞台の中年の女ストリッパー。ここがすでに何度目かになる先輩二人も慣れた態度で野次を飛ばしている。

「やはり、永田はアプシュルドだな」

湯浅が、ぽつりと口にした。

「どういう意味だい？」

さもわかったかのようにいう湯浅の口調に、私のなかにちょっとばかり反発心が頭をもたげた。

「だって——」湯浅がいった。「いくらバイトでも、俺やおまえにはあの真似はできないだろう？」

湯浅が私を見、そしてつづけた。

「でも永田にはできる。どうしてだろう、って彼を見ながら考えていた。ああやって照明を操りながらも、彼の姿からは、気恥ずかしさとか体裁とかいうそんなものへのこだわりを全然感じない。たぶん彼は、今の彼の地のままでやってるんだ。俺やおまえにあの真似ができないのは、まだ俺やおまえには自分の世界ができていないからなんだ」

「永田はもう自分の世界ができているってわけかい？」

「ああ、きっとね」

湯浅はそういうと、目を細めて、舞台の女と永田とを交互に見比べた。

それとアプシュルドとどう関係がある。そう湯浅に訊こうとしたが、私はことばをのみ込んだ。自分と同じく田舎者とばかりおもっていた湯浅が急に大人びて見え、私はなんとなく気後れを感じたからだ。

「お先に帰ります」

「馬鹿だな。これからがおもしろいのに」

引き止める先輩二人を残して、私と湯浅は一足先に劇場を出た。

外は初夏をそろそろ感じさせる暖かい風が吹いていた。

私の頬は上気していた。暖かい風のせいではない。生まれて初めて目にした女の裸体のせいでもない。こんな場末の、こんなストリップ劇場で、こんなふうに永田と出会ったことが原因だった。

駅までの帰り道、私は湯浅とほとんど口をきかなかった。永田のことがどうしても頭から離れなかった。

——どうしてあいつのことがこんなに気になるんだろう。

歩きながら、何度かその理由について考えてもみた。

俺やおまえにはまだ自分の世界ができていない。結局のところ、湯浅がいったことばがほんとうなんだろう。

なんとなくひとりで飲みたいんだ。駅の切符売り場に着くとそう湯浅にいって、私は怪訝な目をする彼に背を向けた。

時刻は九時をいくらか回ったばかりだった。劇場を出るとき、ショウの時間を頭に入れていた。最後のショウの始まりは確か九時半だった。

私は、駅裏の飲み屋街の一角にあった焼き鳥屋で小一時間ほど時間をつぶしたあと、再び劇場への道をとぼとぼと歩いた。

——永田に会ってどうしようというのだろう。

彼にいいたいことがあるわけでもない。訊きたいことがあるわけでもない。しかし私は、なんとなく磁石で吸い込まれるような、そんな目に見えない力を彼に感じていた。彼に会わないと、自分がまるで大きな失点を抱え込んでしまうような、そんな気分に駆られていた。

劇場を出ていく客の流れのなかに二人の先輩の姿も見られた。細い路地の電柱に凭《もた》れ、私はじっと永田を待ちつづけた。恋人でもなく、ましてや待つ相手が男にもかかわらず、なんとなく落ち着かなかった。先刻飲んだ徳利三本の日本酒が、まだ酒に慣れない身体を駆け巡り、より一層私の気分を高揚させていた。

客たちが消えてから二、三十分も経っただろうか。明らかに踊り子と思われる一団が劇場から出てきた。その最後に、永田がいた。白のポロシャツに同色のズボンというごくあたり前の服装をしている。

「永田さん」

私は電柱の陰から声をかけた。

一瞬、彼は驚いたような表情を浮かべると、立ち止まり、まじまじと私の顔を見つめた。

「なんだ、君か……」

名前を思い起こそうとしている永田に、梨田です、と私はいった。

「どうしたっていうんだ。こんなところで？」

「先輩に連れられて、初めて劇場を覗いたんですが、永田さんがいるのにびっくりして――」

「それで、俺を待ってたというのかい？」

怪訝そうに訊く彼に私はうなずいた。

「変なやつだな、おまえも」

永田はつぶやくと、数メートル先で彼を待っている様子の女に、先に帰るようにいった。年の頃三十そこそこに見える、ジーンズの上に赤と黒の派手な柄模様のシャツを着込んだその女は、にっこり笑ってうなずくと一団の後を急ぎ足で追っていった。

「踊り子さんですか？」

女の後ろ姿を見ながら、私は永田に訊いた。

「そうだよ」

事もなげにそういうと、彼は腕時計をちらりと見た。そして、目で私を促してから、ゆっくりと歩きはじめた。

「なんで、そんなに俺に興味を持つんだ？」

永田が歩きながらたばこに火をつけ、マッチの軸を指先で弾いた。そうした小さな動作は、どことなく彼には似合っていた。

「なんででしょうね、僕にもよくわかりません」

なんとなく格好いいです。そう口に出かかったことばを、私は飲み込んだ。

路地を三つばかり折れてから、永田は繁華街の裏通りにある、雑居ビルの前で立ち止まった。

一階がバー、その上の階の窓に薄明かりが漏れている。そのガラス窓には大きな字で、『雀荘大三元』と書かれていた。

永田がビルの階段を上がってゆく。私は高鳴る胸を押さえながらそのあとにつづいた。すでに永田は顔馴染みらしく、軽く従業員に会釈をすると、店の片側にあるソファにゆっくりと腰を下ろした。

私も彼にならい、その横に座った。

麻雀卓は全部で七つあり、隅の二つと私たちのソファの近くの卓だけが稼働していた。隅の卓の方は、比較的穏やかな雰囲気で、時には笑い声さえも混じる。しかし、私の近くの、永田がじっと視線を注ぎはじめた麻雀卓を囲む面々はいずれもが遊び人風で、そのなかのひとりなどどう見ても堅気とはおもえない。

どうやら店の関心は隅の卓にはないようで、二人いる店の従業員も注意を払っているのはもっぱらこっちの卓のほうだった。

――これがフリーで打つという麻雀卓だな。

町なかにはひとりでぶらりと入ってやれる麻雀屋がある。寮で麻雀を囲む先輩連や学友からそう聞かされていた私は、もの珍しげに周囲を観察した。

「こちらのお客さんも？」

従業員が永田に訊いた。

「いや、彼は連れでね。まだよく知らない。俺のうしろで、見《けん》、しててもいいだろう?」

男が確かめるように私を見た。

「ほんとうはまずいんですがね。助言や他のひとの手の内を覗くのだけはやめてくださいよ」

マルエー、卓を観戦していた別の従業員が声を張り上げた。

――マルエー?

私が覚えた麻雀の用語のなかにそんなことばはない。私は興味津々とした目で卓の男たちを見つめた。清算を終えたらしく、そのなかのひとりが腰を上げた。

「どうぞ」

従業員の呼びかけに永田が空いた席に向かう。

私は横の卓から椅子を引き寄せ、観戦できるように彼の背後に構えた。

対戦相手のひとりがちらりと私に無言の視線を投げかけてきた。他の二人は私など眼中にないかのように、黙々と牌をかき回している。

――すごい。

牌山を積み上げる永田の指先を見つめながら、私は心のなかで感嘆の声を上げていた。

永田の指は、まるで奇術師のようだった。男にしてはやや細目のしなやかな指が、まるで吸盤でもついているかのように牌を引き寄せては山を作ってゆく。十本の指が各々別の独立した指のように、自在な動きをする。牌を裏返し、裏返した瞬間には、すでにその牌は手元に引き寄せられ、あっという間に永田は自分の前に十七牌の牌山を並べ終えた。

覚え始めた最初の頃は別にしても、私の最近の牌山作りは自分では人並みの早さだとおもっていた。しかし今、こうして初めて目の前で見る永田の牌捌《さば》きは、そんな私のおもいを吹き飛ばすようなものだった。

永田が親番ではじまった。賽子《さいころ》を振る。七。対面が振り返す。二度振りだ。永田が対面の山に手を伸ばし、配牌を取りはじめた。

そしてまたも私は驚かされた。

配牌を取り、開き、十四牌をそろえる。その動作を、よどむことなく流れるように、永田はすべて右手一本の指で行ったからだ。左手はズボンのポケットに入れたままだった。私など両方の手の指を使ったとしても、彼のようにはいかないだろう。

私は内心の興奮を抑え、永田の配牌を見ようと身を乗り出した。だが、そんな私を無視して、彼は配牌を取り終えると、間髪いれずに第一打を切り出した。手の内の配牌は理牌《リーパイ》すらされていない。私は必死で頭のなかを整理した。

見やすいようにしてやろうとおもったのだろうか、自摸《ツモ》る度に永田が少しずつ手の内を整理してゆく。

七巡目ほどして、永田が聴牌《テンパイ》した。リーチはかけない。黙聴《ダマテン》でも親の満貫だ。私は背後でじっと戦況を見つめた。二巡して対面から当たり牌が出た。よしっ、と私はおもわず胸のなかでつぶやいた。だが、次の瞬間、あっけにとられた。永田が何事もないかのようにそれを見送っているからだ。数巡して、永田の捨て牌に、下家が、ロンと声をかけた。永田同様、黙聴を張っていたらしい。だが、上がりは千点だけの安い手だ。山を無言で崩し、永田が点棒を払う。払われた点棒を下家が自分の卓の上の隅に置いた。

なぜ、あのとき永田は上がらなかったのだろうか。麻雀と凧《たこ》は上がってなんぼのものだ。そう先輩連に教わってきた私の頭のなかは混乱していた。麻雀というゲームは上がることを競うもの、そう今まで私はおもっていたからだ。そんな私の疑問を知ってか知らずか、永田はすでに黙々と牌山を積みはじめている。

次の局、永田の対面が四巡目を過ぎた早い局面でリーチをかけた。一瞬、永田を除く二人に緊張の色が走った。

永田の手の内は、前局の上がりの見逃しと振り込みのせいか、クズっ手だ。どう打ち回していくのだろう。私は彼の打牌に真剣な視線を注いだ。

しかし、ここでの永田の打ち方もまた私の想像とはかけ離れたものだった。対面のリーチなどどこ吹く風という調子で、不要な牌を平気で切ってゆく。リーチを読み切っているのだろうか。しかし、そのすべてが小気味いいくらいに通ってゆく。

そんな永田に、ちらり、とリーチの対面が視線を投げた瞬間、

「ロン」

再び下家の男が声を出した。

永田の上家が切り出した牌が当たりらしい。

皆が、広げられた手に視線を走らせる。親の満貫だ。

「マルエー。ありがとうございました」

横で戦況を見つめていた店の従業員が大きな声を張り上げた。

「やっぱ、リーチはなかったか」

対面の遊び人風が悔しそうに舌打ちした。

男の愚痴を無視して、永田がポケットから金を取り出す。十数万円はあるのではないだろうか。私

その金の束を見て、私はまたまた目を見張った。

の一か月の生活費は、二万円にも満たない。一月三千円の奨学金ですら、今や遅しと待ちわびるような身分だった。

永田が五千円を無造作に卓の上に置いた。他の二人も同額の金を出す。出された金を従業員が集め、勝った下家の男に渡した。男がそのなかから千五百円を従業員に支払う。どうやらそれが場代ということらしい。

開局してからわずか四、五分。しかも男の手にした勝ち金は一万五千円。

永田は、一切私に説明する気もないらしく、すでに牌をかき回している。

——なんなんだ、この麻雀は……。

私の胸のなかにはあらためて永田に対する闘争心が湧いていた。

従業員のひとりが窓のカーテンを引いた。

明るい白色の陽光が目にまぶしい。時計を見ると、すでに八時をいくらか回っている。

徹夜をしたにもかかわらず、私は一向に眠くなかった。神経だけが高ぶっていた。

「二コロですね」

永田が対面の捨て牌を見て、静かに牌を倒した。負けた二人が三千円ずつ卓上に金を出す。

初めこそわからなかったが、何局か重ねるうちに、私はこの麻雀のルールを完全に把握していた。

この麻雀は、要するに、上がりの点棒の多寡を競う勝負ではないのだ。

各自の配給持ち点が六千点。誰かがその持ち点を倍にするか、逆にすべてを失ったときが勝負の終わりだった。そのときに、持ち原点からたとえ百点でもマイナスしていれば負けになる。負けがひとりなら、チンコロ。二人なら、二コロ。そして三人すべてをマイナスさせたトップのことを、マルエーと呼ぶ。勝者に支払う勝ち金の金額もそのトップの種類によってちがってくる。ひとり負けの支払は三千円。二コロも同額で各自が三千円。マルエーの場合だけが、ひとりあたり五千円の支払となる。したがって、当然誰もがマルエーを狙う。

それで開局早々に永田が親の満貫を見逃した理由がつかめた。もし、彼があれで上がっていれば、チンコロのひとり負けで勝負は終わっている。しかし、あの手を自摸上がりすれば、三人全員がマイナスになり、マルエーになっていたからだ。

「じゃ、ここで―」

永田が椅子を引き、手にした金をポケットにしまうと、従業員に終わりを告げた。

「長い間、ありがとうございました」

いうより早く、空いた席に従業員が座り麻雀を続行する。

永田が私の顔を見て、例のにやりとした笑みを口元に浮かべた。徹夜の麻雀を打ったにしては、顔に疲労の色はない。

私の見たところ、永田はかなり負けているはずだった。しかし、彼の表情には特にそれを悔しがっているふうは見られなかった。

「どこかで、コーヒーでも飲んでいくか」

階段を下りる足を一度止め、たばこに火をつけると永田がいった。

「負けましたか？」

あえて私は訊いてみた。

「見たとおりさ」

再度、永田が例の笑みを浮かべ、私の目を見た。

私たちは、裏通りを抜けて駅前の喫茶店に入った。

「どうだ、うしろで見ていて、何か参考になったか」

コーヒーをすすりながら、永田が私に訊いた。

私は自分なりに解釈していたあの麻雀のルールを永田に確かめた。彼はたばこをくわえて、じっと私の話に耳を傾けていたが、聞き終わると、いった。

「ルールはその通りさ。ルールなんてのはその場その場の取り決めだからどうだっていい。逆にいえば、どんな場面に入ったってその場のルールでこなせなきゃ、麻雀なんてのは覚えないほうがいい。俺が訊いてるのは、博打に対する考え方さ」

「博打に対する考え方？」

「ああ、そうだ。博打に対する考え方だ。きょうやっていたメンバーのなかで、グルになっていたのがいるのに気がついたかい？」

永田が事もなげにいった。

「グル、って、イカサマ、っていうこと？」

私は永田の目をのぞき込んだ。

「そうだ。途中で席を立った客がいただろう？」

永田が最初に卓を囲んだとき、下家に座っていた見るからにやくざふうの、三十二、三の男だ。途中で入れ替わったのは彼ひとりだけだった。

私は永田にうなずき、彼の次のことばを待った。

「覚えているかい？　俺が最初に卓に座って、ものの五分で勝負がついた局の場面を？」

「親の満貫を聴牌していて、見逃したあの局のことですね」

私はコーヒーを口にし、おもい出しながら答えた。

「そう、あの局だ。対面がリーチをかけてきた。そして俺の上家が親の黙聴に打ち込んだ」

私はじっと永田の話に耳を傾けた。

その前に永田が下家に千点振り込んでマイナスしていた。対面もリーチをかけたことで、リーチ棒だけの百点マイナス。その結果、全員が原点割れのマルエーになった。

「じゃ、どっちがイカサマの片棒を担いでいたとおもう？」

「上家の親満を振り込んだほう？」

私の答に永田が微笑んだ。

「ゴロはそんな見え見えの手は使わない」

「じゃ、リーチをかけたほうですか？」「そうさ」永田はたばこを消すと説明した。「ゴロは責任を振り込んだほうに向けるんだ。俺はすでにマイナスしている。相方はリーチ棒でマイナスした。後の狙いは、上家一点さ。通しのサインで、対面は親の『待ち』が自分の現物ということを知っている。対面はリーチをかけてわざと注意を自分のほうへ向けたのさ。ふつう、親が浮いたあの場面ではリーチはかけない。一番警戒しなければいけないのは親だしな。なにしろマルエーにするのに親は満貫でなくてもいい。その下の手で十分なんだ」

永田によれば、あの場面で彼がリーチに対してぶんぶんと勝負していたのは、自分がすでにマイナスしているからというだけではなく、永田が捨て石になって上家の安全牌を作る先導役をしていたとのことだった。

「そんなこと、最初に座っただけでわかったんですか？」

永田の話に感心しながら、私は訊いた。

「いや、あの二人と卓を囲んだことは何度かある。なんとなく目をつけてはいた」

「店のひとは気がついてはいないんですか？」

「たぶん、知らないだろう。彼らがグルになるのは、どちらか一方が従業員の死角になったときを狙っているからな」

「それで、時々、場替えを口にしていたんですね」

永田がうなずき、残りのコーヒーを飲み干した。

「でも——」私は訊いた。「それを知っていながら、なぜ、あえて同じ卓を囲んだんですか？　それじゃ負けるのがわかっていたようなものじゃないですか」

永田がしばらく考えたあと、いった。

「そこが博打に対する考え方なんだ」

私は永田の口元をじっと見つめた。

「確かにきょうは俺が負けた。でもあの二人がグルになっていたから負けたんじゃないぜ」

永田がいった。その口調には微塵《みじん》も負け惜しみの感じはなかった。

「通俗的な表現であえていえば、俺に運が味方しなかったからだけさ。麻雀は二人でつるんだら勝てるかというとそうでもない。むしろその逆のほうが多いんだ。特にあの麻雀ではな——」

永田が徹夜で打った麻雀はブー麻雀、別名、落とし麻雀という。

元々は関西ではじまったものだが、ここ数年で急に関東でも流行《はや》りだしたものだった。持ち点や点符計算、それにドラを含めた細部でのルールなどは関西で行われているブーとはかなり形態がちがうが、基本的な要領は一緒だ。

「麻雀というのは自分に引きの運がないと勝てないものだが、特にあの麻雀はそうなんだ。いくら二人がつるんだところで、つるめるのは打ち込みの場面だけだ。もし相手のガードが固ければ、引きにかけるしかない。だが、引き運まではつるめない」

わかっているのかい。確かめるような目で永田が私を見つめた。私はうなずいた。

「それにだ」永田がつづけた。「あの麻雀はひとりのほうがどちらかというと有利なんだ。だって、そうだろう？　こっちは勝てば三人分の収入があるが、向こうは勝っても二人分だ。逆に、こっちは負けてもその傷は自分ひとりだけですむが、向こうは二人分の傷を負うことになる」

いわれれば確かにそうだった。永田は結局、自分に引きの運がなかったから負けたのだといった。

「フリーの麻雀屋には、いつもあんなふうにイカサマをやるひとがいるんですか？」

「いるところもあれば、いないところもある。でも、俺はあれをイカサマとはおもっていない」

「だって、グルですよ？」

「グルは相手の戦法だと考えればいい。俺は麻雀のイカサマっていうのは、ルール外のことをやることだとおもっている」

「ルール外？」

「ああ、そうだ。勝負事っていうのは与えられた材料を最大限に使うことだ。牌が裏返っていれば、覚えればいいし、集めたっていい。そして積み込んだっていい。狙い打ちをしたって一向に構わない。でも、牌を隠す、すり替える、あるいは麻雀をしている以外の者が壁役になる、そういうルール外のことだけはだめだ。それはイカサマだ。君が今覚えてやってるのは麻雀の基本ルールで遊んでいるだけで、麻雀の勝負をしているわけじゃない。博打事としての麻雀を打っているわけじゃない」

少しばかり麻雀に自信を持ちかけていた私は、永田のことばに傷ついた。心の奥の自尊心が萎縮するのを感じた。

そんな私を無視して、冷めたコーヒーの残りを口にすると永田がいった。「だけど、はっきりいって、イカサマなんてのはどうだっていい。やりたいやつにはやらせておけばいい。とてもみすぼらしい話さ。俺がいいたいのは博打というものに対する認識だよ。これから博打をつづけてゆくなら、博打ってなんなんだろう、という自分なりのスタンスを持たなきゃいけない」

「認識とスタンスですか……」

私は口ごもった。

徹夜で頭がぼんやりしている上に、永田の話が妙に哲学的で、意味不明だったからだ。

「俺には俺流の博打観がある」永田がいった。「俺たちは今まで、目に見えるものや手で触れるもの、あるいは数値や論理で立証されたものだけが絶対だと教えこまれてきた。つまり、意味があるものだけがすべてというわけだ。しかし、ほんとうにそうだろうか」

永田はそういうと、細い指にたばこをつまみ、ひと口吸った。

「そういう絶対的なもののなかで生活するために、ひとは、社会や機構を、今度はそれを維持存続させるために制度や枠を作りだした。それがすべてになった。そのなかで同化できないものはどんどん排斥されてゆく。でもな――」

永田が視線を宙に浮かせ、少し考えてから、自分自身に語り聞かせるようにいった。

「博打をやっていると、それがすべてではないということが朧《おぼろ》げながらわかってくる。この世の中は、なにか別な力が、そんな姑息《こそく》なものではない、もっと大きな人知を越えたなにかによって支配されている、そんなふうにおもえてくる。絶対的なものなんてのはこの世の中にはないんだ」

「それが博打観とどう繋《つな》がるんですか？」

「博打をただ勝てばいい、と考えるやつがいる。絶対に勝つためにイカサマをやるやつもいる。だけど、そんなものは博打とはいわない。博打に事寄せた単なる金儲けさ。泥棒と遜色ない。そういうやつは、一時的には勝ちを拾うかもしれない。でも大局的には負けるだろう。博打っていうのは、さっきいった、人知を越えたなにか、つまり天運ともいうべきものとたったひとりで相対することなんだ。天運を信じない者に天運が味方するわけがない」

「永田さんは自分の天運がどんなものなのか、もう摑んでいるのですか？」

「俺なんてまだ博打打ちの駆け出しさ。その輪郭すらも見えちゃいないよ。ある意味では、それが知りたいがために、俺は博打をやっているのかもしれないな。なんとなくそれがわかったときに、自分が博打から手を引いてしまうような気もする。まあ、いずれにしたって、それがわかるまでは流浪の旅の連続さ」

一か月後には今度は大阪に行く。そういってから、永田が例のにやりとした笑みを口元に浮かべた。

「あまり学校に来てないようですけど、そのときは博打を打ちにいろんなところへ出かけていたんですか？」

永田がうなずいた。

「ルミについていくと、いろんな土地のいろんな博打事に巡り合える」

「ルミって――」

薄々察しはついたが、私は訊いてみた。

「さっき別れた踊り子だよ。彼女の次の舞台は大阪だ」

「一緒に住んでいるんですか?」

もしかしたら、永田はあのルミという女のヒモをやっているのかもしれない。私の頭のなかに、永田がポケットから無造作に出したあの十数枚の万札が浮かんだ。

それを見透かしたように永田がいった。「一緒には住んでいるが、俺は彼女のヒモなんかじゃないぜ。博打で負けたら働く。金が貯まるまではじっとただ辛抱する。博打はしょせんひとりだけのものだ。女とは別もんだよ」

伝票に手を伸ばし、立ち上がった永田に私はいった。

「大阪に行くまでの一か月間、僕に麻雀を徹底的に教えてくれませんか?」

3

「俺のところへ寄っていくかい？」

喫茶店を出ると、永田がいった。

同居人である踊り子のルミの白い顔が頭に浮かび私が躊躇していると、それを見透かしたように彼はにやりと笑った。

「麻雀を覚えたいんだろう？」

そういうと彼は再び元来た道のほうへ歩き出した。私は慌てて永田のあとを追った。

ストリップ劇場に向かう道を大勢のひとが歩いている。ひとり、あるいは二、三人連れ。それぞれが一様に小さな新聞らしき物を手にし、それに見入りながら歩く者もいれば、仲間内同士でしゃべり合いながらの者もいる。いずれの風体もどこか普通のひとのそれではない。昨夜の麻雀のメンバー同様にどことなく遊び人の匂いを漂わせていたり、なかには切羽詰まったような表情を浮かべている者もいる。

朝の十時をいくらか回ったばかり。上空には、きょうの一日の暑さを予感させるような太陽が輝きはじめていた。

「このひとたち、どこへ行くんですか？」

「きょうは初日かな——」

初日？　私に目を向けると永田が補足するようにいった。

「競輪だよ、競輪。君は競輪やったことあるかい？　まあ、あるわけないよな——」

身を持ち崩す。あんなもの、ほんとうのロクデナシがやるものだ。親が常々口にしていたそんなことばが私の頭に浮かんだ。

「僕の故郷には、競輪場はあるんですけど、見たことすらありません。永田さんはやるんですか？」

「やるよ」事もなげに永田がいった。

「麻雀も奥深い。競輪はあるいはそれ以上かもしれない。俺なんかまだ駆け出しさ。こいつだけは教えてくれといわれても、自信がない」

「そんなに難しいですか？」

「ああ、難しいね。だいいち、君なんて麻雀を覚えていくらも経っていないだろう？　でもそこそこ打てる。麻雀もそうだが、博打事というのはルールを元に、いかにして自分の頭のなかにその博打の絵を描けるか、それが大きな要素を占める。つまり、それが博打のセンスというものなのだが、競輪は特にそれが顕著だね。まるで頭のなかに小説を書いているようなものだ。小説のなかの登場人物は、その人物の性格や周辺の人間模様でガラリと変わる。競輪も似たようなものだ。選手の性格や人間関係をきちんと摑んでいなければレースの絵を頭に描けない。だから競輪を理解するにはちょっとばかり時間がかかる。ルーレットや賽子《さいころ》のように偶発的な出目を読むのとはちょっとちがうんだ。逆にいえばだからこそ奥が深い。競輪で本格的に勝負できるようになるには、早くても三年、まあそれぐらいは最低でもかかるだろうな」

「三年、ですか……」

自信なげな永田のことばを聞きながら、ふと私は、今から覚えればあるいは競輪では永田と肩を並べられるのではないか、そんなおもいにとらわれた。

ストリップ劇場の前を通り過ぎると、ほどなく競輪場の入場口に突き当たった。永田がその前で立ち止まると、掲示されている出走メンバーの顔ぶれを見つめている。

高原永伍・石田雄彦・古田泰久――、初めて目にする名前はどれもこれも妙に男っぽい。

「やるんですか?」

「いや、すごいメンバーだがな。徹夜の後は競輪の勘が閃《ひらめ》かない。麻雀はキャリアがあれば、少々寝不足でも凌げるが、競輪だけはだめだ。これをやるには麻雀とはまったく別の博打の勘がいる」

永田が未練ありげにそういうと、競輪場の脇の道を迂回するようにまた歩き出した。

そこから十分ほど行ったところにある、古ぼけた二階建ての長屋風のアパートの前で永田が立ち止まった。そして一階の一番端の部屋に入って行く。

二間の部屋に台所。奥の部屋ではまだルミが寝ているらしく、寝返りを打つ気配があった。

永田は手前の四畳半の畳敷の部屋に腰を下ろすと、傍らにあった麻雀の牌を引き寄せ、私に雀卓兼用のテーブルの向かいに座るよう目で促した。

「寝てますよ」

「いいんだ。この音を耳にすれば、ルミは飛び起きてくる。あいつもこれが三度の飯より好きな口だ」

その前に――、永田が牌をテーブルに置くと私を見つめた。

「俺はおまえに麻雀を教える。でも麻雀に勝つ方法を教えるわけじゃない。麻雀の仕組みを教えるだけだ。勝つ方法なんてあるわけがない。それは麻雀の実戦を積み重ね、自分で考えるしかない」

私は永田の目に応えた。

「それと——、俺が君に麻雀を教える以上、このことだけは約束しろ……」

「なんですか？」

「これから先、たとえどんなことがあっても、絶対にサマ技を使っての勝負はしないということをだ。イカサマ技を覚えるのはいい。自己防衛になるからな。だが、さっきもいった通り、博打は自分の天運と対峙するもの、そう俺はおもっている。麻雀を教える君がイカサマをやれば、俺の天運までが閉ざされてしまう」

「わかりました」

永田はうなずき、話し出した。

「丁半博打やルーレットなど——、博打のなかには、張り方さえ覚えれば、あとは素人でもツけば勝てるというものもある。麻雀は腕が七分でツキ三分という。麻雀はポーカーなどと同じように制約のなかでの博打事だ。牌の数も制約されているし、自摸る順番、その回数も制約されている」

そういいながら、永田が牌をテーブルに広げた。

「カズちゃん、帰ったの——」

牌の音を聞きつけたらしく、奥の部屋から、パジャマ姿のルミが顔を出し、私を見るとにっこりと笑った。

「あら、いらっしゃい。昨日の子ね」

子ね——、という表現に内心いささかむっとはしたものの、私も笑顔でルミに頭を下げた。三十ぐらいとは聞いていたが、すっぴんのルミはクリッとした目元が涼しく、それより三つ四つは若く見える。それよりふと目についた彼女の胸元の乱れが妙になまめかしく、私は慌てて視線を逸らした。

「梨田っていって、俺の学校の後輩だ。麻雀を教えろ、ってうるさい」永田がにやりと笑みを浮かべ、「ルミもここに座って手伝え」

「あら、そんな可愛いことをいうの。いい子ねえ。じゃちょっとお茶を淹《い》れるわ」

ルミがそういって、再び私ににっこりとした笑顔を向けると、流し台に立ってお湯を沸かしはじめた。

永田とルミが住むこの部屋の空気には、どこか私の心にずんとしみ入ってくるものがあった。それは束縛とかいうことばとはまるで無縁の、なんとなくそこにいるだけで自然体でいられる、そんな空気だった。

「ご飯は？」

お茶を用意し終えたルミが永田に訊いた。

「これが終わってからでいい」

ついでに私にも食べていけ、と永田がいう。

「ルミは料理も上手だぜ」

「——も、って？　他に何が上手だっていうの？」

ルミが永田の耳たぶを引っ張る。

永田の含み笑いにようやくその意味を解した私は、どぎまぎしながら、ごちそうになります、と答えた。

にっこりとした笑みを私に向けると、ルミがテーブルに座った。

「いいかい——。基本中の基本、まずは麻雀のお行儀からだ」永田が牌を指先でいじりながらいった。「牌の自摸り方、並べ方、それは各人各様だ。先自摸が許されていればやってもいいだろう。ところで——、君は盲牌はできるのかい？」

「いえ、まだ七、八割ぐらいしか——」

私の答に、永田がうなずく。

「経験を積めば誰にでもできるようになることで、麻雀の本筋には本来無関係なことだが、それでも百パーセントやれるに越したことはない。やはり有利だからな。ルミだって今じゃパーフェクトだよ」

ルミが目をしばたたかせ、幾分得意げに、私に向かって微笑んだ。

「それはさておき、先自摸にかぎらず、自摸ったときは、牌は右端に置き、絶対に手のなかに入れてはいけない。そして、上がりで手を開くときは、必ず理牌《リーパイ》しておくこと。ひとがどうやろうと関係ない。自分だけは常にその癖をつけておくんだ。トラブルの原因になるからな。トラブルは自分の運勢にケチをつけることでもある。だからその種となるものは絶対に自分から蒔《ま》かないようにする。時々、上がりのときに理牌していなかったり、まるで見せびらかすように絶妙の牌捌《さば》きを披露するやつがいる。自分の腕を誇るように——な。だが、そんなのは麻雀の上手さ強さとはまったく関係ない。単なる自己満足の独り善《よ》がりのものだ」

そのことばを聞きながら、一瞬私は、永田が披露して見せた昨夜の彼の牌捌きをおもい浮かべた。

「でもな——」それを見透かしたように永田がいった。「そんなつまらんことも、時と場合によっては役立つこともある。例えば、サマ技を使いそう、あるいはグルになっているかもしれない、そういう惧《おそ》れのある連中を相手にするときには、そんなお遊びをご披露してやるのも牽制の役目ぐらいにはなる」

なるほど——。昨夜の永田は、彼の伎倆《ぎりょう》を私に見せるためではなく、そうしたデモンストレーションでグルの相手を牽制していただけなのだ。

私がうなずくのを見てから、

「じゃ、次だ――」

永田がテーブルに広げられた牌をすべて裏返しにし、両手左右の親指と人差し指で、一枚ずつ、牌をつまんだ。

「まず伏せ牌での洗牌《シーパイ》。こうやると、裏返らずに牌が混じり合う」

永田は手にした二つの牌で器用に牌をかき混ぜた。

見ていると、彼のことば通り、牌の角がこすり合うだけで、裏返ることなくすべての牌が混じり合う。

永田を真似て、私とルミもやってみた。彼ほどには上手くいかなかったが、それでもなんとか様になった。

私とルミの手元を見つめながら、

「じゃ、牌を積んでみな――」

永田がそういって、鮮やかな手捌きでさっと山を積んだ。

「左右六つに中央五つ、この十七の牌山をきちんと積む。これは相手のイカサマを防ぐ意味もあるが、自分のためでもあるんだ。次、今度は伏せ牌なしだ」

永田がサッと牌山を崩し、かき混ぜた。

ルミと私が牌を積む倍以上のスピードで、永田がまたも素早く牌山を作り終えた。

「本来なら伏せ牌での洗牌、山作りが常識だが、今はレートの高いところ以外、ほとんどそれをやらない。時間がかかるからな。博打は与えられた条件を最大限に利用することだといったよな――」永田が私の目をのぞき込む。

「ということは、自分が積む山の牌を記憶するのは、別にイカサマでもなんでもない。与えられた条件のひとつを利用するというだけのことだ。左右六つの牌山を摑んだときの感覚、感触――、まずこれを指先にきっちりと覚え込ませる。自分の山、十七牌の上下すべてを順番に覚え込むなんてのは不可能だ。だから、左右二つの牌山と中央の牌山、この三つに分けたブロック毎に覚え込む。しかし、ひと口に覚え込むといっても、頭でそれをしようとしてもなかなか持続しない。まして長丁場ともなれば、神経がゆるんでしまう。だから、ブロック毎に指先の感触でその位置だけは覚え込む……」

永田がたった今自分で積んだばかりの山の右端から、牌をいい当てながら順番に裏返してゆく。二つ三つは定かでないものもあったが、彼は自分が作った山をほぼ完璧に記憶していた。

「すごいわね、カズちゃん。私なんてオツムが弱いから絶対できそうもないわ」

ルミが横から見惚れたような顔で口にした。

「オツムの問題じゃない。訓練すれば造作もなくできるようになる。覚え方を自分で工夫すればいいんだ」

「永田さんはどんなふうに覚えているんですか？」

彼の記憶力に半ばあっけにとられつつ、私は訊いた。

「俺のはちょっと特殊で、誰もができるというものではない。まあ、ルミとおまえには教えておこうか——」そういって、永田が自分の指先を見つめた。「俺は音階を使っている」

「音階？」

「ああ、そうだ」永田がうなずき、私の目をじっと見た。「ドレミファの、あの音階だ。1はド、2はレ、3はミという具合にな。そして字牌は半音上げる——。だから積みながらメロディが頭に入る……」

ちょっと照れた表情を浮かべ、小さい頃からピアノを習っていたことを永田は打ち明けた。

「生まれつき指も長いし、けっこう素質もあったとおもうんだが、いろいろな事情でその道を諦めた。だが、お陰で他の用途に役立っている」

「へぇー、そうだったんだ。でもそんなことカズちゃん一度もいったことなかったじゃない。今度、ピアノ弾いて聞かせてよ」

ルミが大きな目をクルリとさせた。

「もう忘れた。そんなことより、じゃあ次だ」

それには触れたくないのだろう、永田がぶっきらぼうに答えると、再び牌を積みはじめた。

ちょっとだけ永田の秘密を垣間見た気分で、私は指先を見つめた。しなやかで繊細な動きをするその指先は、まるで意志を持った別の生き物のように私の目には映った。

「いいかい」永田がいった。「博打というのはツキの占める部分とそうでない部分に分かれる。実はこのツキでない部分を理解するということが博打の基本なんだ。麻雀はツキが三分で腕七分といった。だが、厳密にいえば、この腕七分のなかには基礎の部分が二分ぐらい含まれている。だからもっとも的確な表現は、基礎二分、腕五分、ツキ三分ということになるだろう。基礎とツキというのはまったくの別物だ。基礎ができていないやつはツキをうんぬんする資格はない。腕は基礎の延長線上にあるし、ツキのコントロールは腕しだいということになる。たぶん今の君はこの基礎の部分を固めている段階だろう」

永田の話を横で聞いていたルミが一度私の顔を見てから、彼に訊いた。

「じゃ、わたしは？」

「そうだな——、ルミの場合は基礎二分の上にツキが八分ぐらい乗っかっているようなものだな」

「あら、そう。腕の部分がないっていうわけね」

ルミが頬をふくらます。

「ルミはそれでいいんだ。ルミの本業は踊り子で博打打ちじゃない。それに博打っていうのは人生と同じで、生半可のときが一番おもしろい」

永田が私を見、にやりと笑みを浮かべた。

「麻雀の基礎って――？」

私は訊いた。

「ルールのことじゃない」

永田はいうと、積んだ山から配牌を取るよう、ルミと私を促した。

「麻雀の牌は知っての通り、全部で百三十六牌ある。四人全員で配牌を取り、七牌の牌山を除くと、あとは残りが七十牌。つまり最初の段階で全牌数の半分がすでに使われていることになる。牌は一種類につき四枚。となれば、配牌の時点で、自分が必要とする牌の数は、残りの山に二枚しかないと考えるのが順当なところだろう」

永田が同意を求めるように私とルミを見比べた。

「麻雀は不要の牌を順番に捨てながら進行してゆく。逆にいえば、要らない牌を読むことによって、相手の手の内が推理できる。それと同時に、自分の必要とする牌が残された山に生きているかどうかも推し量れる。待ちが広ければ、当然のように生きている牌の数も多い。麻雀はとりあえずは確率のゲームだ。まずはそれを認識する必要がある。役を狙う、手作りをする、ということは必要な牌を限定していくことで、当然待ちの確率が悪くなる。だからこそ、牌の限定された役が上がり点が高いわけだ。俺がいう基礎とは、要するにこうした確率論的なことを指しているんだ。わかるかい――」

永田が再び私とルミに交互に視線を動かした。

「わかります」

私が応じると、一度うなずいてから永田がいった。

「たぶん、頭のなかではな。でもな、最初にいっただろう、今の君はこの基礎の部分を固めている段階だと……。つまり、これらのことを頭のなかで考えているうちはまだだめなんだ。頭のなかで考えたことは、しょせん、頭のなかで処理しようとする。こうした確率的なことすべては、感覚で一瞬の間に処理できるようにならなければ、博打としての麻雀にはまだほど遠い。博打っていうのは、頭でやるもんじゃないんだ。そうした諸々をすべて頭のなかに吸収し終えて、そこから生まれ出てくる感覚でやるものなんだ。博打という感覚でな。その感覚を習得し終えて初めて基礎の段階を卒業できる」

「なんか、カズちゃんの話、難しくて頭が痛くなりそう」ルミがいい、立ち上がった。「私はツキが八分のままでいいから、ちょっとご飯の用意をするわ」

永田が苦笑を浮かべ、

「君もういいか？」

「いえ、つづけてください」

「じゃ、基礎編の最終コースだ。実はこれからいうことが一番肝心な点で、今までの説明はそれを理解するための布石に過ぎない」

永田の目が、瞬間、光を帯びたように感じた。背後でルミが包丁でまな板をたたく音がする。

「博打には博打だけが持つ時間がある」永田が視線を宙に泳がせた。

「さっき、配牌を取り終えた段階で、必要な牌は残り二枚しかないといった。じゃ、それを自分で引く確率はどうなる？」

「順番に四人が自摸るわけですから、確率は四分の一、だけどその機会は二度あるわけだから、合計で二分の一の確率でしょう……」

私は永田の目をのぞくようにして答えた。

「その通り。しかし、その確率は統計や確率論の世界での話だ。何度も何度も同じことを繰り返すことによって得られるであろう、統計や確率論の時間での理屈だ。だが、博打の時間はちがう。博打の時間は、瞬間的で、一瞬の、刹那《せつな》の時間なんだ。最初の一枚のときの確率は確かに四分の一だ。しかし、博打の場合はその次の機会もやはり四分の一と変わらない。

博打はトータルの確率じゃない。その場面での一瞬の確率なんだ。わかるかい？」

なんとなく――。私はうなずいた。

「四面待ち、五面待ちが、たった一牌の待ちに負けるのが麻雀だ。それは、麻雀という博打事が、トータルの確率によって動くのではなく、瞬間的な時間に支配されているからなんだ。場数を踏めば、いずれわかってくる。そのためには、もう牌を見るのも嫌だとおもうぐらい、打たなきゃだめだろうな」

みそ汁の匂いが部屋に漂った。ルミが背後から声をかけてきた。

「昨日の残り物のありあわせだけど、もう用意していいでしょ？」

永田がそれに応じ、テーブルの牌を片づけはじめた。

メンチカツに海老フライ、野菜のお浸し、キンピラごぼう、それに白菜の浅漬け――。寮の食事にいささか辟易《へきえき》しはじめていた私にとって、ルミの用意してくれた食事は豪華で食欲をそそるものだった。

雀卓替わりにしていたテーブルを三人で囲む。箸を動かしながら、私はルミに訊いた。

「今度、大阪ですって？」

「そうよ。今度が五、六回目かな」

「もう日本中の大きな町には行きましたか？」

「そうね、ほとんどはね」

一瞬の逡巡《しゅんじゅん》のあと、私は胸に抱いていた質問を恐る恐る口にした。

「こんなこと訊いて、気を悪くしないでください。……舞台って、恥ずかしくないですか？」

「恥ずかしい――？」ルミがにっこりと笑った。「恥ずかしいこと、って、他人に対しておもうべきことじゃないわ。恥ずかしいということは、自分に対して恥ずかしいかどうか、それで判断すべきことよ」

横で、永田がにやりと口元に笑みを浮かべた。

食事のあと、少し眠るよ、と永田がいった。

「きょうも、夜、ルミに光を当てなきゃならないからな。このつづきはまた明日やろう。昼から仕事のある夕方までが特訓の時間だ。あと一週間ほどで、本職の照明係が復帰するから、そうしたら俺も時間が自由になる。実戦の場に乗り込むのはそれからだな」

「じゃ、僕もこれで帰ります」

腰を浮かせた私に、

「授業に出るわけじゃないんでしょう？　ゆっくりしていきなさいよ」

ルミが横から声を挟む。米軍の兵隊からもらったおいしいコーヒーを淹れてくれるという。

「ルミは暇なんだ。よかったら話にでもつき合ってやってくれ」

そういうと、戸惑う私を無視して、永田が隣の部屋に消えた。

ポットからこうばしいコーヒーの香りが漂ってくる。

「こんな仕事をしているとね」できたてのコーヒーを私の前に置くと、ルミがいった。「いろんなお客さんがいるのよ。このコーヒーもそんなわたしのファンだという人からのプレゼントよ」

ひとくち口に含んでみると、ルミのいう通り、その辺にある喫茶店のコーヒーとは全然ちがうまろやかな味が舌先にひろがった。

「ほんとうにおいしいですね」

テコと彼女の喫茶店で飲むコーヒーの味をおもい出しながら、私は感心しながらいった。

隣の部屋からはもう永田のたてる軽い鼾《いびき》の音が聞こえた。

「音楽は好き？」

ルミが訊いた。

「嫌いではないけど……」

そう、にこりと笑うとルミが部屋の隅にある小さなプレーヤーにLPをセットしはじめた。

「永田さん、寝てますよ」

「いいのよ。こんな音では起きはしないわ。それに、どんな場所でも寝られなくちゃ、博打打ちの資格はない、っていうのはカズちゃんの持論だもの」

意外にも、プレーヤーから流れてきた歌は、アメリカのフォークソングだった。

「この歌、知ってる？」

「聴いたことはあります。確か、ピーなんとか……」

「P・P・M、よ。ピーター、ポール・アンド・マリー。なんか、とても不思議な顔をしているわね。わたしがこんな歌を好きなんでびっくりしてるんでしょ」

ルミがコーヒーに口をつけながら、私の心を見透かしたように悪戯《いたずら》っぽく笑った。

「いいえ、そんなことは……」

「いいのよ、顔に書いてある。そんなことより――」ルミがいった。「あなたは、何か恥ずかしいことでも抱えているの？」

「恥ずかしいこと、ですか……」

ルミが涼しげな視線で私を見つめている。

ルミがそんな問いを投げかけてきたのは、たぶん、さっき私が彼女に踊り子の生活が恥ずかしいかどうかを訊いたせいだろう。

だが、あらためてそう訊かれても、特にこれといったものを私は思い浮かべることはできなかった。

小さな失敗で、恥ずかしい気持ちを抱いたことは何度かある。悔悟の念を覚えたことなど数え切れない。

しかし、そうした諸々は、単なる日常生活のなかの瑣末《さまつ》なことにおいてだった。一日が終われば忘れてしまうような、きわめて一過性の出来事においてだった。瞬間的な心の傷は、時間が治癒してくれ、鬱屈《うっくつ》として残ることはなかった。いい方を変えれば、そんな悩みは、実際の社会とは隔離された自分の頭のなかでこねくり出したものにすぎない。

自己弁護するなら、なにしろ私は、ついこの間まで、受験勉強という大義名分に守られた無菌状態の温室で、日々生活を送っていたのだ。

社会の荒波にもまれてきたであろうルミとは、その根底からちがっていた。したがって、ルミが尋ねている種類の恥ずかしさ——自分と社会との間で感じるような恥ずかしさについて、私はほとんど自覚したことがなかった。

「よくわからないんですけど、なんか、こう、ふわっふわっとした、まるで何かの不安の上で足踏みしているような気持ちで毎日が過ぎてゆく、そんなどうしようもない自覚だけはあるんです。恥ずかしいといえば、それって、やっぱり恥ずかしいことでしょう……？」

私はルミの目を見ながら、正直に胸の内を口にした。

「そう、でもそんなの恥でもなんでもないわ。あなたはまだ若いもの。わたしもあなたと同じ年頃のときはそうだった。もっと正確にいえば、ついこの間まで、カズちゃんと知り合うまではそうだった」

ルミが隣の部屋の永田をうかがうような視線を向けてから、クリッと瞳をしばたたかせて微笑んだ。

「永田さんと知り合うまで、ですか？」

「そうね――。わたしたちのこうした生活って、しょっちゅう色々な土地に出かけるから、ずいぶん世のなかのことを知っているようにおもわれちゃうけど、実際はまったくその逆なのよ。小さく仲間内だけで肩を寄せ合い、世間に対しては肩肘張って生きていかなければならない、そんなちっちゃな世界なの。だって、わたしたちの仕事って、特殊でしょ。なんだかんだといっても、やっぱり周囲のひとたちはわたしたちを色眼鏡をかけて見るわ。だから必然的にそうせざるを得ない。だけど、カズちゃんだけはちがった」

ルミがスプーンでコーヒーカップをゆっくりとかき混ぜた。

「初めてカズちゃんと寝た日……」

「寝た日、ですか？」

口ごもる私に、まるで異種な人間に出会ったとばかりの怪訝《けげん》な表情をルミが浮かべた。

「あら、あなた、まだ童貞なの？」

あけすけに訊くルミのことばに、私は頬が血で染まるのを覚え、思わずコーヒーカップに視線を落とした。

「そうなの……、まだ女も知らないんだ」

ルミが独り言のようにつぶやくと、にっこりと笑った。その笑みには、私を傷つけたことに対する素直ないたわりが滲《にじ》み出ていた。

「彼女はいないの？」

「いえ、いるような、できつつあるような……」

私は、なんとなくルミの目とテコのくりっとした瞳を重ね合わせながら答えていた。

「じゃ、もうすぐね」

ルミのいい方に私は再び頬に血が上るのを感じた。

「それはまあいいんだけど、その初めて寝た日にね、カズちゃんがわたしにこういったのよ
――」

P・P・Mの音楽が心地よく私の耳に響いていた。

「生きてることなんて大したことじゃない。だから、生きてることになんて気張ることはない。それを聞いたとき、あらっ、とおもった。だって、カズちゃんはわたしよりだいぶ年が

下よ。でも、そんなことばをとても素直に聞けたの。ところで、あなたは今、いくつ？」

「もうすぐ、十九です」

私ははだけたルミの胸元から視線を逸らして答えた。

「そう。ということは、終戦の年に生まれたわけね。じゃ、東京の焼け野原なんて知らないわね。わたしが小学生のとき、東京は空襲で火の海になった。気がついたらわたしはひとりぼっちだった。それはひどいものだったわ。何にもないの、見渡すかぎり、瓦礫《がれき》の山。そして所々に、焼けこげたひとたちが死んでいる……。食べるものもない。頼るひともない。そんなわたしを拾って育ててくれたひとがいた。リリーママよ」

話によると、そのリリーママというひとはどうやら米兵相手に春を売る商売をしていたらしい。離れ離れになった子はいらっしゃい。それが口癖で、離離《リリ》ー、と呼ばれるようになったのだという。

「今は福生《ふっさ》で飲み屋をやってるわ。その頃の子たちと今でも年に一回はママのところに集まるのよ」

私は不思議な気持ちにとらわれていた。そんな話をしながらもルミにはこれっぽっちも暗さはなかった。とてもあっけらかんとしていた。ひとは往々にして、自分の本音や本性を隠すために作った話や体裁でわが身を守ろうとするものだが、ルミにはまったくそれは感じられなかった。

「まあ、それは余談なんだけど。そんな環境に育ったし、満足に教育も受けなかったわたしだから、今までに散々ひどい目にあったわ。だから、いつの間にか、ツッ張って、世間にも肩肘張って生きるようになった。でも、カズちゃんと一緒にいるようになって、わたしは身体の力が抜けるようになった。この世の中に大したものなどない。それはカズちゃんの口癖だった」

P・P・Mのレコードが終わっていた。ルミが盤を裏返しにした。隣の部屋からは永田の気持ちよさそうな寝息が聞こえてくる。

「そんな修羅場を見てきたのに、なんでおまえは毎日そんなに気張って生きてるんだ。そうカズちゃんにいわれた。それまでのわたしは、だからこそ気張って生きていかなきゃ、とおもっていた。つまり、カズちゃんのいう理屈とは正反対ね。でも、よく聞いていると、カズちゃんの話って、リリーのママがいうこととほとんど一緒なのよ。命なんて天からの授かり物だ。だから、いつ死んだってという気持ちでいればいい。そうすれば誰に媚《こ》びることもなく、自分が自分らしく生きていける」

ルミの話を聞きながら、私は永田が授業中に放って寄越したメモのことばをおもい出していた。

Ａｂｓｕｒｄｅ。

無駄なこと、ばかげている。人生なんて価値付けしても意味がない。ただ生きているだけ……。

「リリーのママがそういうことは僕にもなんとなくわかる」私はいった。「だって、それをいうだけの人生の経験を積んできているから。しかし、僕と永田さんとは年がちがうといっても、二十や三十も離れているわけじゃない。それなのに、どうして彼の口からはそんなことばが出てくるのだろう？」

「博打のせいよ」言下にルミが答えた。「博打には博打年齢というのがある。これもカズちゃんの口癖。とことんやる博打の一年は、ふつうのひとの四、五年には該当する、って。わたしには踊り子年齢、絵描きには絵描き年齢、そして会社員には会社員年齢。そんなふうに、この世の中のものには、すべからくそのものだけが持つ固有の年齢がある。そしてこの年齢は、生命の持つ年齢といつも平行してあるものなんだ、って。だから、この二つが同時に消える生き方が理想なんだ。カズちゃんはそういう」

それからしばらく私とルミは取りとめのない話に興じた。ルミの巡業先での失敗談、踊り子仲間との共同生活、そして福生にいるというリリーママ——。

さすがに昨夜の徹夜の疲れで眠気を催した頃、私はルミに礼をいってから部屋をあとにした。

ふわっとした足取りは、照りつける陽の光や徹夜の疲れのせいばかりではなかった。ルミとの話が尾を引いていた。ルミから耳にした何もかもが新鮮で、私には驚きだった。競輪場のわきを通るとき、ひときわ高い歓声が場内から沸き上がった。叫びともどよめきともつかぬその轟声のあと、静寂が広がった。

――博打年齢か。

この世には、授業や教科書では決して知ることのできない何か別なものがある。そうおもったとき、まるで潮が引いてゆくように、私は自分の胸のなかから学園生活への興味が失せてゆくのを感じた。

国分寺で下車し、ちょっと迷ったあと、私は駅前の繁華街へと足を向けた。きょうは金曜日。テコの話が事実なら、彼女は明日は休みだった。

「南十字星」のドアを開けると、私は照れ臭さを隠すように店内には目もくれず窓際の席に座った。

プンとする香水の匂いに顔を上げた。あいにくとその女はテコではなかった。コーヒーを頼み、そっと店の奥に視線を走らせた。カウンターの横にいる水色のワンピースが目に入った。大きく開いた胸に、金色のネックレスが光っている。

気づいているはずなのに、テコの素振りは素っ気ない。私は狼狽した。

——あの手紙、からかわれただけだろうか。

それから三十分ほどの時間が気が遠くなるほど長く感じられた。いつもなら手元に本がある。話し相手の湯浅もいる。もしかしたら店に顔を出した目的を他のウエートレスに見透かされているのではないか。そんな考えが何度か頭に浮かび落ち着かなかった。

何度かテコが私の前を通った。しかし、その態度には、私がここにいるのをことさら無視しているようにも感じられた。

伝票を手にすると、私は逃げるようにそっと席を立った。

「お客さん、忘れ物ですよ」

ドアのところで後ろから声がした。見ると、テコが片手に持った文庫本を私のほうへ差し出している。クルッとした瞳が笑っていた。

私は礼をいい、店の外に出た。文庫本の間に、紙ナプキンに文字が書かれていた。

——私はこの夏、二十二歳。あなたは？　明日の夜七時、駅の南口で。

この出だし、どこかで聞いたような台詞《せりふ》だな。そうおもって本を見ると、それはサガンの『悲しみよこんにちは』だった。

4

駅から学舎への帰り道、何人かの学友たちとすれちがった。

「おまえ、最近授業に出てこないな」

「留年志望なんだ」

私は彼らとのことばのやり取りを笑って受け流した。

校門の入り口で、頭にハチマキをした学生運動の猛者連中にアジビラを手渡された。

「沖縄奪還闘争」「米帝打倒闘争……」。

——闘うのが好きなんだな。

私はビラの文句を走り読みし、チラリと彼らを盗み見た。だがいきなり彼らの目の前で捨てるわけにもいかない。私はテコに手渡された文庫本『悲しみよこんにちは』の間にそれをはさみ込んだ。

「梨田、昨日は興奮して女でも買いに行ったのか?」

寮の自室に戻ると、いきなり同部屋の先輩二人にからかわれた。

「女よりもっと刺激的でした」

「女より？」二人が顔を見合わせた。

「俺たちの若さで女より刺激的なものなんてあるわけがない」

「いってもたぶんわかってくれない」

眠気のために、先輩二人の相手をする気力がなかった私は、そそくさと木製のベッドに潜り込んだ。

通気が悪く、ただでさえネットリとしている二段ベッドがまるで蒸し風呂のように感じられ、私はなかなか寝つくことができなかった。

俺たちの若さで……。

若さはいろいろだな、とおもった。

博打がすべてだと考える永田もいれば、女がすべてのようなことをいう先輩もいる。その一方で、「闘争」という美名に酔いしれる連中もいる。

自分はいったいなんなんだろう？

博打打ちでもなければ、女がいるわけでもない。かといって学生運動には興味がない。私は徹夜で討議して作成したであろう彼ら学生運動闘士のアジビラを『悲しみよこんにちは』

の間にはさみ込むような男だ。

あれこれの考えが浮かび、頭のなかがチカチカした。

私は眠れぬままに、テコの文庫本を手に取った。

「その夏、私は十七歳だった。そしてまったく私は幸せだった……」

数頁読んだところで、深い眠りのベールが私の瞼《まぶた》に降りてきた。

翌日、寮の食堂で朝食を食べていると、湯浅が顔を出した。

「あのあと、どうしたんだい？」

「永田と一緒に麻雀屋へ行った」

私はテコとのことは省き、昨日の出来事を彼に話してやった。

「なるほど、永田はやっぱりアプシュルドなやつだな」湯浅がわかったような口をきき、

「で、とことんやるのかい？」

上目遣いで私を見た。

「ああ、とことんだ。俺たちの年じゃ、とことんやらなきゃ、きっとなにもわからない」

湯浅が学生運動をやると口にしたとき、彼に対して放ったことばを、私は自分自身にいい聞かせるようにつぶやいた。そのとき、私は耳元で永田の家からの帰りに聞いた、あの競輪場の轟声が聞こえたようにおもった。

翌日の昼前、私はテコと会うことを意識して、自分の持っている服のなかで一番洒落ているとおもっているブルーの半袖シャツと白のコットンパンツで身を装って寮をあとにした。

学舎の中庭をよぎるとき、夏の訪れを告げる一足早い蟬《せみ》の鳴き声が聞こえた。

――そして私はまったく幸せだった、か……。

これから先、まったく幸せだった、になれるのか、まったくの不幸になるのか、私には蟬の鳴き声はそのどちらとも聞こえた。

部屋に着いたとき、永田とルミは食事の最中だった。ルミは昨日と同様のパジャマ姿だ。あるいは部屋にいるときは一日中パジャマで歩き回っているのかもしれない。

「オメカシしてるじゃないか」

私の夜の行動を見透かすように、永田がにやりと笑った。

「なにもかも、とことんやる、と決めたんです」

永田を真似て、私もにやりとした笑みで応じた。

「きょう、アレを捨てるの？」

横からルミが茶々を入れてくる。

思わずうつむいた私に、永田がいった。

「きょうは君がどのくらい麻雀を打てるのかテストする。教えるといってもどのレベルからはじめたらいいのかわからないしな」

メンバーはルミの他に、二部屋隣に住んでいる彼女の仲間の姐《ねえ》さんだという。

約束してあったらしく、ほどなくその姐さんという女性が顔を出した。名前はカレン。なかなかの美人だが、そばかす顔で、ルミよりはまた五つ六つ年上の感じだ。

「私たちに本名なんてのは必要ないのよ」

私の困惑顔をからかうようにカレン姐さんが艶っぽい笑みを浮かべた。

「ところで、きょうの君の所持金は?」永田が訊いた。「俺は一銭も賭けない麻雀は打たないんだ。一応、博打打ちの端くれだとおもっているからな。たとえそれが授業だとしてもだ」

「一万五千円ほどです」

それはこれから先の一か月の生活費を含めた私の全財産だった。次の仕送りまでにはまだ間がある。

「じゃ、レートは千点百円、ウマは千、三千だ」

永田のことばに私は動揺した。

麻雀を覚えてまだ数か月。それにレートは千点二十円か三十円でしか打ったことがない。ハコテンのラスで六千円。三回つづけてラスを引けば、持ち金はたちまちなくなってしまう。

私の胸中を見透かしたように永田がいった。

「いいかい、これもお勉強のひとつだ。麻雀を打つときはハコテンのラスの三回分、これが所持金のリミットだ。これ以下だと打つ手が縮まって、運が遠のく。お金ってのは寂しがり屋でな、少ないところには寄りつかない。それに博打っていうのは平衡感覚を失うギリギリのところでやらないと本性が表れない。本性こそ、博打打ちの資質を見る最大の目安だ」

私がうなずくと、永田が牌を取り寄せた。テーブルの上に広げる牌の擦れ合う、カチャカチャという音が私の胸の早鐘のように鳴る鼓動と重なった。

——もし負けたら……。

これから先の生活費はおろか、きょうの夕刻七時に会うテコとの費用すらもなくなってしまう。

瞬間私の頭のなかに、クルッとした瞳のテコの顔が陽炎《かげろう》のように浮かんだ。

そんな私の胸の迷いを知ってか知らずか、永田とルミ、そしてカレンの右手が場決めの牌へすっと伸びてゆく。

場が決まった。布陣は、永田が対面で、上家はルミ、下家はカレン姐さんだ。

「ボク、いいかしら……」カレン姐さんが私ににっこりと笑顔を向けた。

「あたしはこうしないと、気合いが入らないのよ」

そういうと、左足を立て膝にした。カレン姐さんのスカートがめくれ、その間から白い肉感的な太腿があらわになった。

「先輩」私は永田にいった。「伏せ牌でお願いします」

「そうよね。カズちゃんのあんな特殊能力を見せられちゃ、当然よ」

横からルミも助け船を出す。

いいとも。永田がにやりと笑い、応じた。

「じゃ、ルールも近頃流行り出したやつでいこう。満貫はパ、イチニ、それに裏ドラあり、だ。そのほうが初心者向きでいい」

親の満貫が九千、子が六千、それに裏ドラなし、というのが従来のルールで、巷《ちまた》では一万二千、八千、裏ドラあり、というインフレルールが席捲《せっけん》しはじめていた。イッパツなどという新役はまだ先のことだ。

旧ルールだとどうしても伎倆の差が歴然として出てしまう。運よりも腕が物をいうからだ。せめてもの永田の温情だったのだろう。

東の一局。起家はルミ、ドラは□。私は祈るような気持ちで配牌を広げた。負けるわけにはいかない。勝たないまでも、せめて、手持ちの金が減らないようにだけはしたかった。これから先の生活費、それにきょうの夜のテコとのことがある。

私の祈りが通じたのか、手にした配牌はこんなだった。

「じゃ、マーくん、いくわよ」

ルミがニッコリとした笑みを浮かべると、私の場風《ばかぜ》である南を切り出した。

私はなんとなく、これから先に待ち受ける自分の博打人生を、この場風の南が背負い込んでいるように感じた。

私は胸の興奮を抑え、牌山に右手を伸ばした。その指先を永田が無表情で見つめている。

手先の器用さにもよるが、麻雀をどのくらい打っているかは、牌捌きを見ればだいたいわかるものだ。それからいうと、ルミとカレン姐さんはやはりキャリアが長そうだった。女ながらもピシッ、ピシッと小気味いいリズムで摸打《もうだ》を繰り返す。

配牌に恵まれた私だったが、自摸が悪く、いくら力んでみてもムダ牌ばかりで、手が進行しない。それに引き換え、他の三人は自摸るたびに牌が手の内から出てきて、順調な様子。

八巡目にさしかかった頃、カレン姐さんが気合いを入れて、ドラの□を叩き切った。すかさず、それを永田がポン。

「やあねぇ、姐さん」ことばとは裏腹にルミの表情は明るい。

見ると永田の河《ホオ》には万子《マンズ》が一枚も捨てられていない。

永田のポンで流れが変わり、私は二度つづけて有効牌を自摸って聴牌した。

待ちは索子《ソウズ》の。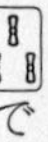で高めの三色だ。

リーチをかけるか一瞬迷った。永田の捨て牌を警戒してルミやカレン姐さんから出てくるかもしれない。だが、本心はちがった。永田に打ち込みたくなかった。打ち込んで笑われたくなかった。万子の危険牌を持ってきたら、回し打ちをしよう。

それから三巡、上がれることなく場が進むうちに、を自摸ってきた。私は少し考えてから、と落としていった。幸い、すぐに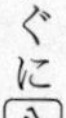を持ってきて、再び聴牌をし直した。

「ヤーめた」

危ない万子でも引いてきたのだろう、ドラを鳴かしたカレン姐さんがしゃあしゃあと降りを宣言している。

あっ。次順、私はカッとなった。高めのを引いてきたからだ。リーチをかけていれば、ハネ満を上がっている。内心の動揺を隠し、私は何事もないようにを捨てた。

「ロン」

永田が声を発し、手を広げた。
《ポン》

どれ――、永田が手を伸ばし、私の手牌を広げた。

「回ったのか……」

永田がいい、ふぅ～ん、という顔で私を見た。

下手じゃないでしょう。私は口に出かかったことばを飲み込み、永田に八千点の点棒を支払った。

「ツイてないわねぇ」

ルミとカレン姐さんが同情するように声を合わせた。

その局、私は箱点近いマイナスでラスを引いた。

永田に打ったそのが尾を引いたのか、それ以降、私はツキに見放された。手持ちの資金が少なくなったことで萎縮したせいもある。すべてがチグハグになり、善戦しても三着になるのが精一杯だった。

約束の三チャンが終わったとき、私の手元の所持金はきれいに失くなっていた。カレン姐さんはほぼイッテコイ、ルミの負けは少々で、結局私のひとり負けだった。

「ボク、きょうはツカなかったわね。また今度やろ」

カレン姐さんが早々と引き上げた。

「元気だしなさい、って。おいしいコーヒーを淹れてあげるから」

ルミの慰めのことばも虚《うつ》ろに聞こえた。負けた悔しさもさることながら、今夜のテコとのことを考えると憂鬱《ゆううつ》になった。ポケットのなかには、寮にたどり着けるぐらいのチャリ銭しか残っていない。

永田が隣の部屋に私を呼んだ。いわれるままに、なんとなくルミと永田の夜の残り香を漂わしているようなベッドに腰を下ろした。

「なぜ、あのとき、ツッ張らなかったんだい？」

永田が訊いた。開始早々のことを指しているのはわかった。

「永田さんに危険な牌が来たから……」

「自分ではうまく回ったつもりでいるんだろう？　でもちがうぞ。博打打ちには二通りのタイプがいる。巧いやつと強いやつ。巧いやつなんてのはゴマンといる。でもそんなやつはちっとも怖くない。ほんとうに怖いのは強いタイプのやつなんだ。巧さには巧さで対抗できるが、強いやつに対抗する手段となると窮してしまう。強さというのはどんどん伸びる。今から巧さなんてのを覚えちゃだめだ。巧さは強さを弱めてしまう。行き着くところまで博打の強さを伸ばしてやるんだ。強さの限界が来たら、そこで初めて巧さを覚えればいい。強さの限界、つまりそれが自分の博打打ちとしての限界になる。負けない博打をしたいんだったら、今からでも遅くない。博打からは一切手を引いたほうがいい。人生の時間は限られているし、もっと有効な時間の使い方がある。それとも君は、巧く生きる人生にでも興味があるのかい？」

永田は驚くほどひとつひとつの局面を憶えていた。

その折々の私の打牌とポイントを解説し、どう打ったら正解だったかを聞かせてくれた。

「もっとも、博打事に正解などはないけどな。でも正解を打って負けるのと、誤った手を打って負けるのとでは天と地ほどのちがいがある。正解を知りながらわざと不正解の手で勝負する。これはひとつの戦いの戦法だ。問題はその認識なんだよ」

「で、僕には少しは博才がありますか？」

そうだな……。永田が小首を傾げ、私の生い立ちを尋ねた。

「生い立ち、ですか？」

私は終戦の年に大陸の北京で生まれ、その数か月後に、日本へ引き揚げて来た。父親が満鉄の関連の仕事をしていたせいだ。半死半生の体《てい》で本土にたどり着いてからは住む所をいくつか替えている。かすかな記憶として残っているのは、西の山口、広島の両県の何か所、そしていま現在の神奈川県ということになる。だが、どんないきさつや理由で転々としたのかまでは知らなかった。

「こんなことが博打の才能と何か関係があるんですか？」

かいつまんで説明をしたあと、私は永田に訊いた。

「あるさ」永田がいった。「博打の才能は天性のものだという意見もある。だが、俺のこれまでの経験からいうと若干ちがう。ほら、よくいうだろう、男が男を終えるとき、最後に赤い玉が出てくる、って」

そんなこと初めて聞く話だが、私はうなずいた。

「あれと同じでな。人間は生まれるとき、こんなちっぽけな——」永田がいいながら、自分の小指の先を親指の爪で弾いた。「豆粒ぐらいの『禀《ひん》』という玉を持って産声をあげる。『天禀』とか『禀質』とかいう、あのヒンだよ。これが人間のすべてを決めるというやつもいる。だが、それもちがうな。確かに、持って生まれる『禀』の玉は、ひとによってみなそれぞれ異なっている。しかし、生まれたあとのその人間を決めるのは、そこから出る芽によってなんだ。それがどう育つかによってその人間の才能は大きく変わる。博打の才能は一か所では育たない。転々とした人生の裏付けがあって初めて、大きな芽になる。その意味では、とりあえず君にはその資格がある」

正直なところ永田の話はわかるようでわからなかった。

「だから永田さんは、博打を打ちにいろんなところへ出かけるんですか？」

「まあ、こんな禅問答のようなことをいってもはじまらないが、君の博打の筋は悪くはないとおもうよ。あとは、巧さと強さの意味を実戦で知ることだ」

　永田が窓を開け、外の空気を入れ替えた。

　夕闇が降りはじめていた。テコとの約束の一件が頭に浮かんだ私は、そのとき初めて自分のポケットのなかにチャリ銭しか残っていないことをおもい出した。

「お金、少し貸してくれませんか？」

　ちょっとためらったあと、私はいった。

「だめだね」

　そのことばを予期していたかのように、永田が窓の外に向けていた視線を私に注いだ。

「博打打ちというのは、博打を打った相手に借りるもんじゃない。博打の部外者から借りるものだ。もし俺が君と博打をしていなかったら、たぶん、うん、というだろう。でも、ちっぽけな賭けとはいっても、君は俺と博打を打った。だから金は貸さない。どこか別なところで算段するんだな」

　永田がたばこに火をつけた。煙が夕闇のなかに消えてゆく。

　私は屈辱感でいっぱいだった。

　麻雀で負け、なおかつ嫌なおもいまでして頼んだ借金。顔が火照るように熱くなった。

「わかりました。明日、また来ます」

時刻は六時半。テコとの約束まであと三十分しかない。

永田に頭を下げ、私は隣の部屋に戻った。

ルミが化粧台の前に座り、仕事のための準備をしていた。パフをたたく手元は白く、塗った口紅の色は妙に艶《なま》めかしい。

きっとテコも大人の化粧をしてくるにちがいない。そうおもうと、少し胸が息苦しくなった。

明日も来ます――。私はルミにさよならをいって、靴を履いた。

帰り道の細い路地をトボトボ歩いていると、サンダルの足音が追ってきた。振り向くとルミだった。

「はい、これ」

ルミが剝き出しの、丸めたお金を私に差し出した。

「カズちゃんに借金断られたでしょ」

ルミが大きな目をクルッとさせて笑みを浮かべた。

「カズちゃんは博打打ちだからしょうがない。博打打ちって、博打と生き方とが同じ次元にいるひとのことをいうのよ。だから、どんな場面でも情に流されない。自分の生き方を曲げない。また、それができないようじゃ、博打打ちの資格がない。なんてね……、これもカズちゃんの受け売り。でも、私は博打打ちじゃない。ただの踊り子だもの。だから私があなたにお金を貸してあげる」

私は一瞬、胸が締めつけられた。

そのとき、道端の家の大きな青桐《あおぎり》の樹から蟬の鳴き声が聞こえた。

私はルミに頭を下げ、差し出されたお金を借りた。ちょうど私が負けた分の一万五千円だった。

「彼女によろしくね……」

ルミが口にし、背を向けた。

また蟬の鳴き声がした。夕暮れどきの蟬の鳴き声はとても物悲しい響きがある。

この蟬の鳴き声を、きっといつまでも忘れないだろう。そうおもいながら私は駅への道をゆっくりと歩いた。

国分寺の駅に着くと、私は急ぎ足で改札口に向かった。

七時五分前。土曜の夜の改札口は混雑していた。

周囲を見回したが、テコらしき姿は見あたらなかった。

ちょっぴり不安を抱えながら私はたばこを手にした。そのとき、背後から肩をたたかれた。

テコがクルッとした目で私を見つめている。

真っ白のノースリーブに真っ白のスカート。陽の落ちた夕闇のなかで、まるでテコの周辺だけが陽の光を置き忘れたかのように輝いていた。

「あっ、そうか……」

どこかで見たことがある。そう感じていたテコの顔に私は初めておもいあたった。納得顔の私に、テコが、何が——、という目で見つめてくる。

このクリッとした目、きっとそうにちがいない。それに、顔の輪郭にも見覚えがある。

「いいんだ。あとで話すよ」

テコがうなずき、私に肩を並べた。おもったより小さかった。私の顎先ほどにしか背丈がない。彼女の大人びた雰囲気が、錯覚をもたらしていたらしい。

——さて、これからどうしよう。

実のところ、私は女の人とこうして一対一でデートと称するものをするのは初めての経験だった。テコと会うことばかり考えていた私は、そのあとの計画など何も考えていなかった。会話は無論のこと、これからどうしたら良いのかさっぱり見当がつかなかった。

そんな私の胸の内を知る由もなく、テコが不思議そうな目で私を見つめてくる。

「食事は？」

「まだよ。あなたは？」

私は首を振った。

ふぅ、まず第一関門突破だ。これで一時間は確保できる。それから先はまた考えよう。

「何を食べたい？」

「それより、ここにいつまでこうして立っていればいいの？」

テコが呆れたような口調で私にいった。

改札口周辺に立つテコはやはり人目を引くのだろう。すれちがうひとが一様にチラチラと好奇の眼差しを彼女に注ぐ。

「ごめん。じゃ、とりあえず向こうに行こう」

一瞬、赤面し、私は「南十字星」の方向に足を向けようとした。

「そっちはだめよ。お店があるじゃない。どこか知らないの？」

「どこか、って？」

テコがまた呆れ顔をした。

「二人っきりなら、いろいろあるでしょ。食事とか、落ち着ける所とか」

落ち着ける所？　食事はわかる。だが、落ち着ける、ってどんな所のことをいうんだ。

私は返事に窮してますますドギマギしてしまった。

「いいわ。あなたの学校を見せて」

「学校？　学校を見てどうするんだい？　それに学校の近くになんて何もないよ」

学校の周辺にあるのは、ちっぽけな寿司屋とラーメン屋に毛が生えたような中華屋だけだ。その他で私が知っているのは、寮の裏手にある一杯飲み屋ぐらいのものだった。

「いいの。さっ、行きましょ」

仕方なく私は切符を買い、学園行きのプラットホームに向かった。

さすがにこの時刻、ホームには学生の姿はない。それが、少し私を安心させた。

「ねえ――」電車を待つホームに立ちながらテコがいった。「わたし、まだあなたの名前を知らないのよ」

そういえば、私はまだ彼女に名前すらも名乗っていない。

「梨田っていうんだ」

「梨田、なに？」

「雅之」

「いくつ？」

「十八」

「ふぅ～ん。おもっていたより若いのね」

たたみかけるように訊くテコの口ぶりには、どこか慣れた、とても大人びた感じがあった。

それが自分をより一層子供のように感じさせ、私の気持ちがますます萎縮してゆく。

暗いホームの向こうから二両編成のチンチン電車がやって来た。

「こんな電車に乗って、お店にやって来るのね」

テコがニコリと笑った。

空席がいくつもあるのに、テコはドアに凭《もた》れて立ったきり座席に座ろうとはしなかった。

その姿勢のままで窓の外を見つめている。

仕方なく私もテコの後ろに立ち、吊革につかまった。

――学校に着いたら、そのあとどうしよう。

電車が走りはじめても私の頭にあるのはそのことばかりだった。

すっかり夜になった暗い窓の外を、雑木林の間にある民家の明かりが通り過ぎてゆく。

その明かりが、ついこの四、五か月前の、この電車に初めて乗ったときのことをおもい起こさせる。

あの頃――。

武蔵野の一角のこの辺りでは、ようやく春の風が吹き始めたばかりだった。雑木林の窪みのあちこちには、残り雪の塊が散見された。

受験勉強の枷《かせ》が取り払われたものの、これからの自分を考えると、何一つ目標がなく、気持ちはうわずり、胸にあるのは不安だけだった。

あれから――。たばこを吸い、酒の味を知った。麻雀を覚え、博打の魅力に引き込まれた。

残るのは、もうひとつ……。

私はチラリとテコの後ろ姿に目をやった。

白いノースリーブから出ている肌の色が艶めかしかった。白いミニスカートから伸びている形のいい足が眩《まぶ》しかった。

胸の動悸が電車の止まる振動と重なった。

「ここだよ」

テコに目配せし、電車を降りた。

「何にもないとこね」

テコが駅前をぐるりと見回す。

「そうだよ。何もない。あれが学校だよ」

私は道の正面真っ直ぐ向こうにぼんやりと見える学舎を指差した。

「あとは、一軒の寿司屋、一軒のラーメン屋、それと三軒の飲み屋、それで終わり」

「こんなところで毎日生活しているの？」

「だから、ときどき、ああしてテコちゃんの店に行く」

「ところで、あなたはどこに住んでるの？」

「学校の寮」

「寮？」テコが目を瞬く。「ねえ、寮って、どんなとこ？」

「長屋のような、出来損ないのアパートのような、豚舎のような——、そんなところだよ」

「豚舎？」

テコの目がまた瞬いた。

「そんなことより、さっき教えたようなお店しかないけど、そのどこがいい？」

「実は、あまりお腹が空いてないの。食事は今度でいいわ。それよりも、わたし、学校とか豚舎とか、そんなもののほうが興味ある」

行こっ、テコが私の腕に手を絡め、学舎の道に歩き出す。

剝き出しのテコの肌が私の汗ばんだ腕に触れた。ぷん、と香水の匂いがする。

「あなた、女の人とデートするの初めてでしょ？」

うなずく私にテコが耳元で何かをささやいた。

「えっ」

聞き返す私に、今度ははっきりとテコが口にした。

「火傷《やけど》させてあげる」

「火傷をさせる？」

私は聞き返した。

「そうよ。夏だもの」

目をクルッとさせ、何でもないかのようにいうと、テコが再び絡めた腕に力を込めた。

——東京の女だから平気でこんなことを口にできるのだろうか。大人の女は皆そうなんだろうか。

私は狼狽した。

そんな私の胸の内を知ってか知らずか、テコがもの珍しげに周囲を見回している。

ごくふつうの十八歳の男に育っている私だ。恋愛経験がないというわけではない。しかし、初めてテコを見、心を惹かれ、いくつかのことばを交わすうちに、私のなかにあった恋愛に対する座標軸は大きく揺れはじめていた。いや方向感覚を失いはじめていた。もしかしたらその予兆は、永田とルミの関係を目の当たりにしたときからあったのかもしれない。

私が育ったのは、湘南のほぼ中央部に位置する、田舎街だった。数年前、「若大将シリーズ」で銀幕にデビューし、人気を博していた慶應ボーイは隣町の出身だ。もっとさかのぼれば、一物で障子を突き開けたことでも有名な小説、太陽族なる流行語を生んだ、そのとてもススんだとおもわれていた地域の一角に位置している。

潮風、ヨット、灼熱の太陽、そして奔放な性……。湘南におけるそんなイメージは、マスコミの作りあげた幻影でしかない。もし、それらを享受している者がいたとしたら、それはそうしたことに憧れを持ったよそ者がわざわざこの地にやって来てその真似事をやっているにすぎない。仮にいたとしても、ほんの一握りの人たちだったにちがいない。

当時の湘南など、その実は、海の恩恵に浴する区域などほんのわずかで、背後には依然として広大な田畑を抱えた典型的な田舎の一地方にすぎなかった。

そうした街にあった私の高校は男女共学ではあったが、進学校を標榜《ひょうぼう》するだけあって、その校則、校風は驚くほどに閉鎖的で封建的だった。

ズボンの裾幅が小さいといってはチェックを受け、出入り御法度である街中の喫茶店を調べるために教師が巡回し、あまつさえ女子学生と交際の噂などがあればたちどころに職員室で事情聴取と相成る。

ニキビ面の若い男と女、異性に興味がないわけがない。しかし、そうした環境にある以上、必然的にどう恋愛感情を抱いたところでしょせんはラブレターを行き交わせるだけのプラトニックなものにならざるを得ない。女の手を握ることなどは夢のまた夢であり、性的な夢想は、いきおい小説のなかやこっそり入手する写真集などに頼ることとなる。

ついこの間まで身を置いていたそんな環境を考えれば、テコのことばや行動のひとつひとつが新鮮で驚きではあったが、私がうろたえたのもまたあたり前のことだった。

私はテコに促されるようにして、学舎へと通じる一本道をゆっくりと歩いた。

見知った寮の先輩二人連れとすれちがった。好奇心にかられた視線が私とテコに注がれる。

私はますます落ち着きをなくした。

「寮なんて、見たっておもしろくもなんともないよ」

校門の前で立ち止まり、私はテコの横顔をうかがった。

「いいの。一度、私は大学というのを見てみたかったの」

私は半ば諦めの気持ちで、校門をくぐった。

「ところで」私は訊いた。「まだ聞いていないんだけど、テコちゃんて、ほんとうの名前は何ていうの？」

「倉橋よ」

「倉橋テコ？」

「まさか」

テコが立ち止まり笑顔を私に向けた。校内灯の薄明かりのなかで、白い歯が浮き上がった。

「いくらなんでも、テコなんて名前を親がつけるわけないでしょ。でも、ほんとうはそのほうがよっぽど良かった」

「どうして？」

「だって、終戦直後って名前なんだもの。だから、小さい頃から、わたしはずっとテコで押し通してた」

「じゃ、聞かないほうがいい？」

そうね……、ちょっと小首を傾げるとテコがいった。

「教えてあげてもいいわよ。でも、約束してくれる？」

「何を？」

「あれをするときには、わたしの本名は忘れること。あなたが抱いているのは、テコという名前の女だとおもうこと。いい？」

白のノースリーブから、プンと汗の匂いがしたとおもった。胸の動悸を押し殺し、私はうなずいた。

「照子よ、倉橋照子」

いうなり、テコが背伸びし、あっという間に私の唇に自分の唇を押し当てた。

「約束よ」

テコがにっこりと笑い、私の腕を引く。

それは生まれて初めて経験したキスだった。私の頭のなかは真っ白になっていた。唇の周りに、生々しい女の匂いが残っている。

「ここで、勉強してるのね」

キスのことなど忘れたかのように、テコが夜空の下で暗く佇《たたず》んでいる校舎を見上げている。

「あなた、卒業したら何になるの？」

「わからない」

私は上気した顔でテコの目を受け止めた。

「わからない？　だって、何かになるためにこの大学に来たんでしょ？　夢とかはないの？」

「夢ねえ――」私はいった。「はっきりいえば、特殊な才能がないから、ここに来たんだとおもう。それもとりあえず……」

「とりあえず？」

「そう、とりあえず。ここを卒業して、大きな会社に入り、だんだん出世してゆく……。そんなことにはまったく興味がないんだ。かといって、特別他にやりたいことがあるわけでもない。だから自分でも困っている」

そう……。多分それがくせである小首を傾げるしぐさで、テコが微笑んだ。

「あなたは、正直で好いひとだわ」

「正直なのは、語ることばがないからで、好いひとなのは経験が浅いからだよ」

「いうことも、お利口よ」

テコが身体をあずけてきた。今度はしっかりとテコを抱き締めた。

髪の汗。首筋の香水。寄せた唇に口紅の香りがした。

テコが舌を絡めてくる。押しつけられたテコの胸の隆起に、私の血は逆流した。

「苦しい……」

テコが腕から逃れ、口元を緩めるといった。

「わたしの勘に狂いはなかった。あなたは私と同種の人間よ」

「同種の人間？」

「そう、退屈と平穏が一番嫌いな、そういう人間――」

退屈と平穏が一番嫌いな人間……。

私は寮へと通じる道をテコに腕を取られながら歩きつつ、胸のなかで何度もそのことばを反芻《はんすう》した。

道を覆う背丈の高い樹木の間から、月の光がこぼれ落ちている。時々、時間の感覚を失ったような、チチッ、という蝉の鳴き声が聞こえた。

「あれが、そうなの？」

壊れた噴水のある溜め池の前に出ると、珍しいものを目にしたというような口調でテコが訊いた。その視線の先に、古ぼけた三棟の木造の寮が月明かりの下でうずくまっている。

「いうほど酷くないじゃない。豚舎になんて見えなくてよ」

「月のせいさ」

「わたしはもっと酷いところを知っている」

「そりゃあ、世の中にはもっと酷いところなんてたくさんあるとおもう」

「そういう意味じゃないのよ……」

テコが独り言のように口にすると、溜め池のそばの朽ちかけたベンチに腰を下ろした。

私はテコと肩を並べて座り、たばこに火をつけた。

寮の窓のところどころに明かりが灯っている。しかし、その半分以上は電気がついていなかった。夏休みを直前に控え、すでに早い者は帰省し、なかには遅いこの時刻までアルバイトに精を出している者もいる。

「そういう意味じゃない、って……？」

「ねえ、寮での生活のことが聞きたいわ」

私の問いをはぐらかすようにテコがいった。

「寮での生活?」私はテコの顔を盗み見た。

「どうして、そんなものに興味があるんだい?」

「わたしにとって、対極にある、もう一方の憧れだったからよ」

「対極にあるもう一方の憧れ?」

「そう」

テコが笑みを浮かべると、暗誦《あんしょう》した台詞をつぶやくように、口にした。

「私と父は同じ種族の人間だった。私はこれを、ときには美しい純粋な遊牧の民だとおもい、ときには惨めなすれっ枯らしの享楽者たちとおもうのだった……」

「あの小説?」

テコに渡された本、『悲しみよこんにちは』のなかに確かそんなフレーズがあったような気がする。

「そうよ」テコが再び口元をほころばせた。「もう読んだ?」

「一、二年前、高校生の頃に一度。借りてからはまだ読んでいない」

読んだことはあるものの、私はその内容については大筋のところしか記憶していなかった。主人公が女の子だったせいではない。そこに繰り広げられる物語の舞台が、あまりにも自分の実生活とかけ離れていたからだ。

南仏のリゾート地。ブルジョアのやもめ暮らしの父と、寄宿舎から学校に通う十七歳の一人娘のひと夏の出来事。道徳や倫理、世俗の規範というものを何よりも嫌い、自分の自由と享楽だけがすべてと考えているそんな父が、まったく正反対の価値観を持つ旧知の女性に恋をする。その女性が義母になれば、放逸で刺激的で無頓着な現在の生活が、やがて秩序と平和と静けさに取って代わるだろう。それを畏《おそ》れるあまり、主人公が義母となる女に奸計《かんけい》をめぐらす。そして迎える悲劇的な結末――。確かそんな物語だった。

「本が好きなのかい？」

「そうでもないわ。たまたまあの本のあんな世界に憧れただけよ。でも、学校には行きたかった」

なぜ？　その理由を尋ねようとしたときには、テコはベンチから腰を上げていた。

「歩きましょ」

テコが再び腕を絡めてくる。

溜め池と寮を背にした南側は学園の運動場になっている。その先は鬱蒼《うっそう》とした雑木林がつづき、更に進むと、玉川上水の辺に出る。その付近に、私立の某女子大があるらしい。私はまだ行ったことはなかったが、寮生たちは、その界隈の散歩道を「ラバーズレイン、恋人たちの小径」などという洒落た名で呼び、女子学生と歩くことを夢見ている者が多かった。

頭の片隅にあるそんな話のせいか、私の足はごく自然にそっちの方角へと向かっていた。

歩きながら、私は入寮してからのこれまでの生活をかいつまんでテコに話して聞かせた。耳にするひとつひとつが新鮮らしく、時折テコが質問をぶつけてくる。

「ファイティング？」

「そう、ファイティング、っていうんだ」

夜の十時を回った頃、寮内放送が流れ、ファイティングの告知がある。夕食の残りを賭けた闘いだ。

「用事で寮に帰ってこなかったり、ときには外食をしたいという寮生もいるだろう？　食堂に希望者が集まって、そんな残りの飯を賭けてみんなでジャンケンポンをやるだけさ。一食、三十円。みんな若くて、貧乏だからね」

三十円ね……、テコがつぶやき笑った。

「で、あなたはジャンケンは強いの？」

「目下、一勝〇敗。まだ一回しか参加していない。でも、負け知らずで終わるよ。もう参加するつもりはないから」

「どうして？」

「博打の運をそんなところに使いたくないんだ」

「博打の運？」テコが立ち止まると、私をしげしげと見つめた。「あなた、博打が好きなの？」

「たぶん。まだ、麻雀をかじっているていどで、実のところ自分でもよくわからない」

そう――。テコが小首を傾げ、再び歩き出す。

運動場を抜けて、雑木林のなかに入ってゆく。

空は満天の星で、月明かりが樹木の間から降り注ぎ、この時刻にもかかわらず小径が闇に白く浮かび上がっている。人影は見られなかった。

「引き返そうか？」

テコが首を振り、小径をゆっくりと歩いて行く。

「あるひとのことばをあなたに教えてあげる」テコがいった。「明日やるべきことが見つけられないひとだけが博打と出会う。そして、明後日の見えないひとは博打に溺《おぼ》れ、将来の見えないひとは博打で死んでゆく」

「ふう〜ん。それは、誰がいったわけ？」

「いつか教えてあげる」

そういうと、テコは押し黙った。

少し歩くと、道の窪んだ一角にぶつかった。大きな三本の樹木の間の地面には青草が生い茂っている。テコが腕を引き、そこへ私を誘う。

一本の樹木をテコの背に、私は胸の動悸を彼女の隆起した胸に押しつけた。夜目にも白い、肩口からむき出しになったテコの細い二の腕が、私の理性を奪ってゆく。青草の茂みに、私はテコと一緒に倒れ込んだ。

途切れ途切れに、テコが私の耳元で何かをささやいた。

しゃぼんだまよ……。

テコのささやきが、真っ白になっている私の頭のなかを通り過ぎてゆく。

人生なんてシャボン玉よ……。

もつれる私の指先が、生まれて初めて女の芯に触れたとき、今度ははっきりとそう聞こえた。

テコの掌が、硬直した私の分身を包み込む。背筋に糸を引くような快感が走り抜けた。湿った土の匂いと青草の香りがした。樹々の間から月の光がこぼれ落ちた。

テコの身体の汗と香水が鼻腔を刺激したその瞬間、あっ、声を発して、私はテコの掌のなかではじけていた。

腰を引く私をテコがしっかりと抱き締める。

「いいのよ。初めてなんだもの」

私の耳元でテコがささやいた。

しばらくじっとしていた。夜風が汗ばんだ肌をなぞってゆく。

「もう、だいじょうぶ？」

白い歯を見せ、左手でハンカチを取り出すと、テコが私の下着のなかにそっとそれを差し込んだ。

「どうしていいのか、よくわからないんだ……」

半分照れを隠し、私は小声でいった。

「いいのよ。こんなこと自然に覚えるものよ。これをできない動物なんている？　人間だっておんなじよ」

ハンカチを丸め、テコが周囲を見回すと、樹木の根本にそっと置いた。白地に小さな花柄模様の入ったハンカチが、薄闇のなかで浮かび上がっている。

「これでも、童貞を失ったことになるのかな？」

「ばかね」テコが笑った。「どうでもいいことじゃない。それより、ここは蚊が多いわ」

テコのことばに、私は初めて手足のあちこちに痒《かゆ》みを覚えた。

テコが立ち上がり、服の汚れを手で払う。白いスカートの後ろに、青草のうっすらとした染みができている。

「帰りましょ」

なんとなく物足りなさを感じながらも、私はテコに促されるまま、元来た道へと歩きはじめた。

「ぼくは、テコちゃんのことを何も知らない。知っているのは、名前と、働いている喫茶店だけだ」

「それと、もうひとつ」

「もうひとつ？」

「この指が知ってるでしょ」

そういうと、テコは、さっき彼女の芯に触れた私の右手の中指を握り締めた。

「そういうことじゃなくて……」私はどぎまぎしながら、いった。「生まれたところとか、今住んでいるところとか、何が好きなのかとか、そういうことだよ」

「ありきたりのことを知りたがるのね」テコがちょっと私に視線を流すと、いった。「生まれたところは、東京の木場《きば》よ。今住んでいるところは、吉祥寺。何が好きか、っていう質問は難しいわね。でも嫌いなことははっきりしている」

「退屈と平穏？」

「そうよ。あなたは、それが我慢できる？」

「わからない。でも、たぶんできないとおもう。なぜなら博打事を考えていると、血が騒ぐから」

運動場の端に出た。

バックネットの上空に半月がかかっている。

「あら、誰か走っているひとがいる」

テコの視線の先、トラックの向こうで人影が動いていた。白のランニングシャツに白の短パン。どうやらトラックを周回しているようだ。

バックネットの横にあるベンチにテコと並んで腰を下ろした。

「たぶん、寮生じゃないかな」

近づいてきたその顔に見覚えがあった。

男は、私たち二人など眼中にないかのように、黙々と走りつづけている。

「ああいう青春には興味がないの？」

口元に笑みを浮かべると、テコが訊いた。

「似たようなことは、十八年もやってきた。一生懸命、身体を鍛え、一生懸命勉強する。たぶん、世のなかで必要とされるのは、彼のような人間だ。それもわかっている。でも、頭では理解できても、身体の別の部分、生理がいうことをきかないんだ」

「燃えない？」

「そう、燃えないんだ」

「埒外《らちがい》の人間なのね」

「埒外？」

「そうよ。埒外の人間。私の父親もそうだった……」

テコが背伸びすると、天空を見上げた。まばゆい光を放つ無数の星の中央に、黄色い月が鎮座していた。

「さっき教えてあげた博打のことば、あれをいったのはわたしの父親よ」

「お父さん？」

「そう、あなたと同じで、博打が大好きだった。そのために、家財産、家族、何もかもを失った……」

テコがおもい起こすように、話しはじめた。

テコの家は何代もつづいた木場の材木商だった。材木商は気も金遣いも荒いと昔からいわれている。もともとが木材自体、相場の変動で値が大きく上下する代物だ。力仕事と大きな金。テコの話では、それは想像を絶するものであったらしい。いきおい、そこで生き残るには、それなりの覚悟と自制が必要だろう。

「家を守る、という概念を父は持ち合わせていなかった。自制も制約も父には無縁だった」

「それに、道徳や倫理、世俗の規範というものも――」

私はことばを添えた。

「その通り。わかる？」

「わかるよ。なんとなくね。にもかかわらず、テコちゃんは、そんな父親がこの世の中で一番好きだった……」

「そうよ」

嬉しそうに、テコが目をクリッと瞬かせた。

「私と父は同じ種族の人間だった。私はこれを、ときには美しい純粋な遊牧の民だとおもい――ときには惨めなすれっ枯らしの享楽者たちとおもうのだった……」

テコがことばを引き継ぎ、口元に笑みを浮かべた。

テコの話を耳にしながら、なぜあの本をよこしたのか、その理由が私にはわかったような気がした。

「結局、家はそのあと、どうなったの？」

テコが喫茶店で働いていることを考えれば想像はできた。だが、私はあえて訊いてみた。

「私が高校二年のとき、人手に渡ったわ」

「それで、もう一方の憧れだった、学校をあきらめた……」

テコがうなずいた。

「でも、今でも、この世の中で一番好きなのは父親よ」

「今、お父さんは？」

「元気よ。というより、これまでで一番生き生きしているんだとおもう」

「何をしているの？」

テコが私を見、にっこり笑うと星空を再び見上げた。

「競輪の予想屋さんよ」

「競輪の予想屋？」

「そう」テコが私を見、訊いた。「競輪、見たことある？」

「いや、まだ一度も」

轟音と静寂――。私の耳に、永田の家からの帰り道に届いてきた、あの競輪場のざわめきが蘇ってきた。

「テコちゃんは？」

「私もないわ」

「でも、お父さんとは時々会うんだろう？」

「ええ、会うわ」ふと、気づいたようにテコがいった。「あなた、お父さんに競輪を教わろうというんじゃないでしょうね？」

「まさか——」

私は胸の狼狽を隠すように、ベンチから腰を上げた。

いつの間にか、運動場をランニングしていた男の姿はなくなっていた。暗い闇の向こうの、寮の部屋の明かりが妙に遠くに感じられた。

時刻は十時をいくらか回っている。上りの電車は十一時頃で終わりだ。

「今度の土曜日も会えるかな？」

私はチラリとテコを盗み見た。

「土曜日じゃなくてもいいのよ。仕事は十時までだし、そのあとならいつでも会えるわ」

駅への帰り道、私は永田とルミのことをテコに話して聞かせた。

「その、ルミさんていうひと、とても正直なひとね。わたし好きよ。そういう生き方をする女のひとって」

「きっと、戦争中の悲惨な体験が頭から離れないのだとおもう」

「だから、目の前の今の時間だけを信じている……」

「何をどういおうと、そういう人たちはぼくらとは根本的にちがうんだ。ぼくらは理屈が先にある。理屈の上に、一見正しそうに見える、青臭い主義主張のピラミッドを組み立てる。でもそんなのは長続きしない。基本的な部分が血や涙を流したものでできていないからだ」

こんな話、つまらないかな——。私はチラリとテコに視線を走らせた。

「そんなことはないわ。つづけて」

「ぼくの寮の友達に、湯浅というのがいる。ついこの間まで、彼は群馬の田舎で毎日を過ごす純朴な一高校生だった。だけど今は、プラカードを掲げ、デモに参加し、ビラを配っている」

「あなたは、しないの？」

「とことんやれそうにないから、やらない。何事もとことんやれるものじゃないと、つまらない」

「燃えないわけね」

テコが絡めた腕に力を込めた。

「というより、たぶん彼らを信じてないからだとおもう。だって、資本主義の権化といっては銀行を攻撃し、その手先だと誹謗《ひぼう》しては商社なんかをやり玉に挙げていた連中が、卒業間近になったらピタリとそんな活動のすべてをやめて、平気な顔をしてそういった企業へ就職していくんだ」

「そして、出世してゆく……」テコがことばをつないだ。

「彼、あなたの友達だという湯浅というひともそうなの？」

「わからない。彼は彼さ」

「冷たいのね」

「熱を冷やせるほどには、冷たくないよ。生き方や感じ方がちがっても、友達でいるのになんの差し障りもないしね」

「あなたのそういうとこ、とっても好きよ」

テコが腕を引き、唇を私の頬につけた。

無人の改札口を通り、プラットホームでテコと電車を待った。人影はなかった。ホームの背後の木柵から、白い花をつけた枝が伸びている。

「夾竹桃《きょうちくとう》ね」

「花の名前なんて知らないんだ」

「あなた、寮での生活、好き？」

「好きも嫌いも……、貧乏だからね」

暗い線路のはるか向こうに二つの赤い点が浮かんだ。電車が来たようだ。

「私の部屋に来てもいいのよ」

夾竹桃の枝を折っている私の背後からテコが声をかけてきた。

「部屋は四畳半と三畳、狭いけど汚くはないわ」

振り向いた私に、テコがニッコリとした笑みを向けてくる。

「これから？」

「きょうはだめ。それに私のいってるのは、部屋に遊びに来なさい、ということじゃないわ」

二両編成の電車が滑り込んできた。

「もう遅いから、ここでいい」

一緒に乗ろうとした私をテコが手で押し止めた。

これ――。私は折ったばかりの、花を何輪かつけた夾竹桃の小枝をテコに手渡した。

「部屋に遊びに来なさい、という意味じゃない、って……」

私の最後のことばは閉まったドアに遮られた。

電車がのんびりした速度で走り出した。私は数歩、電車を追った。ドア越しに、テコがいま渡した夾竹桃の小枝を振っている。

私はホームに立ち、走り去ってゆく電車の後尾ランプを見つめた。電車の姿が完全に消えてから、無人のホームを出、寮への道をゆっくりと歩いた。

——私の部屋に来てもいい。四畳半と三畳。遊びに来なさい、ということじゃない……。空を見つめながら、何度もテコのことばを反芻《はんすう》した。

——一緒に生活しよう、ということだろうか。

その夜、寮に帰った私は、まんじりともしないで夜を明かした。そして、朝日が窓越しに差し込み始めたとき、私の胸には、ひとつの具体的な決心が固まっていた。

それから一週間、昼前に寮を出、永田の家で麻雀の特訓を受ける日々がつづいた。

ゲンロク、バクダン、すり替え、エレベーター、ぶっこ抜き——。

時には、麻雀講義の合間に、イカサマ技の基本形を永田が披露してくれる。

「イカサマ技にはいろいろある。クマゴロウは新手を次々に考え出すからな。だが、イカサマを完璧にこなすことは不可能だ。どこかに必ず、不自然さが出てくるものだしな」

「見破る方法とかは？」

「経験を積むしかない。しかし、積んだ山の左右両端の四つの牌、これだけを注意していたら、よっぽど腕のいいやつ以外は、だいたい防げる」

永田はいうと、目の前の牌山の左右から、あっという間に、四枚の牌を自分の手牌とすり替えて見せた。

「しかしな——。俺たちはやくざじゃない。仮に、そのイカサマを見抜いたところで、それを正確に指摘もできないし、トラブルの後処理にすら難渋してしまう。つまるところ、そうした筋の人間とやるときは、きちんとケジメをつけられる仲立ちの人間がいるときだけにしたほうがいい」

私がうなずくと、永田が半分冷やかし気味に、笑みを浮かべていった。「女と暮らす金でも必要になったか？　このところ、勝負師らしい目になってきているぞ」

5

テコと別れたあとの一週間、私はただひたすら麻雀の基礎訓練を受けるために永田の家に通った。

永田の教え方は微に入り細を穿《うが》ち、それこそ手取り足取りともいうべきほど丁寧なものだった。

「いいか。当面は防御なんてのは考えず、攻撃一本槍でいい。麻雀は攻守のバランスの勝負だが、君には、まだそれを考慮しながら打てるほどの腕はない。攻撃力も身につかぬうちに防御を覚えると、麻雀がチグハグなものになってしまう。鋭い、カミソリのような攻撃力を身につけてから初めて守りの打ち筋を覚えるのだ。そりゃあ、攻撃一本だと大負けもするだろう。しかし、逆にツキが味方すれば、大きく勝つこともある。しっかりした攻撃力さえ持っていれば、その日一日の勝負とかは別にしても、一か月ぐらいの長いサイクルでみれば、結局勝ち負けは、均等か、それ以上のものになってくる」

牌山を並べ、十三牌を取り、聴牌《テンパイ》に向けての最短コースを徹底的に教えられた。次は、永田の捨て牌から当たり筋を読む。迷彩、裏筋、役による河《ホオ》の不自然な流れ……。昼過ぎから永田とルミの劇場での仕事が始まる夕刻まで、私のための麻雀の特訓は、みっちりとつづけられた。

「今、君が覚えているのは、麻雀の牌との間の因果関係ということに過ぎない。実戦はこうはいかない。実戦というのは生きているからだ。つまり、実際の勝負というのは、麻雀の牌とやるわけではなく、卓を囲む人間や、そいつが操る牌の流れということなんだ。将棋同様、麻雀もまったく同じ勝負というものはない。人によって勝負に対する考え方や感じ方がちがうから、同じ局面でも当然切り牌も異なってくる。従って、この麻雀の基本がマスターできたら次は戦う相手の人間心理を読むことが必要になってくる」

麻雀に没頭しているとき、私の血は騒いだ。牌を握る指先から、熱い、ほとばしるような快感が身体全体に駆け巡った。

麻雀の講義が終わると、永田とルミを劇場まで見送り、帰途につく。

途中の乗り換え駅の国分寺で、私の足は何度となく止まり、迷った。テコの店に寄ろうか……。

テコに会いたい、テコの顔を一目見たい……。

しかし、私はいつもその欲望を振り払い、ちんちん電車に乗って、一直線に寮へと舞い戻った。

食堂で夕食をとったあと、すぐに部屋にとって返し、麻雀の牌を広げる。昼間、永田の家でしたのと同じように、牌山を作り、手牌を広げ、反復練習を一心不乱に行う。

「牌が違和感なく指先に馴染むようでなければいけない」

永田のことばを肝に銘じ、ただひたすら麻雀の牌に触れつづけた。

「梨田、おまえ、麻雀で頭がイカレてしまったんじゃないか?」

「たぶん、そうだとおもいます」

「麻雀なんて、結局のところ、遊び以外のなにものでもないじゃないか。そういうのを、無為な時間というんだ」

無為かどうか、それはずっと先になってみなければわからない。

私は喉元に出かかったことばを飲み込み、同室の先輩二人に笑顔を向けてやり過ごした。

ただ、そんな特訓も、二人の邪魔にならないよう私なりの配慮はかかさなかった。彼らが勉強をする気配を示したり、就寝の時刻ともなれば、寮の娯楽室に場所を移し、深夜の二時三時まで、そこで黙々と牌を手にして同じ作業を繰り返した。

そうした一日が終わり、ベッドに潜り込むと、テコと過ごしたあの雑木林の甘美な感触が脳裏に甦り、夜ごと私を苦しめた。テコへの思慕が募り胸の疼《うず》きが増せば増すほど、それに比例するように、麻雀へ賭ける意欲が血となって五体をかけめぐった。

――早く永田のように麻雀の牌を自由に操りたい。

牌を操り、博打の世界でそれなりの戦績を残す。テコの部屋で、テコと一緒に住むには、それしかない。そう念じ、私は眠りの底に落ちていった。

ルミのストリップ劇場の臨時働きが終わる最後の日、永田が私に訊いた。「君はこの夏休み、郷里には帰らないのか？」

「ええ、帰る気はありません」

二日前から大学は夏期休暇に入っていた。寮生は大挙して帰郷し始めていた。残った者の大半は、アルバイトが目的だった。大学に入って初めて迎える夏休みではあったが、私は郷里に帰る気もアルバイトをしようという気もなかった。

「とりあえず、この一週間で、俺の知り得る麻雀の基本的なことは一通り教えた。後は、実戦で場数をこなすことと、君の素質の問題だとおもう」

「素質の面ではどうですか？」

「そうだな――」永田がにやりと笑うといった。「正直、おもっていたよりあるほうだろう。

飲み込みが早い。だが、実戦の場でどこまでそれが生かされるか、そこまでは何ともいえない。俺は明日から身体が空く。前にも話したが、俺とルミは今月の末から大阪に行く。もしその気があるなら、それまでの間、実戦につき合ってやってもいい」

永田の申し出に、私は一も二もなく応じた。

いくらか入れ込み気味の私に、永田が苦笑を浮かべ、うなずく。

「最初は、学生街の雀荘からだな。街中のやつは、それからでいい。いくつか心当たりの雀荘がなくもない」

私の大学の界隈にも学生相手の雀荘が何軒かある。だが、そこにたむろする者たちの腕は、他大学の猛者連中とは比較にならない、と永田はいった。

「ここの大学の連中は、万事につけて日和見だからな。それが麻雀にも表れている。生活を賭けて麻雀を打っているやつなどひとりもいないしな。麻雀の腕を磨《みが》くには、この勝負に負けると明日からの生活に困る、というような逼迫《ひっぱく》した状況でやるのが一番だ」

永田の話に異存はなかった。ただ唯一、私が気になっていたのは麻雀を打つ軍資金だった。

「資金は、どのくらい必要ですか?」

私は恐る恐る永田の目を見つめた。

「最低、五万は要るだろう」

永田が事もなげにいった。

私の手元にあったなけなしの金、先日、ルミから借りた一万五千円は、すでに一万円ほどになっている。親元から届く仕送りは、二週間ほど先だ。

「あなた、お金がないんでしょう？」

私の胸中を察してか、横で話を聞いていたルミが笑いながら、ことばをはさんできた。

「いいわ。わたしが貸してあげる。ただし、博打を打つお金だから、今度のお金には条件があるわ」

ルミの顔を見、永田が口元に例の笑みを浮かべている。

「ひと月後には、倍にして返してくれること、それが条件よ」

翌日の十二時に永田と国分寺駅のホームで会うことにし、私はいつものように二人と劇場前で別れた。

私の手元には、一か月後には倍にして返す約束をした、ルミから借りた五万円があった。

その日はまっすぐに寮には帰らなかった。国分寺の駅に着くと、駅前の中華屋でラーメンをすすり、本屋をのぞき、余った時間はパチンコをやって潰した。

十時前に、私は「南十字星」にむかった。出入り口の近くでたばこを何本か吸ったころ、店から出てくるテコの姿が目に入った。同じ年頃の女の子と一緒だった。顔に記憶がある。テコと同じく、店で働く女の子だった。

きょうのテコは、先夜の白一色といういでたちではなく、薄い黄色のノースリーブに淡いグリーンのスカートという姿だった。きょうの服装のほうが、ずっと大人びて見えた。それに、なんとなく夜の街のネオンにも似合っている。

「あら」

私の姿に気づいたテコが軽く右手をあげた。

横の女の子が口元に、意味あり気な笑みを浮かべ、

「じゃあね、おつかれさん」

とテコにいうと、駅のほうへ急ぎ足で歩き去った。

「どうしてたの。一度も顔を出さなかったじゃない」

テコの声は怒っているというより、私をからかっているような響きがあった。

「いろいろあったんだ」

「いろいろ、って？」

「いや、正確にいうなら、ひとつしかなかった」

私はしどろもどろの口調で答えた。

「ふぅ〜ん」テコが私の頭のてっぺんからつま先まで、点検するような目で見つめた。「で、どうするの？」

「お腹、すいてない？」

「それはすいてるわ。働いてたんだもの」

「じゃ、何か食べに行こう。そのあとでお酒を飲むとか……。きょうはお金があるんだ」

「どうして？」

「食べながら、飲みながら、話すよ」

うなずくと、テコは腕の時計を見、そしていった。

「ここで、食べたり飲んだりしていたら、終電に間に合わなくなっちゃうわ」

「吉祥寺に行こう。そのつもりで来たんだ」

私は自分でも意外な声で、はっきりといった。

そう。一瞬、私の目をうかがい、テコが私の腕に手を絡めてきた。

切符を買い、ホームで電車を待った。その間も、テコは私の腕をとっていた。テコは何もいわなかった。私も何もいわなかった。電車に乗るとき、テコが初めて腕を解いた。

電車のなかはガラガラに空いていた。私はテコと並んで座り、向かい側の窓に映るテコの姿を時々見つめた。テコは吉祥寺に着くまで、目を閉じたまま、やはり何もしゃべらなかった。

この間の夜と何かがちがった。

――迷惑だったのかな。いや、そんなわけがない。

窓の外に流れる明かりの点滅と窓ガラスのテコの顔が重なる。吉祥寺の駅に着くまで、テコを見つめながら、私は胸のなかで頭をもたげた疑問に自問自答していた。

「着いたよ」

私のことばにテコが目を開く。ほんとうに寝ていたようだ。目を一、二度瞬いたあと、テコが私を見、にっこりと笑った。

「お店が終わると疲れるの。乗り過ごすのなんてしょっちゅうよ」

電車を降り、改札口に向かう。

「吉祥寺は?」

階段を下りながらテコが訊いた。

「初めてだよ。降りたこともない」

「井の頭公園は反対側、私が住んでいるのは、こっち側」

北口出口の前でテコが説明する。

駅前はさほど広くないロータリーになっており、正面に一本広い道の商店街、左手のほうがネオン街になっている。

「テコちゃんの家は？」

「あの商店街を抜けて、五、六分歩いたところよ。あとで教えてあげる」

テコはそういうと、私の手を引き、ネオンの輝く左手の路地に向かった。

吉祥寺に行こう。そうことばに出したときから、すでにテコは私が部屋に来るものとおもっているようだ。

　──誰とでもそうなのだろうか。

私は胸の期待と並行して、軽い嫉妬を覚えた。

「お寿司でいい？」テコが笑って訊いたあと、ことばをつけ加えた。「わたしは働いている。わたしはあなたよりお姉さん。だいじょうぶよ、わたしが奢《おご》ってあげる」

「いや、いい。僕が誘った。僕はお金を持っている。僕が奢るよ」

「なぜお金を持ってるのか、その理由しだいね。それにしても──」テコがいった。「あなたのその物言い、わたし好きよ」

時々顔をだすというテコの知っている寿司屋の暖簾《のれん》をくぐった。

ビールを頼み、テコと乾杯した。

「あなたと食事をするのも、お酒を飲むのも初めてね。きょうはきっとうまくいくわ」

テコが笑い、こはだ、と板前にいった。

テコの口にしたことばの意味をようやく理解し、私は慌ててビールを口に運んだ。

「ねえ、どうしてきょうはお金持ちなの」

テコが寿司をほお張りながら私に訊いた。

「この前、立川に住む永田とルミのことを話したろう？」

「あの踊り子さんね」

私はこの一週間のことをテコに話して聞かせた。

「じゃ、博打をするために借金したお金じゃない」

「それは五万円で、他に一万円ある。奢るのは一万円のほうのお金でだよ」

「ふぅ〜ん。変な理屈ね。で、負けたら？」

「負けない。ギリギリで、切羽詰まったお金だから。それに……」

「それに？」

「博打で負けるようじゃ、テコちゃんと一緒に住めない」

そういって、私は残りのビールを一気に飲み干した。

そう。テコがグラスをもてあそびながら考え、それからいった。

「わたしは博打打ちを嫌いじゃない。というより、好きよ」

「お父さんがそうだったから？」

「それもある。でもほんとうは、明日が見えないから。明日が見えないような生活がわたしは好きなの。性に合ってるの。わたしと一緒に住んでもいい。でも、これだけは約束して」

テコが私を見、キラリと瞳を輝かせた。

「あなたはあなたの好きなようにする。わたしはわたしの好きなようにする。つまり、一緒に住むようになっても、絶対にお互いがお互いを干渉し合わないようにすること――」

「わかった」

「そう簡単に、わかった、なんていわないで」テコが一瞬、私の目をのぞき込んだ。「男は最初は、みんなわけ知り顔でそういう。でも、肌を合わせ、情を通わせ合うようになると、いつも最初のその約束を反故《ほご》にする。世の中では、ふつう、女のほうが男を縛るようにいうけど、ほんとうはその逆よ。少なくともわたしの経験ではね」

――テコはいったいどのくらいの男経験があるのだろう。

私はテコの話に耳を傾けながらビールを飲み干した。

「でも、僕はちがう。僕は女より、自由を取る。女より博打を取る。もし、僕のことばが信じられないのなら、帰るよ」

「二言はない？」

「確かに、僕は女に対しては晩稲《おくて》だよ。でもね、フリテンなんて、するもんか」

私はムッとして、自分でも驚くほど強い口調で応じた。

「なに、それ？」

「失言なんてしない、ってことだ」

なんとなく私の怒りを感じたのだろう、テコはうなずくと、それきり口を閉ざし、黙々と寿司を食べた。

勘定を払い終え、店を出ると、私はポケットの金を握り締めた。残り五万円。明日からはこの金だけを頼りに麻雀を打ち、日々生活していかなければならない。

不安より、ふしぎと心のなかには充実感があった。学園という過保護の世界から飛び出し、これからは自分の腕一本で外洋に乗り出すとでもいうようないささか大袈裟な気概をすら感じていた。

無言でテコが腕を絡めてくる。私はテコに引かれるままに歩いた。商店街をくぐり抜けて大通りを渡ると古い住宅が密集する区画に入った。

「あなた、この一週間で急に大人になったような気がしてよ」

テコが店を出てから初めて口をきいた。

「その、子供扱いはもうやめてくれないか」

「博打事、ってひとを大人にするのね」

私のことばなど意に介さないようにテコがつぶやく。

「ここよ」

立ち止まったのは、その古い住宅街のなかでは異彩を放つ、きれいな外壁をしたモルタル造りの二階建てアパートだった。永田とルミの住む長屋風のものとは雲泥の差だ。

外階段を上り、一番隅の部屋の前で立ち止まると、テコがバッグから鍵を取り出す。

「どうぞ」

テコの後に続いて私は部屋に入った。

外観同様、部屋はまだプンと真新しい建物の匂いがした。その匂いのなかに、大人の女の香りも漂っている。その瞬間、脳裏に先夜の出来事が浮かび、私の胸はときめいた。

四畳半と三畳。狭い部屋だとテコはいっていたが、トイレやキッチンは別造りで、二部屋が丸々使えるようになっており、床はベージュのカーペットが敷かれている。

そのなかで箪笥《たんす》やベッドなどの、見るからに高価そうな調度品類がきちんと並べられていた。

「着替えるから、待ってて」

風呂の栓をひねり、冷蔵庫からビールを取り出すとテコがいった。

ダイニングテーブルの椅子に座り、私は初めて見る大人の女の部屋を好奇の目で見回した。学校に行くのは諦めた。そうテコはいっていた。それから四年。テコはどんな生活をしてきたのだろう。

「お風呂、先に使って。わたしはお化粧を落とさなければいけないから」

赤い格子縞の薄手のパジャマ姿に着替えたテコが、私の前に来て、白いタオル地のガウンを差し出した。

「今度、あなたのパジャマを買っといてあげる。小さいかもしれないけど、きょうのところはこれにでも着替えておいて」

私はテコのパジャマ姿から目を逸らし、差し出されたガウンを手にした。

「男物？」

「ばかね。わたしのよ。誤解しないようにいっておくけど、この部屋に男の人が来たのはあなたが初めてよ」

「そういうつもりじゃ……」

いいのよ。テコが笑い、私に風呂を促す。

風呂から上がったあと、私はベッドのある部屋の窓辺でたばこを吸いながら、テコを待った。

壁のあちこちに、私の知らない洋物のレコードのジャケットが張りつけてある。たぶんテコは歌が好きなのだろう。

窓から、涼しい夏の風が入ってくる。遠くに駅前のビルの明かりがひとつだけ見えた。無数の針穴を開けたように空には星が輝いている。

――きょう、俺は男になる。あしたからは、博打の日々が待ち受けている。

そんなことを考えているうちに、胸のなかが高揚してくるのを覚えた。

風呂上がりのテコの気配に、ますます私の胸は高鳴った。

手にコーヒーカップを持ったテコが部屋に入ってきた。もう一方の手にはストローらしきものを持っている。

テコが私の隣で窓に腰を下ろし、ストローをコーヒーカップにつけたあと、口にくわえたそのストローを窓の外に向けた。

ストローの先端に、少しずつ、シャボンの輪がふくらんでゆく。こぶし大の大きさになったとき、シャボン玉がストローの先端から離れた。風に揺られて、シャボン玉が隣の家の庭のほうへ流れてゆく。

私は無言でテコを見つめた。

テコは次々とシャボン玉を作っては飛ばしていった。時々、シャボン玉のいくつかが、流れる途中ではじけては消えた。

「シャボン玉が好きなのかい？」

私はテコの横顔を見つめ、ポツリといった。

窓明かりを受けたそのテコの横顔は、私がこれまで目にしたなかで、一番寂しげな表情を漂わせていた。

「儀式よ」

テコが私を見、にこりと笑った。

「儀式？」

「そう、儀式。わたし流のね。覚えていて——」テコがいった。「今度、あなたがわたしがこうしてシャボン玉を吹いているのを見るときがあったら、そのときは終わりよ」

「終わり？」

「そう、わたしとあなたの物語は終わり……」

いうと、テコが再びストローをくわえた。星明かりを反射して七色の光を放ちながらシャボン玉がみるみるふくらんでゆく。ストローを離れたそのシャボン玉は、一度大きく宙を漂ってから闇のなかで、すっと消えた。

「これで、わたしの儀式はおしまい」

最後の大きなシャボン玉が消えたのを見届けると、テコが口元に笑みを浮かべた。

カップを窓辺に置き、テコが私の肩に頭をもたせかけてくる。洗い立ての髪の毛から、シャンプーのレモンの匂いがした。私はそっとテコの唇に唇を合わせた。テコが舌を絡ませてくる。

ふしぎと、初めてテコとキスをしたときのような緊張はなかった。しばらくテコを抱き締めていた。

「一週間の間に、ずいぶん上手になったのね」

「他にもある」

「他にも？」

「麻雀さ」

テコが私の頰をつねり、再び唇を合わせてくる。

──いいかい。麻雀の極意は攻守のバランスだ。

きっと女も一緒だ。私は永田のことばをおもい出しながら、必死で胸の緊張を和らげていた。

テコの手が私の強張った分身に伸びてくる。一瞬、背筋に電流が流れた。もつれあったまま床に倒れた。薄手のパジャマを通して、テコの胸の隆起が肌に伝わってくる。私は夢中でテコのパジャマの下に手を滑り込ませた。

「ゆっくり、でいいのよ……」

耳元でささやくテコのことばが、逆に私の理性を奪ってゆく。テコのパジャマのボタンをもつれる指先で外した。あらわになった胸の隆起が、薄闇のなかに白く浮かんだ。私は夢中で、その隆起に唇をはわせた。

「ベッド……」

テコのあえぎを無視して、パジャマの下に手を伸ばす。

テコのそこは、先夜のそことはちがった。ぬめるような感触が指先に広がる。

「ベッド……」

テコが再び耳元でささやいた。

私は白い裸身のテコを抱き上げ、ベッドに運んだ。

「じっとしていて」

テコが私のバスローブを脱がし、首筋から胸へと舌をはわせてくる。そして、私の屹立《きつりつ》した分身を唇で包み込んだ。

——これが女なんだ。

私はめくるめくような快感の波に翻弄《ほんろう》されながら、頭の片隅でつぶやいた。

——今、俺は男になる。

そうおもったとき、私はテコのなかにいた。

私の上で、テコの白い裸体がのけぞっている。胸の隆起がまぶしかった。揺れる黒髪がまぶしかった。目を閉じ、眉根を寄せるテコの顔を、とてもきれいだとおもった。

火傷させてあげる。いつかテコがいったそのことばが脳裏に浮かんだ瞬間、下半身がしびれ、熱い快感のうねりが全身に走り抜けていった。私ははじけた。

——男になった……。

息を乱したテコが裸身を私の胸に合わせてくる。私は両の手を、テコの背中にゆっくりとはわせた。

開けられたままの窓から、夏の夜風が流れ込んできた。空に輝く星がまた一段と遠くに見えた。しばらく、そのままじっとしていた。

——結局、男と女はこういうものなんだ。

私は胸のなかでつぶやいた。ついこのあいだまで、ラブレターの文面に一喜一憂していた自分が、とてつもなく子供におもえた。小説のなかの恋物語に胸躍らせた自分が、かぎりなく幼くおもえた。

酒を、たばこを、女を知った。この十八年間、恐れと憧れを持ち続けていたのに、わずかこの半年たらずのあいだにそれらのすべてを知った。

自由を手に入れた——。学園の第一歩を踏み出したときにおもったあのことばを私は考えていた。

これが自由だろうか。自由というものが、こんなに安易に転がっているものだろうか。いや、ちがう。きっとこれは、自由というものとは、また別のものなんだ。それがわかるには……。

——とことんだ。とことんやって、そして火傷をしてみよう……。

「何を考えているの?」

胸に顔をうずめたテコが訊いた。

「いつか、テコがいったことさ」

「なんのこと?」

「火傷をしてみることにした」

テコが顔をあげ、私の目をのぞき込んだ。ふっ、と口元をほころばせる。

「気にしてたんだ——」

「こんなこと訊いてもいいかな」

「なんでも」

テコが再び私の胸に顔をうずめた。

「さっきのあの儀式、あれ、って誰のときにでもやるの？」

「そうね……。あなたのその質問、男と女が、これから物語を作ろうとするときには、ちょっと不適切ね」

「ごめん、撤回する」

「でも、答えてあげる。あなたで、二人目よ。もっとも、一人目のときは、始まりの儀式はなかった。終わったときに、そうしてみたの。シャボン玉を見ていたら、ふしぎと哀しさが薄らいだ。だから、今度わたしが男とつき合うときは、初めと終わりに、シャボン玉を飛ばす。そう心に決めていたわけ。あなたは、きっとこれから先、たくさんの女の人を知るようになる。だから、教えておいてあげる。もし新しい女の人との物語を始めようとするなら、その人の昔は関係ない。これは、男も女も一緒よ。もし、それが気になるなら、その物語は始めるべきじゃないわ。男と女がほんとうにいい関係でいられるのは、お互い自由であることよ。自分が大切なのと同時に、相手のことも尊重する。それが自由であるための最低限のルールよ。口先だけなら、自由なんて、誰でもいえる。でも、ほんとうの自由というのは、苦しさを自分のなかで押し殺すことができなくては手に入らない。少なくともわたしはそうしてきた……」

素直に私は謝った。私は自分を恥じる気持ちで一杯だった。

テコが過去に何人かの男とつき合ったことがある。それを知ってどうするというのか。過去に何人かの男がいたから、今のテコのものの考え方があり、今のテコの女としての美しさがある。そのテコを私は好きになった。たぶん、その過去のひとつひとつにテコはテコなりの悩みや苦しみがあったにきまっている。いいかえれば、それは、テコの女としての、いや人間としての彼女だけの歴史なのだ。テコが過去に誰と、何人の男とつき合おうと、これから始まろうとする私とテコの物語にはまったく無関係だった。今あるテコ、今現在こうして二人きりの時間を持とうとするテコを好きになったのであれば、私の質問は愚劣以外の何物でもなかった。そう考えると、私は無性に、今のこの時間、そして今のこのテコがいとおしく思えた。

その夜私とテコは、窓を開け放ったまま幾度となく男と女になり、朝の太陽が差し込んでくる頃、深い眠りに落ちていった。

6

朝方から雨が降り出した。

その日、永田と都内の学生街に麻雀を打ちに行く約束をしていた私は、前夜の興奮も冷めやらぬ十時過ぎには目が覚めていた。

「博打打ちは、イレ込んだら負ける、父はよくそういってたわよ」

気怠《けだる》げにテコがベッドから出ると、キッチンへ向かい、コーヒーとトースト、それにハムエッグという食事を用意してくれた。

食欲がないという彼女は、キッチンテーブルに座り、私が食事をする様をじっと見つめている。

なんとなく気恥ずかしかった。生まれて初めて寝た女と、こうして朝を迎える。女の作った食事を口にする。

——こういうときは、何をしゃべればいいんだろう。

　黙々とトーストを頬張りながら、私はテコの視線をわざと避けた。

「次はアレね、きっと」

　テコがぽつりといった。

「なに？」

「博打を好きなひとは、一種目では終わらない。いろんなものに次から次に手を出すわ。父親を見てきたからわかるの。きのう、あなたを抱いてて、つくづくおもったわ、父親と似てるって。顔がじゃないわよ。つまり、匂いね。そんなことの好きなひとだけが持つ匂い。それを感じた……」

「つまり、次は競輪とかなにか、そういうことかい？」

「いいじゃない。きちんと形のあるものだけが人生じゃないもの」

　テコが立ち上がり、食器棚の引き出しを開け、

「はい──」

　五枚の万札を私の前に置いた。

「なんだい、これ？」

「きょうは、初陣なんでしょ、少ないけど、わたしの気持ち」

「金なら持ってる」

「いいのよ。男と女が垣根を越えたら、あとは一直線。お金なんて、どっちが持ってたって意味がないの。一緒よ。それに、やるからには、あなたに負けてほしくない」

私はテコの顔とテーブルの金とを交互に見つめた。

「わたしは眠いから、もう少し寝る。お部屋の鍵は、表の鉢植えの下に置いておくようにするから、好きなときに来たらいいわ」

そういうと、テコはベッドの部屋に戻った。すぐに、テコの寝入った様子が伝わってきた。

私は、目の前の五枚の万札にじっと目をやった。

――この金に手を出したら、自分はどうなるだろう。

月に二万円。それがこの間までの自分の生活費だった。

麻雀の資金だといって、ルミは簡単に五万円を貸してくれた。寝た男だからといって、テコも簡単に五万円を置く。今までの、仕送りや奨学金で手にしてきた金が、急に色褪せて感じられた。

今のこの時刻、夏休み中にもかかわらず寮に居残り、生活費のためにアルバイトに精を出す多くの学生がいる。博打に負けたら働く。女と博打は別物だ。そう永田はいった。

私はキッチンの窓を開け、降りしきる外の雨を見やった。昨夜、遠くでネオンの光を放っていたあたりは、雨でけむり、ビルが霞んで見えた。

私は着替えると、一度テコの寝顔をのぞいた。一瞬の躊躇のあと、私の手はテーブルの金に伸びていた。

玄関にあったテコの傘のなかから一本をつかみ取り、部屋を出た。出くわした女の人の視線を避けるようにして、私は雨の降る道を駅に向かって歩き始めた。

国分寺のプラットホームにはすでに永田の姿があった。

ふーん。私の女物の傘に目をやり、永田がにやりと笑みを浮かべた。

「どこに行くんですか？」

私は永田の視線を無視し、訊いた。

「まず、W大の界隈からにしよう」

中央線を下り、新宿で山手線に乗り換え、高田馬場で降りる。

「学生街じゃ、ここが一番骨っぽくて、おもしろい。猛者が多いからな。なにしろ、デカい大学だから、現役の学生、エセ学生、それに腕に自信のある他の大学の雀ゴロ、そんなのがうようよいる。ここで、そこそこの戦績をおさめられれば、相当自信がつく」

雨の路地を歩きながら、永田がいった。

「よく来るんですか？」

「東京に出てきた初めの頃は、入り浸りだった。今は、おもい出したとき、それも麻雀が不調に陥ったときぐらいだな」

「なぜ、不調に陥ったときに来るんですか？」

「ここの麻雀には、サマ技を使うやつがいない。つまり、勝負事としての麻雀に熱を持つやつばかりなんだ。いらぬ神経を張る必要がないから純粋に勝負に集中できる。学生街の麻雀は、麻雀の原点だよ」

日頃永田がやっている麻雀とはレートがちがい、金ということだけで考えれば、割に合わないという。聞けば、それでも私が覚えた麻雀のレートとは雲泥の違いだ。千点、百円。ウマはいろいろだが、半チャンの勝ち負けは優に六、七千円にはなるだろう。とすれば、今までの月の生活費の三分の一近くの金額を、わずか三、四十分の時間に賭けることになる。

肩先で濡れる雨に、私は武者ぶるいを覚えた。

二十分ほど歩いた路地裏の一角で、永田が立ち止まった。小さな中華屋の三階の窓に、どこにでもある麻雀荘の屋号、「天和《テンホー》」の文字が赤く大きく書かれている。

中華屋の廃油や生ゴミの匂いがする階段を、永田と一緒に昇ってゆく。

木製のドアを開けると、牌を打ちつける、パチーンという小気味いい音が耳に響いた。

窓のカーテンで閉ざされた室内は薄暗い。十卓ほどの麻雀卓が並べられたその奥で、二つの卓が動いていた。その周りで、見《けん》していた二人が、一瞬私たちに視線を寄越した。

「よお、久しぶりだな」

内ひとり、ランニングシャツ一枚の男が永田を見て声をかけてきた。

卓を囲む何人かが、ちらりと私と永田に顔を向けたが、すぐに卓に視線を戻した。

声をかけてきた男と二言三言話した後、永田が彼を私に紹介した。

元W大の学生で、現在はこの店の雇われ店長だというこの男、どことなく華奢《きゃしゃ》な身体つきだが、目元は落ち込み、脂ぎった肌からは何日も風呂に入っていないことが想像できた。

陸稲《おかぼ》と呼んでくれりゃいい。ここじゃ、本名なんていらないんだ。男が落ち込んだ眼窩《がんか》のなかの目を細めた。

「で、腕のほうは？」

陸稲が永田の目を覗《うかが》う。

「俺に訊くより、試してくれ」

永田のことばに陸稲がうなずくといった。

「もうすぐ、『赤門』が来るとおもう。雨で後楽園の輪ッパはお流れらしいからな。そうしたら、すぐできるさ」

「見でもしているか」

永田に連れられ、私は麻雀を打っている隅の二卓に向かった。

向かい側で見をしているポロシャツ姿の二人は、年格好からすると、あきらかに学生のようだが、彼らの注意は卓上に集中しており、当初に見せた私や永田への興味は微塵もないようだった。

しかし、私と永田が見にまわった男が、一瞬後ろを振り返り、露骨に嫌な表情を顔に浮かべた。

「おい、ツトム、いいじゃねえか。きょうはツイてんだろう。それに、こちらは新参のお客なんだ」

横から助け船を出して、陸稲がいった。

「かまわねえけど、チョロチョロ動くのだけは勘弁してくれよな」

ツトムと呼ばれた、私といくらも年がちがわない男が舌打ちともとれる物言いで応じた。

永田と陸稲が目を合わせ、笑みを浮かべる。その笑いは、このメンバーにおけるツトムの格づけを表していた。

イカサマを使うサマ師は当然であるが、ふつう雀ゴロと呼ばれる人種は、気心の知れた仲間ならまだしも、そうでない人間に後ろから手牌をのぞかれるのを極端に嫌う。町中の麻雀屋ではたいていの場合、見すること自体を禁じている。トラブルの元になりかねないからだ。卓を囲む誰かと、通し、のサインをしている疑いも持たれるだろうし、いわゆる壁役などのスパイ行為と勘ぐられる可能性もある。それに、麻雀を打っている者がツキの流れを見している者に転嫁することだってありうるだろう。

その辺りの事情は、当然永田は知っている。だが、町中の麻雀屋とはいえ、ここはしょせん学生街の麻雀屋だった。ここで腕を磨き、そして世間の手荒い麻雀屋に羽ばたいてゆく。学生街の麻雀屋は、いわば麻雀における町道場みたいなものだ。だからこそ、永田は気軽に私を見に誘ったのだろう。

ツトムをはさみ込むようにして、私と永田は後ろから彼の手牌と打牌を見つづけた。

陸稲のいったとおり、ツトムはなかなか好調だった。軽い配牌が入り、しかも自摸《ツモ》も順調だ。なにより良いのは、その自摸にリズムがあることだった。

順子《シュンツ》形のピンフ模様ものであれば、先に嵌《カン》チャン、辺《ペン》チャンを引き、両面待ちの好形が残る。タンヨウ形のものなら、一、九牌を切り飛ばした後の残った二、八牌がすぐに重なる。つまりピンフならピンフに、タンヤオならタンヤオに、すべての自摸がそれに応じた形で流れているのだ。

ツキがないときは、こうはいかない。ピンフを指向すれば、両面が先に入り、嵌チャン、辺チャンの悪形が残ってしまう。そして、それが最後まで手代わりしない。タンヤオにしても然りだ。嫌った辺チャンを一発で引き、すぐにフリテンをこしらえてしまう。

私と永田が見を始めてから、ツトムが立て続けに三度上がった。それで気を良くしたのだろう、ツトムの横顔には最初に浮かべた不愉快な表情のかけらも見られなかった。

南場二局、ツトムの上がり親。今のところ、ツトムの断トツだ。

例によって、軽い配牌がきた。翻牌《ホンパイ》の□が対子《トイツ》、他は面子《メンツ》が順子模様に広がり、三萬のドラを一丁含んで、簡単に上がれそうな手だった。

数巡、無駄自摸が続き、翻牌の□も出てこない。今のところラス模様である対面が、どうやらドラ絡みの万子でガメっている様子。十巡目あたりで、親のツトムが立て続けに二度有効牌を引き、聴牌《テンパ》った。待ちは、三萬と□のシャンポン。ツトムがすかさず牌を叩き付け、リーチを宣言した。

永田が私の腕を指先でつついた。目に、駄目、のサインを浮かべている。

――どうして、いけないのだろう。

私は永田の目と、ツトムの手を交互に見比べ、そして他の者の捨て牌の河を点検した。□を自摸れば親の満貫、出ても七七ある。子の満貫級だ。

二、三巡して、どうやらツトムの両サイド、南家と北家はオリた雰囲気。対面の西家だけが親のツトムのリーチに強打で向かってくる。

流局寸前、ツトムの自摸切りした七萬で、対面が手牌を広げた。

「ハネだな」

万子の清一《チンイチ》で、ドラの三萬が一丁絡んでいる。

「白板《パイパン》、持ってなかったのか——」

ツトムが悔しさをかみ殺したようにいい、点棒箱を開けた。

「インスタントだが、コーヒーでも飲むかい」

永田の横で見していた陸稲が立ち上がると、いった。

永田がうなずくと、私を見、先刻まで陸稲が座っていた長椅子のほうに目で促した。

「あいつの麻雀は、まるでこのスプリングだな」

長椅子に座ると、布のほころびから顔をのぞかしているスプリングを指先でいじりながら、永田が笑った。

「下手ってことですか？」

「話にならない」

「リーチ負けじゃ仕方がないんじゃないですか？」

「今のおまえなら、あそこでリーチもいいさ。勢いをつけるときだからな。しかし、一、二か月経っても、まだあの局面でリーチをかけているような腕だったら、麻雀はやめたほうがいい。センスがないからな。だいいち、それじゃ長い勝負は生き残れやしない。いいかい

――」永田が私に諭《さと》すようにいった。「麻雀はツキだけのゲームじゃないんだ。自分の意志を反映させるゲームなんだ。意志とは、つまり腕ということだな。麻雀は、ツキと腕のせめぎ合う勝負なんだ。ツキの度合いを薄め、できるだけ腕の度合いを濃くする。それができなきゃ、長い麻雀の勝負では勝ち残れない。ツトムがリーチをかけてハネ満を打ち込んだあの局面、あれはツキの問題じゃない。腕の問題だ。青空天井で、上がりの点数すべてが勝ち負けというなら、上がり切ってしまうという考えもあるだろう。だが、今の麻雀は、トップ取り、ウマがかかった麻雀なんだ。それも東場、南場、の半チャンだけという限られた局面だけのな。あそこまで、ツトムは断トツのトップだ。あとは、上がりにかけるんじゃなくて、早く勝負を終わらせることを一番に考えればいい。一点譲って、上がりを目指したとしても、あの場のあの自摸の流れに対するあいつの状況判断は間違っている。対面がガメっている。翻牌の□が手の内にきた。つまり、リーチをかけて手を固定するな、とツキが教えているようなものだ。あの手は、□が出たらポンをする。出なかったら、抱えて心中する。そういう手だよ。それに、だいいち、あれが上がれる手なら、最終形がシャンポンの待ちにならない。三萬が両面形になって、自摸り上がりがふつうさ」

コーヒーを運んで来た陸稲が、開いたドアを振り返り、声を上げた。

「おう、おせえぞ、赤門」

一瞬、永田の口元ににやりとした笑みが浮かんだ。

陸稲が、赤門、と呼ぶその男は入り口で永田に軽く会釈すると、そのままトイレに向かった。

「どんなひとですか？」

私は陸稲と永田の顔を交互に見ながら訊いた。

「四浪のT大生、留年三年、たぶん卒業できねえんじゃないか。もっとも本人にもその気はないとおもうが——」

そんな人間の存在は至極当然とでもいうような口調で、陸稲がいった。

「競輪命、ってやつだよ」横から永田が笑いながら補足した。「しかし、麻雀だって、プロ級の腕だ。本人は麻雀は遊びだっていってるけどな」

ふーん。永田、陸稲、赤門。いろんな人間がいる。私はうなずきながら温《ぬる》くなったコーヒーをすすった。

赤門がトイレから出てくると、私たちのいるほうに歩いてくる。

無造作に横に流した頭髪の下の顔は、髪の毛同様、油っけがない。陸稲の話から推測すれば、私とは十ちかくも年齢がちがうはずだ。だが、その顔は、意外と子供っぽい。

袖を肘《ひじ》までまくり上げた白のカッターシャツは、もう何日も洗っていないかのように薄汚れ、黒のズボンは垢灼《あかや》けしているのではないか、とおもえるほどテカテカに光っている。

「後楽園は中止だったんだろう？」

陸稲が赤門に訊いた。

「この雨じゃな」

ポツリと赤門が答え、私たちのコーヒーを見ると、自分にもくれ、と陸稲に頼んだ。

「輪ッパの調子はどうなんだい？」

陸稲が席を立つと、永田が赤門に訊いた。

「難しいね。強い新人がどんどん出てくるからな」

「シンザンみたいなやつがかい？」

「そういうことだ」

赤門が童顔をほころばせた。

競馬を見たこともない私でもシンザンの名前は知っていた。皐月賞、ダービーを制し、この秋の菊花賞で三冠馬となるかどうかと騒がれている強い馬だ。

「競輪、って、そんなにおもしろいですか？」

私は恐る恐る赤門に声をかけた。

初めて私の存在に気づいたように、赤門が私に目を向けた。

「俺の後輩でね」永田が私を赤門に紹介した。「麻雀を強くなりたいんだそうだ。梨田っていう、今年入学してきたばかりの、留年予備軍だよ」

私は赤門に、ぺこりと頭をさげた。

「競輪に興味でもあるのか？」

「ええ、永田さんに奥が深いと教えられました。それに、僕の故郷の町にも競輪場があるんです」

「ほう、どこだい？　故郷、ってのは？」

赤門が、いこい、の黄ばんだパッケージを取り出し、火をつけた。

「平塚です」

「平塚か——。じゃ、永伍の地元ってわけだ」

「永伍……、ですか？」

「なんだ、永伍も知らないのか」赤門が口元に笑みを浮かべた。「高原永伍、っていってな、去年初めて競輪界で年間獲得賞金一千万円の大台に乗せた若きヒーローだよ」

「一千万、ですか？」

初任給がようやく二万円に乗ったとか乗らないとかいう話を耳にしていた私は、その金額に唖然とした。

「若い、って、その高原という選手はいくつぐらいなんですか？」

「今、二十三かな」

「二十三ですか……」私は感心しながら、更に訊いた。「きょう、その高原という選手が後楽園競輪に出ることになっていたのですか？」

「いや、きょうの後楽園は雑魚《ざこ》メンバーさ。有力なスター選手は、今月末から始まる都道府県競輪という特別競輪に向けて皆調整中だよ」

赤門がしつこく訊く私に閉口したような顔で、いこいの煙を吐いた。

「今年の都道府県、どこでやるんだ？」

横から永田が訊いた。

「岐阜だよ」

「いつからだい？」

「七月三十日からだ」

「当然、顔を出すんだろう？」

赤門がうなずいた。

「じゃ、俺も顔を出すかな。この月末に、大阪に行く予定になってるんだ」

「女も一緒か」

赤門が半ば、冷やかしの顔でいった。どうやら、永田がルミと一緒なのを知っているらしい。

「おい、競輪談義をしにきたわけじゃねえだろう。はやいとこ、始めようぜ」

赤門のコーヒーを運んできた陸稲が、近くの雀卓の牌のケースを抜き取った。

「メンバーはどうする？」

次いで、気づいたように、永田に問いかける。

「陸稲、と赤門、あとは、この新人と向こうで見しているお兄さんでどうだい？」

永田が応じた。

「なんだ、おまえはやらんのか？」

赤門が拍子抜けしたような顔でいった。

「大阪に旅立つこの月末までは、俺は、この新人さんのお師匠さんさ。そういう約束をしてるんだ」

「手加減はしねえぜ。このところタマ不足でな。それに、岐阜にも行かなきゃならん」

「まあ、かわいがってやってくれ。しかし、なかなか筋はいいぞ。平打ちじゃ、ツイたら勝負はわからない」

永田が口元に例のにやりとした笑みを浮かべ、私を見た。

私の胸は一気に緊張した。

陸稲が、向こうの卓で見している男に声をかける。男が、椅子から立ち上がると、こちらの卓にゆっくりと歩いてきた。

「ルールは知ってるな」

陸稲が確かめるように、私の目をのぞき込んだ。

「教えてある」

私の代わりに永田が答えた。

「一発、裏ドラもか？」

一発？　裏ドラはわかる。しかし、一発というのは、初めて耳にするルールだった。私は不安げに、永田の顔を見た。

「どこもかしこも時代の流れだよ。それに、この新人さんには、裏ドラや一発があったほうが、都合がいいんじゃないか」

赤門が、やや皮肉めいた口調でいい、握った牌を盲牌した。

「どんなルールかだけを教えてください。僕はかまいません」

永田が私に、一発ルールを説明した。ようするに、リーチをかけ、チー、ポン、カンがない一巡目に自摸れば、一翻ふえるということらしい。つまり、リーチのタイミングしだいということだろう。

賽子《さいころ》を振り、場決めをした。

私が起家で、上家が陸稲、下家が赤門、そして対面に見していた男という布陣。

私は、左のポケットに入っている、ルミに借りた金とテコにもらった金にそっと触れてから、賽子を卓上に転がした。

七が出て、対面が再び賽子を振る。二度振りだ。五。

いいか、君はまだ防御なんて覚えなくていい。攻撃一本やりでいけ。

私は永田のことばを胸におもい出しながら、対面の牌山に手を伸ばした。

——自分にどれだけ博打の才があるか確かめてやる……。

ドラは翻牌の發。私は一瞬緊張した。こんな手だった。

四巡目に、そのドラの發も暗刻《アンコ》になった。私は焦った。なんとしても上がりたい。だが、はやる気持ちとは裏腹にそのあとの手が思うように進まない。

序盤、他の三人の自摸は順調のようで、山に手を伸ばすたびに手牌を入れ替えている。それがいっそう私の焦りに輪をかけた。特に、対面に座った学生にはいい手が入ったようで、無言で自摸る指先には力が入り、聴牌をしたのか、六、七巡目ごろからは、自摸切りを重ねている。

「なあ、赤門、平間誠記と高原永伍とじゃ、どっちが強い？」

歴戦からの余裕だろう、陸稲が牌を切りながら、赤門に声をかける。

「なんともいえねえな。タイプがちがうから。好みの問題ってことだろう。けっきょく、好きとおもうほうが強いのさ。女も、二人いりゃ、惚れたやつのほうがきれいに見えるだろうが」

赤門がさりげなく応じる。

「輪ッパやってると、いうことも洒落てくるじゃねえか」

「なに、どうでもよくなるのさ」

会話をしながらも、二人の目が卓上に向けられているのがわかる。特に、対面の捨て牌に注意を払っているようだ。

中盤にさしかかった頃、ようやく私は一向聴《イーシャンテン》にこぎ着けた。

「カン」

対面が自摸ってきた六萬を暗カンした。新ドラの表示牌に伍萬がめくれた。暗カンした六萬が新ドラだ。

「ほう」

陸稲が鼻を鳴らしたのと、対面が、リンシャンの牌、四萬をハッシと卓に叩き付けて、

「リーチ」

と声を発したのとはほとんど同時だった。

陸稲が窪んだ目の下から、対面の学生をちらりと見、無言でその四萬を、二萬三萬四萬とチーをした。

そのとき私の一向聴の形はこうだった。

發發發七萬八萬

かが入れば、三暗刻ができ、六萬はカンされていないが、待ちは六萬九萬。黙聴《ダマテン》でも親のハネ満だ。その上、七萬八萬のどちらかが被れば、一発四暗刻の役満も狙える手にふくらむ。しかし、九萬を先に引けば、を一枚おろし、待ちの両面に受けるつもりだった。

陸稲の食いで流れてきたのは、だった。

しかし、九萬は下家の赤門がすでに序盤に二枚、それと対面が一枚捨てている。つまり、私の上がり牌は、残り一牌ということになり、ほぼカラ聴に近い。それに、索子が高い場で、は最も危ない。

――どうするか……。

私は迷った。道は三つ。

ひとつは、を勝負し、一応聴牌に取る。そして、の被りを待って、との
シャンポンに切り替える。でも引けば、の両面に受け直すこともできる。

もうひとつは、ほぼカラ聴のを切り崩し、の面子にもうひとつの面子を作ってこの場をしのぐ。こうすれば、場合によっては、四暗刻の手に伸びる可能性だってある。それに、リーチに対してはこのほうが比較的安全策だ。をカンしているから、それをまたぐ、、の待ちはない。あるとすれば、シャンポン待ちだけだ。

最後の手は、の暗刻落とし。対面の河にはが捨てられ、場には陸稲が一枚を捨てている。となれば、私の暗刻のは、リーチに対しては絶対の安全牌だ。しかし、これではほぼオリになってしまう。

初めての他流試合、それも開局早々の親でドラの暗刻を抱えた。たとえ、誰がリーチをかけてきても、絶対にオリない。私は配牌を見たとき、そう固く心に決めていた。大げさにいえば、この手をモノにできるかどうか、それでこれからの私の博打人生がわかるような気がした。

「どうしたい、新人」

陸稲が、半分からかうような口調で私に声をかけてきた。

その瞬間、私は、湯浅に、そしてテコに自分自身がいったことばをおもい出していた。

――とことんさ。

私は、危険牌のを無造作に捨てた。リーチの対面から声はかからなかった。

「ふうーん」

赤門が私の捨てたそのに、軽いつぶやきを漏らし、自摸山に手を伸ばす。

数巡して、陸稲も赤門もオリたようで、どうやら、勝負は私と対面の差しになった。だからだろう、時々対面が私に挑発的な視線を送ってくる。

「こいつも、カンだ」

リーチ後の五巡目、対面が自摸ってきたを脇に出すと、再び暗カンした。力を入れて、リンシャン牌に手を伸ばす。そのとき、対面の右手が角に触れ、その次のリンシャン牌が転げた。私の待つ、最後の一牌、だった。今度の新ドラは、私がもうひとつの暗刻にしているだった。

「おい、興奮するのもいいが、気をつけてやれ。牌を転がしちゃ、しょうがねえだろう。たかが四暗刻ぐらいで……」

陸稲が対面を軽く叱責した。

――四暗刻？

あるいは陸稲のいう通りかもしれない。自摸が刻子《コーツ》の流れのとき、暗刻ができ、やたらとカンが増える。自摸られたら、親の私は倍満の払いだ。流局まで、あと三巡。私の上がり牌はもう山にはない。流れろ。流れろ。私は胸で祈った。

「というわけだ。新人さん、頼むからもう振り込まないでくれよ」

リンシャンから自摸った牌を河に置きながら、対面が、揶揄《やゆ》する口調で私にいった。

「ところで、その転げた牌の責任は……」

私といくつも年がちがわない彼に、私はいった。

「むろん、俺さ」

「じゃ、カンです」

その答に私は声を発し、手の内に暗刻であるドラの發を表にさらした。

対面がリンシャンから持ってきた牌は、私が暗刻にしている四枚目の發だった。


初めて他流試合をしたその日、私は大勝した。

開局早々の親で、しかもほとんど上がり目のなかった手が、対面の不用意な手捌《さば》きで倍満をものにした。それでツカぬわけがない。しかも、永田にいわれた通り、防御を一切無視した攻めに徹したのだ。

ふしぎなもので、いったんツキ始めると、すべてが自分に有利なように流れ始める。他の三人は、ツイている私を不必要なまでに警戒するあまり、聴牌が自然と遅くなる。逆に私は、攻撃一本やりで、安全牌などを手の内に残さないから、当然、聴牌スピードは誰よりも早い。私はなにも考えず、ただひたすら、聴牌したら即リーチ、という攻撃を繰り返した。

――自分の博打の才がどこまであるのか……。

私は執拗に攻め続けた。

夕刻の七時半を回った頃、対面の学生が白旗を掲げた。金がなくなったのだ。

「タマ、回してくれませんか」

学生のことばに、陸稲が首を振った。

「だめだね。ここじゃ、パンクしたらお開き、ってのはもう知ってるだろうが」

学生が陸稲から目を逸らし、私に何かいおうとした。

私はそれを無視し、たばこに火をつけた。たぶん、一人勝ちしている私に、タマを回せといいたかったのではないか。

これまでの彼は、ほとんどひとりでラスを引き受けている。十万近くを負けているはずだ。私の懐には、それを上回る金が入っている。金を惜しんだのではない。博打を打つ間柄での金の貸し借りはしない。永田のことばが耳に残っていたからだ。

学生が諦めたように、席を立った。

「まだ継続するかい？　そのうちに新しいメンバーが来るだろう」

陸稲が赤門に訊く。

「いや」赤門が首を振った。「きょうはこれでいいだろう」

負けているとはいえ、三人のなかでは赤門の傷が一番浅いはずだった。途中からは、安い手でさっと場を流し、明らかに二着狙いに出ている。

「おい、梨田、きょうは奢《おご》れ」

永田が命令口調でいった。

私はうなずいてから、陸稲と赤門にも誘いのことばをかけた。

「いや、まだ店番があるんだ。手が空いたら行くよ。どうせいつものところだろう？」

陸稲がいい、永田と赤門を交互に見る。永田がうなずいた。

雀荘を出ると、すでに雨は上がっていた。路地の上の小さな空には、黄色い月がポッカリとかかっている。

「明日はやるな」

赤門が空を見上げながらいった。

「後楽園競輪ですか？」

「ああ」

「邪魔じゃなかったら、僕も連れていってくれませんか?」

赤門がちらりと私を見、それから永田に目を移す。

「おまえさえよけりゃ、連れていってやってくれ。麻雀は輪ッパが終わってからで十分だ」

「しかし、いっとくが——」永田のことばに赤門が私に視線を向けた。「競輪は麻雀のようにはいかねえぜ。覚えることが多いからな。それに覚えてからがまた大変なんだ。きょうのおまえの麻雀の打ち筋を見ると、競輪をやめるんなら今のうちだぞ。おまえには、競輪にドップリとはまっちまう素質がある。競輪てのは、一度覚えると、後戻りができねえんだ。いってみりゃ、人生の哲学書みたいなところがあるからな」

「のぞむところです。とことんです」

「とことんか……」

そりゃあいい。赤門が口にし、空を見上げて声を出して笑った。

永田が連れていったのは、雀荘のすぐ近くの一杯飲み屋だった。学生相手の店らしいが、夏休みのせいだろう、客は奥のカウンターにひとりいるだけのお世辞にもきれいとはいえぬ店だ。

永田も赤門も顔馴染らしい。軽いあいさつのあと、すぐに五十過ぎのおばさんがビールと枝豆をカウンター越しに寄越した。

「じゃ、梨田、おまえの初勝利のお祝いだ」

永田がいい、コップを差し出した。

「永田さんのお陰です」

私は赤門をちらりと見てから、ビールを飲み干した。

しばらく酒を飲んだあと、赤門が口にした。「おまえさん、最初の局で、なんでを勝負した？　上がりにいくなら、あそこでは七萬八萬落としだろう？　カラ聴だしな……」

「カラ聴はわかってましたが、対面の学生の態度に自然とツッパる気になったんです。あとで、七萬八萬の被りを待って、シャンポンの待ちに変えればいい、そうおもいました」

「あいつの当たり牌が何だったか、知ってるか？」

「いえ、待ちまでは考えていませんでした」

「やつの待ちは、七萬とのシャンポンだよ」

「ということは……」

私は息をのんだ。

「そうさ。六萬のカンで追い出しをしたのさ。もっとも、それでリーチじゃ、場数を踏んだ俺や陸稲には通用しない。あの場合は、カンをすればするほど、黙聴で構えなきゃだめだ。あの麻雀は、トウシローの打ち筋だ。たぶん、おまえさんを狙ったのだとおもうがね」

私が上がりを意識し、七萬八萬を落とせば、一発でリーチに振り込んでいたということになる。もし、その展開になっていたら、結果はあの学生とまったく逆になっていただろう。

「でも、どうして彼の待ちが、七萬と八索だと……？」

悔しさからだろう。確かあのあと、学生は、自分の手牌をサッと崩したはずだ。

「やつの手は、四暗刻だぜ。俺の山から七萬を持っていった。おまえが一枚七萬を使っている。俺の手の内にも七萬が一枚ある。となれば、シャンポンの片割れは七萬さ。それに、やつが山を崩したあと、端牌を見たら八索がチラリと見えた。そいつはおまえが頭で使ってる。なら、それ以外に待ちがありようがねえだろう」

私は舌を巻いた。何事もないように黙々と牌を打っていたが、赤門はすべてに目を通していたのだ。それに比べれば、きょうの私の勝利など、まったくツキ以外の何物でもない。

「しかし――」赤門が永田を見、いった。「こいつも、おまえと一緒だな。博打を主役でやりたがるタイプだ。長生きできねえよ。博打で長生きしようとしたら、脇役、それも三、四番手がいいんだ。競輪と一緒さ。主役のスターの稼ぎなんてのはいっときだけのもんだ。いずれ潰される」

ビールを注ぎ足し、今度は赤門が私に目を向けた。

「梨田、っていったよな。おまえは、この永田みたいに、天国と地獄を見る、そんな博打打ちになりたいのか？」

「永田さんが天国と地獄を見る博打打ちなのですか？」

「なんだ、永田、おまえこいつのお師匠さんだといってたのに、あの一件を話していないのか？」

赤門が童顔をほころばせ、永田の顔をちらりと見た。

「必要ない。梨田はいずれ黙っていても自分からそんなことは味わうさ」

永田が無表情に、酒を口に運んだ。

赤門が永田との関わり合いを話し始めた。二人が知り合ったのは、新宿にあるフリーの麻雀荘でだった。

当時の新宿、特に歌舞伎町の界隈には、関西を発祥とするブー麻雀の変形ともいうべき、関東流のブー麻雀の店が多数あった。ブーとは永田が立川で打っていたあの麻雀のことだ。だが、どの店もおおむねレートが安い。ブー麻雀というのは、麻雀屋がいかに多くの場代を揚げるかのために考案されたようなものだ。したがって、麻雀屋にとってはなるべく客が死なない、安いレートのほうがいい。しかし、赤門の話によれば、永田が勝負したのは、なかでも極端にレートの高いその筋が直接仕切っている麻雀屋だったらしい。

「いくら負けたとおもう？」

「さあ……、見当がつきません。いつ頃の話ですか？」

「永田が二十歳のときさ」

今から四年前か――。

「五十万ぐらい……」

「マルがひとつ足りないな」

「五百万ですか？」

私はおもわず絶句した。五百万といえば、家一軒が買える。それも今の私といくつもちがわないそんな年のときに――。

「そうだよ。三日三晩、打ち続け、三日三晩、怖いところに監禁された」

赤門が声を上げて笑った。

「……で？」

「俺がこいつの実家に走って、おふくろを泣かしたのさ。なんせ、その麻雀屋を教えたのは、この俺だからな」

もういい。横から永田が口をはさんだ。どうやら永田は、その話にはふれたくないらしい。

麻雀での負けた金額に驚くより、私は新たに知った永田の隠された一面のほうに興味をそそられた。永田はいったいどういう素姓の出なのだろう。

それからひとしきり、永田と赤門が話し込んだ。会話のなかには、私の知らない人物の名前が頻繁に出てくる。

「ところで、明日、ほんとうに後楽園に来るつもりなのか？」

九時をいくらか回った頃、赤門が私に訊いた。

「ええ、絶対に邪魔はしませんから」

「じゃ、一コーナーだ」

「一コーナー？」

競輪場にはまだ一度も行ったことがない。一コーナーといわれても、それがどのような位置になるのか、私にはさっぱりわからなかった。

「来りゃ、わかる。わからなかったらあきらめろ」

赤門がいうと、腰を上げた。永田と一緒にこれから寄るところがあるのだという。

私は店の前で、路地裏に消えて行く二人の背を見送ると、来た道をとぼとぼと駅に向かった。

麻雀に勝った。だが、その興奮はもう私の体内からは消え失せていた。永田が負けたというやくざ相手の麻雀の話のせいかもしれない。五百万——現実味のない金額だった。私が勝ったといったところで、学生相手で、しかもたかだか十万と少しではないか——。だが、私の興奮を冷ましているのは、そうした金額の問題だけではないような気がした。

——テコのところに帰ろうか。それとも寮に帰ろうか……。

麻雀の勝ち金をテコに見せたら彼女は喜ぶだろうか。なぜか、彼女の喜ぶ顔が頭に浮かんでこなかった。むしろさほど興味を示さないような気がした。

空を仰ぐと、先刻の月がより黄色く真ん丸に輝いている。

麻雀に強くなるんだ——。あれほどまでにおもい、事実、きょうはその通りに勝ちもした。それなのに、今は胸のなかに、ぽっかりとした穴が空いている。

BAR、のネオンが目の前に灯っている。私は店のドアを無意識のうちに押し開いていた。

カウンターにバーテンがひとりと、化粧の濃い三人の女がいた。客はひとりもいなかった。

ハイボールを頼んだ。ビールをいただいてもいいか、と女たちが訊いた。いいよ、と私は答えた。ウイスキーを飲んでもいいか、とバーテンが訊いた。いいよ、と私は答えた。

学生さん？　と女たちが訊いた。私はうなずいた。じゃ、W大学の学生さんね？　ちがう、もっと遠くの田舎の学生だと私は答えた。じゃ、友達を訪ねて来たんだ？　私は適当に相づちをうった。麻雀をしに来たとはいわなかった。勝ったともいわなかった。そしてそれからのすべての質問に対して、私はみな適当な相づちで応えた。

勘定をしてくれるように、頼んだ。終電に間に合わなくなる。

三万二千円。バーテンがいった。親から一か月に仕送りを受ける倍以上の金額だった。

もつれる足で路地に出、酔いの吐き気をこらえながら、私は駅への道をよろよろと歩いた。

――きっと、そうなんだ……。

何がきっとそうなのだろう。でも、きっとそうなのだと、ぼんやりした頭のなかで私はつぶやきつづけた。

新宿で乗り換え、中央線の最終電車に乗った。

車内は空席だらけだった。座席のあちこちに寝転がっている勤め帰りらしきサラリーマンの姿が見られた。どの姿にも一様に疲れが滲みでていた。

背凭れに頭を乗せ、目を閉じると、頭のなかがぐるぐると回った。

梨田、この世のなかには階級があるんだ――。ふいに、そう口にした湯浅の顔が頭に浮かんだ。

どうしているだろう、あいつ――。ずいぶんと彼の顔を見ていないような気がした。あいかわらず、学生運動に夢中になっているのだろうか。

電車の振動に身を任せているうちに、いつしか私は眠りに落ちていた。

赤茶けた地面一帯に茅《かや》が生い茂り、そのなかを、二本の線路がまっすぐに伸びている。線路脇の所々には、コークスの黒い塊の山がある。私はトロッコを一生懸命に押していた。トロッコが少しずつ動き出す。惰力がついたのを見計らって、トロッコに飛び乗った。遠くに工場の高い煙突が見えた。その先から、黒い煙がモクモクと立ち上っている。トロッコは、あの煙の立ち上る工場にたどり着く。スピードの落ちたトロッコから下り、再び力任せに押す。その瞬間、私は足を滑らせ、コークスの山に頭から突っ込んだ。額の脇から血が流れ出た。尖ったコークスの一つがつき刺さったのだ。

目を覚ました。駅は終点の高尾だった。見た夢は、私が小さい頃に大好きだった、田舎のトロッコ遊びの光景だった。額に手をやると、私の指先に、そのときの名残の感触が伝わってきた。

ホームのベンチには、何人かの酔っ払いが横たわっていた。たぶん、私と同じように乗り過ごしたのだろう。駅員がうんざりしたような表情を浮かべ、ひとりひとりに声をかけて歩いている。

私は乗り越し料金を払って改札口を出た。タクシー乗り場を見ると、数人が並んでいる。

――寮までタクシーを飛ばそうか。

料金がいくらかかるかわからなかった。しかし、懐には麻雀で勝った金がある。それに、この金は、そういうふうに使うのがふさわしいような気がした。

誰もいないバス停のベンチに腰を下ろし、目の前の街路灯にぼんやりとした目を向けた。

とぎれとぎれに放電しながら輝いている蛍光灯の周りを無数の蛾や羽虫が飛びかっていた。地べたには、おびただしい数のそれらの死骸が散らばっていた。虫たちは、地から這い出てほんのわずかだけ命の火を灯して消えてゆく。一瞬だけの命……。

しかし——。見つめているうちに私は思った。虫は一瞬という時間を知らない。私が考える一瞬という時間は、あるいは虫たちにとっては無限の時間なのかもしれない。とすれば、彼らの一生を一瞬の命などとどうしていえるだろう。おもい上がりもはなはだしい。

雨上がりの空には、学生街で見たあの月と星が輝いていた。

私は、自分がとてつもなくちっぽけな存在におもえた。この広い宇宙からみれば、人の命など、それこそ虫以上に一瞬のものではないか……。

テコに会いたい。テコの腕のなかで眠りたい。

無性にそんな気持ちがわいてきた。私は近くの公衆電話に入り、受話器を取った。

「どこにいるの？」

高尾だと私は答えた。

「なんで、そんなところに？」

酔って、乗り過ごしたのだと私はいった。「電車もないし、どうしようかと……」

「時間をつぶして、始発で戻ればいいじゃない」

期待に反して、テコの口からは、今すぐ私に会いたい、ということばは返ってこなかった。

「きょう、麻雀に勝ったよ」

「そう——、よかったじゃない」

声にも喜んでいる響きはない。

「明日、いや、もうきょうになるのかな——、初めて競輪に行くんだ」

「そう」

拍子抜けするような反応が受話器から流れた。私はことばの継ぎ穂を失った。

「ねえ……」少し間を置き、テコがいった。「たぶんあなたは、私が部屋に来ないか、というのを期待しているんじゃないかとおもうけど……。それって、勝手な話よ。きょう、あなたは麻雀をした。酔っ払った。そして明日は競輪に行く。あなたがなにをしようとあなたの自由よ。あなたの持っている時間だもの。でもね、私はきょうは働いていた。そして明日も働く。それに今はもうこんな時間。博打をとことんやりたいんだったら、独りぼっちの時間を過ごせるようにならなくちゃ、その資格がないわ」

初めて聞く、テコの突き放した物言いだった。私はうろたえた。

「そうだね。その通りだ。きっと、虫を見て、弱気になったんだとおもう」

「虫？」

「いや、なんでもない。おやすみ」

電話を切ると、私は再びベンチに戻り、横になった。

永田、ルミ、陸稲、赤門、それにテコ——。わずかこの三か月ばかりのあいだに出会った皆の顔が次々に浮かんだ。しかし、どの顔も私の心の側にいてくれるようには感じられなかった。どの顔も蛍光灯の周囲を飛び交う蛾や羽虫のように、特徴のない均一な顔におもえた。

ベンチで夜を過ごすと、私は始発の電車に乗って寮に帰った。

「梨田、おまえ、なにやってんだ、毎日？　ここんとこ全然いないな」

すでに起きていた部屋の先輩が声をかけてくる。

「いろいろです」

「ふぅ〜ん。バイトもせずに、暮らせるのか？」

いくらか皮肉混じりに、訊かれた。先輩には、自分の家の経済状況は話してある。それに、彼は一週間ほど前から製本工場でアルバイトをしていた。

私はことばをはぐらかし、早々に下着とシャツを着替えると、湯浅の部屋をのぞいた。彼はまだ眠っていた。

「おい」

声をかけ、頰をたたく。

「なんだ、梨田か……」湯浅が目をこすり、身体を起こした。「こんなに朝早くなんだい？　そういえば、近頃、おまえの姿を全然見かけなかったな。いったいなにやってたんだ？」

「麻雀さ。それにきょうはこれから競輪に行く」

「競輪？」

湯浅がいぶかるような視線を向けてくる。

「そうだよ。競輪さ。これから後楽園に行くんだ。ちょっとおもしろいやつと知り合ってな」

私はW大の界隈に永田と麻雀を打ちにいったいきさつや、赤門や陸稲のことを簡単に話して聞かせた。

「ようするに、おまえのいう、とことん、ってやつかい」

湯浅がいい、笑みを浮かべた。

「おまえのほうは、どうなんだ？」

「梨田の話に比べりゃ、おもしろくもなんともないよ。毎日、お勉強会の連続さ」

「それで、少しはこの世の中の真理とやらがわかってきたのかい？」

からかう私に、湯浅が瞬間、表情を歪めた。

「飯を食いに行こう」

ふくれっ面の湯浅を私はベッドから引きずりだした。

「俺なあ」食堂で素うどんの朝食をすすりながら私は湯浅にいった。「男になったよ」

「男になった？」

「ああ、女と寝た」

「へぇー」湯浅が目を丸くして、抑えきれぬほどの興味を顔中に表した。「で、どこの誰とだい？」

「テコだよ。あの『南十字星』の。それに部屋にも行った」

湯浅がうどんを食べる手を止めた。

「いつの間に、そんな仲になってたんだい？」

「おまえが、お固い本とやらでお勉強をしている間にだ」

再び湯浅の顔に、苦い表情が浮かんだ。

「なあ、湯浅」私はいった。「俺は学生運動にも、お勉強会とやらにも興味がない。しかし、一度外に出てみろよ。こんな田舎の、塀に囲まれたなかであれこれ考えているより、よっぽど世の中のことがわかるし、おもしろいぞ。人は虫みたいなものだけど、虫じゃない。かといって本と首っ引きになっても頭デッカチになるだけだ。きょうは俺とつき合え。一緒に競輪に行ってみよう。きっと博打も本も大差ない。俺はそんな気がするよ」

7

水道橋の駅に着いたのは、十二時近かった。

車内はすしづめの状態の満杯だった。白いシャツにネクタイ姿の勤め人風、いかにも遊び人を思わせる派手なアロハシャツ、いずれとも判断のつかぬ職業不詳の面々。どの顔にも夏の暑さと人いきれで、汗がにじんでいる。電車から吐き出された客は、皆一様に真剣な面持ちで、スポーツ新聞や競輪の専門予想紙に目を凝らしながら歩き始める。

「これ、皆、競輪場に行くってことか？」

湯浅が額の汗を拭いながら、周囲をきょろきょろ見回している。

「そうじゃないか。きょうは野球の試合はないしな」

私と湯浅は一緒に改札口から出、ひとの流れに身を任せた。頭上には、七月の夏の太陽がギラついている。

競輪場の場所は知らなかった。赤門からは、水道橋で下りて野球場を目指せばいい、とだけ教えられていた。競輪場はその隣り合わせになっているらしい。

「野球場に来たことはあるのか？」

歩きながら湯浅に訊く。

「群馬の山奥だぞ。わざわざ来るもんか。おまえはあるのか？」

「一度だけな。堀内が決勝ホームランを打った」

「堀内？　巨人の選手かい？」

湯浅が首を捻《ひね》った。

「そうだよ。大昔の話さ。ドロップの得意なピッチャーでな、八回まで0対0の投手戦だった。八回裏に彼が自らホームランを打って決着をつけたんだ」

七年ぐらい前、私が小学校の六年生の頃の話だ。

おやじに連れられ、初めて見たナイターの試合だった。ライトスタンドにライナーで飛び込んだあのときの白球の残像は今でも覚えている。

「野球場に来たのは、それが最初で最後さ」

「野球が好きだったのかい？」

「というより、おまえだって知ってるだろう、他に遊びらしい遊びもなかったじゃないか、あの頃は。誰でも野球小僧だった……」

その試合を見たせいかどうかはわからない。私は中学に入学すると、野球部に入部し、三年間白球を追っかけた。だが私は、そのことまでは湯浅に話さなかった。昨日、そしてきょう、妙に昔のことが頭に浮かぶ。私はそれらの思い出を封じ込めるように、手にしたスポーツ新聞に目を落とした。

「しかし、何を説明してるのか、まるっきりチンプンカンプンだな」

後楽園競輪という予想欄の説明を読みながら私はいった。

「その、赤門とやらが、名解説をしてくれるんだろう?」

駅から歩いて三、四分、陸橋を渡り切ると、はるか前方の一か所にひとの波が吸い込まれてゆく。そこがどうやら入場口らしい。

「しかし、ほんとうにすごい人の数だな。でも、きょうは平日なのに、みんな仕事はどうしてるんだろう」

湯浅が独り言を漏らすようにぽつりといった。その声をかき消すような大きなどよめきが遠くで巻き起こった。

「よけいなことは考えるなって。きっと博打事というのは、そういうもんなんだ」

「働くこととは正反対に位置する、ってことか?」

「おまえが参加している勉強会とやらの理屈からいえば、そうなるんだろうが、それが正しいかどうか、ってのはまた別のもんだとおもう」

前のひとに倣《なら》って、私は入場料の支払い窓口に並んだ。切符を湯浅に渡す。

「博打場っていうのは、結局は客が金を落とす所だろう？　それなのに、なぜ入場料まで払わされなきゃならないんだ？」

　湯浅が切符を見つめ、不思議そうな顔をしている。

「おまえの言い分は正しい。でも、きっと世の中はそういう矛盾の上に成り立っているんだ。でもな、湯浅。そんな矛盾をひとつひとつ気にしていたら、息が詰まっちまうぞ。もしおまえに矛盾は正すべきだ、なんていうエネルギーがあるんだったら、そいつはきちんとした社会の、きちんとしたある部分のときのためにだけ取っておけばいい。ここは博打場なんだ。博打事、ってのは、しょせん矛盾をせめぎ合わせることなのさ」

「ふーん」

　小首を傾げ、何かいいたげな湯浅を無視して、私は入場口で切符を渡した。

　正面に階段のついた建物。そこを中心にして、左右を細長い建物が囲み、1―1、1―2、1―3……、そんな立て札が掛けられている。どの窓口もひとでごった返し、暑さを吹き飛ばすような怒号が飛びかっている。場内の地べたには、外れ車券が散乱していた。

　またまた当たりだよ——。大きな立て看板の前の壇上で、ダミ声をがなりたてているのが、どうやら予想屋という職業のおっさんらしい。

ふとテコのいったことが頭をかすめた。博打が好きで、今が一番幸せなはずよ。それが事実なら、どこかは知らないが、彼女の父親もこの予想屋と同じようなことをしていることになる。

だが現実に今こうして、夏の暑いさなかに汗を吹き出して叫び声をあげている彼らを目の当たりにすると、なぜかテコのことばが額面通りには受けとれなかった。

そんなおもいを振り払って、私は初めて目にする競輪場に観察の目を泳がせた。

建物の向こうがバンクになっているようだ。レースが終わったばかりなのかもしれない。大勢のひとが建物のなかや、建物と建物の間からあふれるように出てくる。

「いったい、どこからこんなに人が集まって来るんだ？」

湯浅が驚くのも無理はない。建物の周囲、そして予想屋たちの周りには、立錐《りっすい》の余地がないほどのひとで押し合いへし合いの状態だった。どの顔も、熱気というより一種異様な興奮に包まれている。

「おい、湯浅。バンク、ってのを見てみよう」

次第に胸が熱くなってきた私は湯浅に声をかけた。

赤門がいった、一コーナーというのはバンクを見れば、見当がつくはずだ。

私は湯浅を連れ、ひとをかき分けながら、皆が出て来る建物のほうへと足を向けた。

初めて目にする競輪のバンクは、夏の太陽の下で、陽炎《かげろう》が立ち昇っているかのように揺らいで見えた。

金網に囲まれたなかで、楕円形のアスファルトがコーナーで急勾配《こうばい》を描きながら直線走路へと伸びている。

「ふぅーん」湯浅が感心したような声を上げた。「スタンドもすごいな」

バンクを見下ろすように、四方には段差の付いた観客席がはるか上のほうまで続いている。

そのときなぜか、バンクを見つめている私の脳裏に、きのう夢に見た、あのトロッコの線路が浮かんできた。しかし、バンクの上には幼かったときの私の姿はどこにも見当たらなかった。

どうやら特別観覧席の前がゴールになっているらしい。私と湯浅は、一コーナーと見当をつけたスタンド周辺で赤門の姿を捜した。

レースが終わったばかりのスタンドにはそれほどのひとの数はない。

「いないな」

「どんなやつだい？」

「童顔で、テカテカに黒光りしたズボンを穿《は》いている」

「そんなやつ腐るほどいる」

私は湯浅にスタンドで待つよういって、下にある車券売り場に足を向けた。ごった返す窓口をあらためて目にして、あきらめた。捜しようがなかった。

「いや、儲かってね」ネクタイを締めた、三十五、六の男が私に声をかけてきた。「ほら――」

男がポケットから、輪ゴムで留めた万札の束を取り出し、私に見せた。

「やっぱ、情報は確かだったよ。実は今度の六レースもデキレースなんだ」

何をいいたいのだろう。私は男の顔をまじまじと見つめた。

ネクタイをしているが、サラリーマンには見えない。笑う口元の金歯が、とても卑しかった。

「何を買うつもりだったんだい？」

「いや、僕は……」

「こっちに来な、って」

男が私の袖を引っ張った。そのとき、背後から私は肩を叩かれた。振り返ると、赤門が立っていた。

「悪いけど、俺の連れなんだ」

赤門が男にいった。

「だから、どうした？」

浮かべていた笑みを引っ込め、男が赤門を睨《にら》んだ。

「俺たち学生だから、車券は買えないんだよ」

バカヤロウ。男が捨て台詞《ぜりふ》を吐くと、背を向けた。

「なんだい？　あいつ？」

車券売り場の雑踏に消えてゆく男の後ろ姿を見つめながら、私は赤門に訊いた。

「コーチ屋だ」

「コーチ屋？」

「金の束を見せられただろう？」

私はうなずいた。

「用意してきた金を見せ、あたかも競輪で儲けたかのようにいう。やつらの常套《じょうとう》手段だ」

「それでなんの得があるんですか？」

赤門が呆れたような顔をした。

「決まってるだろう。レースの買い目を教えるとかの能書きをたれて、客から金をせしめるんだ」

「じゃ、予想屋と一緒ですか？」

「予想屋が聞いたら怒るぜ。予想屋、ってのは鑑札を持った正規の商売でな、レースを当てるのに必死で、それなりの努力もしている。当たらなきゃ、客にソッポを向かれるからな。だが、やつらはゴロツキだよ。適当にでまかせの車券を買わせ、運よく当たったら金を根こそぎもってゆく。まるでドロボー、いや強盗みたいなやつらだ」

　私みたいに、ぼんやりした、いかにも素人をおもわせる人間を狙い撃ちにするのだという。

「あんなひと、一杯いるんですか？」

「博打場にゃ、いろんなやつらがたくさんいる。そいつもお勉強に来てるんだろう。そんなことより、新聞も持ってないじゃないか。競輪を覚えたきゃ、道具のひとつも揃えろ」

　赤門が怒ったようにいい、私を予想新聞の売り場に連れていった。

「いろいろ新聞はあるけどな。まあ、この『赤競』か『黒競』、ってのがオーソドックスで人気もある」

　赤門は「赤競」専門だという。私もそれに倣い、同じ新聞を買った。

「そろそろ六レースの締め切りだから、時間がない。見方はあとで教えてやる」

　スタンドで待つよう私にいい、赤門が車券売り場に走っていった。

　初めて目にする競輪の専門紙は、スポーツ新聞の予想欄よりはるかに複雑で、チンプンカンプンなものだった。それでもなんとか解読しようと目を凝らし、私は新聞を見つめながらスタンドに戻った。

赤門が見つかったいきさつを湯浅に話し、私は彼と並んで腰を下ろした。

「誰だい、こいつは？」

車券を手にやって来た赤門が私に訊いた。

私は赤門に湯浅を紹介した。

「留年予備軍がおまえらの学校にもけっこういるんだな」

赤門はどうでもいいように口にすると、新聞を広げた。

場内にベルが鳴り、スタンドにも次から次にひとが戻ってくる。

「何を買ったんですか？」

「[3]の頭と、[6]の頭だ」

赤門がいい、車券を私に見せた。

[3]―[3]、[3]―[4]、[3]―[2]の千円券が一枚ずつ、[6]―[5]、[6]―[1]の五百円券が各一枚だった。

一着が二通り。しかも二着はそれぞれちがう。どこかバラバラのような気がした。

[3]が強いのなら、[6]の頭などやめて、[5]や[1]の二着も買えばいい。[6]が強いなら、同じようにすればいい。

私は抱いた疑問を赤門にぶつけてみた。

ふしぎだろう。赤門が童顔のなかの瞳を輝かせた。「いいか、バンクを見てみろ。競輪、ってのは一直線の道を走るんじゃないんだ。ぐるりと一周四百メートルの楕円形のなかを走るんだ。ふつうは九人で走るが、この後楽園の今度のレースのように、時には十二人で走ることもある。まあ、一度に説明するのは難しいから、とりあえず今度のレースを見てからにしよう」

バンクを囲む四方のスタンドはびっしりとひとで埋まってきた。私たちの周りもそれこそ立錐の余地もない。

「すごいひとですね」

「四万五、六千人、ぐらいは入ってるんじゃないか。きのう雨で流れたから、みんな欲求不満なのさ」

いよいよレースが始まるようだ。白や黒、そして黄色や緑、色とりどりのユニフォームに身を包んだ選手がスタート台のところに出てきた。

野次と歓声がひときわ高くなる。号砲が鳴り、選手が走り始めた。

「あれっ」

私と湯浅は同時に、きょとんとした声を発した。選手が全力で勢いよく走り出さないのだ。

ゆっくりと他の選手を牽制しながらペダルを踏んでいる。

横の赤門を見ると、一切の質問を許さないような真剣な表情で、じっとバンクの様子を見つめている。

事前の予備知識は何もなかったが、少なくとも競走というからには、陸上競技のようにみんながいっせいにダッシュして走ってゆくものだと私たちは思っていたのだ。

一周回を終えると、どうやら隊列が落ち着いた。

しかし、これがまた疑問だった。

なぜ、みんなの位置が決まるのだろう。先に行ったほうがゴールに近いに決まっている。それなのに、どうして後ろの選手はその位置で我慢しているのだろう。

なかほどの黒いユニフォームが腰を上げた。それを見て、赤門がいった。

「おい、梨田。博打の主役と脇役のちがいをよく見ておけよ」

黒いユニフォームの後ろを、赤いユニフォームがピッタリとついてゆく。

前方にいた黄色いユニフォームの選手が、その二人だけを迎え入れ、その後ろの選手と並走し始めた。見る間に、ピッチが上がり、最初とは比べものにならないぐらいにレースのスピードが上がる。

突如、鐘が鳴った。ジャン、ジャン、ジャン――。

場内の歓声が一段と高くなる。歓声というよりも、怒号だった。見ると、横の赤門の顔も上気している。

中段の緑のユニフォームが、前を走る一団に襲いかかった。

「捲《まく》っちまえっ」

私の前の客が絶叫した。

赤のユニフォームが三コーナーで、緑のユニフォームを大きく外にはじいた。緑のユニフォームのスピードがガクンと落ち、後退してゆく。

「よしっ」赤門が気合いの入った声を発した。「差せ――」

絶叫と怒号の中を、選手がだんご状態となってゴールを駆け抜けた。

「③が残ったんじゃねえか」

「⑦が差してるよ」

周りの客が口々に騒いでいる。私には何が一着やら二着やら、さっぱりわからなかった。

「当たりましたか？」

私は赤門に訊いた。

「ああ」赤門が手にした車券を再び私に見せた。「たぶん、写真だろう」

「写真？」

「ああ、二着は写真判定かもしれないが、どっちにしたっていただきだ。頭は⑤だしな」

「ここから見ていて、そんなのわかるんですか？」

「五、六年もやってりゃ、目が慣れる」

赤門のいう通り、場内放送のアナウンスが、一着は⑤番で、二着は写真判定にすると告げている。

「穴、なんですか？」

「いや、頭は本命だ。しかし、二着に⑦が入れば、そこそこつく」

赤競を見ると、⑤の選手には◎の印がついている。しかし⑦の選手には何も印がない。

私はもう一度、赤門の持つ車券に目をやった。3－3、3－2、3－4。すべて3の頭だ。しかも、二着かもしれないという7なんてカケラもない。

「これ、って、外れ、じゃないいんですか？」

私の言葉に、赤門が首を振った。

「車券は、選手の番号で買うんじゃないんだ。枠番、っていってな――」

赤門が赤競を開き、私に説明した。

「十二車立てのレースの場合の車券の3、っていうのは、選手でいえば、⑤番車と⑥番車のことで、⑦番車、ってのは4枠なんだ」

「じゃ、枠のどちらの選手が来ても、当たり、ということですか？」

「そうだ。しかし、たいていの場合、同じ枠には強い者と弱い者を抱き合わせて乗せるから、同じ枠番の、つまりよくいうだろう――ゾロ目というやつ、そいつが来れば穴ということになる」

決定――。男の声で、場内放送が流れた。一着⑤番、二着⑦番。

場内に歓声が上がった。

つづいて女の声で払戻し金額が告げられた。連勝単式勝者番号、3と4の組、千七百二十円――。どっと場内が沸いた。

「おお、けっこうついたな」

「と、いうことは？」

「特券だから、一万七千二百円になる」

赤門は3枠の頭から三千円、6枠からは千円買っていた。つまり、一万三千二百円の儲けになる。

赤門の童顔に笑みが浮かんでいる。

私は車券も買っていないのに、なぜか興奮し、嬉しさが身体の芯から込み上げてきた。

「次のレース、僕も買います。教えてください」

赤門が私の顔にちらりと目を向け、いった。「競輪は、買って当たりゃいいってもんじゃない。そんなのは、チンチロリンの賽子を振るのと一緒だ。奥があんだよ、奥が――、競輪にはな」

赤門がスタンドに赤競を広げた。私と湯浅に、よく見ろ、という。

「レースが始まる前に、俺が競輪の主役と脇役、を見てろ、っていったろうが……」

今の六レースにおける主役は、一着に来た、⑤番の選手だという。

「競輪には、二つの敵がある」赤門がいった。「ひとつは、風圧という自然の敵、そしてもうひとつは同乗する個々の選手だ」

赤門の説明によると、先頭に立って走る選手にはものすごい風圧がかかるらしい。

「先頭を走るわけだから、むろん誰よりもゴールには近い、しかし、その反面、風圧という大きな敵を向こうに回すことになる。だから、この戦法を取る選手には、風圧に負けない、スピードと耐久力が要求されるんだ。この戦法を、『逃げ』あるいは『先行』と呼んでいる。それとは逆に、選手の後ろで風圧を避けて力を温存し、ゴール寸前で前走の選手を抜く、という戦法がある。これを、マーク・追い込み、というんだ」

なるほど――。それで⑤番の選手は黒のユニフォームの③番の選手の真後ろを回っていたのか。

「でも、一着の⑤番選手がどうして主役なんですか？」

「あの⑤番は、追い込み型の選手だ。追い込み型の選手は、当然『逃げ』選手の真後ろがいい。この位置を競輪では、『ハコ』とか『番手』とかいうんだ。つまり、風圧を受けず、しかも前には逃げる選手しかいない。断然有利なのはわかるだろう？」

これまでの説明を理解してるかどうかを確認するかのように、赤門が私と湯浅を見た。

私も湯浅も、同時にうなずいた。

「そういう有利な位置だから、誰でもこのポジションは欲しい。しかし、誰もがこの位置を簡単に取れるというものじゃない。この位置を回れるには、選手の『格』というのが要る」

「『格』ですか？」

「そうだ。よくあのひとには、人間としての『格』があるとかいうだろう？　風格とか、品格とか、そういう意味での『格』だ。長年の実績、その選手の実力、あるいは選手間での人間としての評価、そういう諸々の要素が、その選手の競輪選手としての『格』を決める。だから『格』のある選手は他の選手に一目置かれる。『格』のある選手が自分の位置を主張すれば、他の選手は余程のことがない限り、その位置には競りかけてこない。暗黙の内に譲ってしまう。つまりそれが、競輪でいうところの『格』なんだ」

そしてレースは、その『格』のある選手を中心にして展開してゆくのだという。

「最後の周回で、前にいた選手が、上昇してきた、逃げの③番選手と⑤番選手だけを迎え入れただろう？　つまり、競輪のレースというのは、この世の中の縮図みたいなものなんだ」

赤門が専門紙を広げ、次のレースを解説する。

「ところがだ、今度のレースには、その主役がいない」

「脇役ばかり……？」

「いや、そうじゃない。選手がレースの主役になるか脇役にまわるか、っていうのは、そのレースごとのメンバー構成による。下位戦にまわれば主役でも、ここでは脇役にしかならない、というようにな。つまり、今度のレースではお互いが甲乙付け難い戦績を持った同格者たちが揃っていて、お互いの役回りが不明確なんだ。こういうレースは荒れる。つまりレースの核になる選手がいない。みんな誰もが、自分と実力が同じだとおもっている」

赤門が赤鉛筆で、三人の選手に丸をした。いずれも、三十二、三の年齢の選手だった。

「こいつらは、みんな追い込み屋で戦績は似たり寄ったりだ。しかも同期でもなければ、登録地もちがう」

「同期？　登録地？」

「しょうがねえな……」

私の質問に赤門が辟易《へきえき》した表情を浮かべて時計を見た。

「次のレースの締め切りですか？」

「ああ、でも、いいや。今度のレースは見《けん》にしよう。何が来るのか、俺にもさっぱりわからねえからな」

赤門がいい、スタンドに腰を下ろし、たばこを口にすると説明のつづきを始めた。

「いいか。競輪を覚えるのには、車券を実際に買って、自分の目で見、そして傷を負うこと。これが一番だ。命の次に大切な金を賭け、そして負ける。真剣にもなろう、ってものだろう？」

赤門がにやりと笑い、当たり車券をヒラヒラさせた。

「競輪は、逃げの選手を軸にして展開する。逃げ屋は逃げなきゃ商売にならない。だから、強い逃げ屋が多ければ、レースはもつれる。だが、基本的には強い逃げの選手の後ろには、強い追い込み屋がつく。そりゃ、あたり前だ。勝つ確率が高いに決まってるからな。逃げの選手が何人かいて、その選手に力量差があれば、比較的順当に納まる。だが、逃げ選手の力が拮抗していれば、そうはいかない。誰が最後に主導権を取るのかわからないからな。しかし、いえるのは、その場合でも強い追い込み屋がマークしてくれた逃げのほうが有利なんだ。なぜなら、付いてくれた追い込み選手がうまく逃げの選手を誘導してくれるからだ。それに、他の逃げ選手のラインからガードもしてくれる」

「ライン……、ですか？」

「そうだ。それぞれの逃げ選手の後ろには、みなそれぞれの追い込み選手が付く。これをラインと呼ぶ。競輪はこのラインとラインの争いだといっていい。選手はみな、自分が付いたラインが最後に主導権を握るように、周回中は駆け引きをしている。今のレースでも、スタートしてから、みんながお互いに牽制し合っていただろう？　あれは選手が自分の位置どりを確かめながら、付けるラインがうまく先手をとれるようにと考えているからなんだ。だから競輪の第一歩は、選手の並びとこのラインを理解することから始まると考えていい。どの逃げ選手に、どの追い込み選手がマークするのか、それがわからなきゃ、競輪を的中させるのは難しい。選手はただでたらめに並んで走っているわけじゃないんだ。なにしろ生活がかかっているんだからな」

そういって、赤門がライン、そして選手の並びにおける推理の基本的な根拠を説明した。

競輪は競馬やオートレース、あるいは競艇とはちがって、鍛え上げた人間の筋力をもって競うギャンブルだ。実力が最優先するのは当然だが、人間が人間の頭と筋力を使って争う競技である以上、そこには、必然的な極めて人間的な要素が絡み合ってくる。

同県、同地域。同門、あるいは先輩と後輩、師弟の関係。同じ釜の飯を食った競輪学校の同期生。選手間における親戚関係や友人関係。もっといえば、選手同士の間での因縁や怨念

――。そうした人間的なしがらみもまた別な要素としてかかわってくる。

「つまり、競輪のレース、っていうのは、まるで実社会の縮図そのものなんだ。俺たちのこの世の中だって、ただ単に実力や才能だけでは成り立っていない。閨閥《けいばつ》や係累、縁故姻戚、それに諸々のしがらみ――。結局人間なんて、自分を取り巻く関係を否定しては生きてはいけない。特に日本みたいな閉鎖的な国では、その関係が大きな比重を占めてしまう。だから、競輪をこうしてスタンドから見ていると、まるで自分たちの世界がそのまま繰り広げられているような錯覚を覚えてしまう」

まあ、こりゃ話が脇道にそれたな――。赤門が持論に照れたような笑みを浮かべた。

「つまり、競輪の並び、っていうのは、実力プラス、選手のそうした関係を基本にして、みながラインを構成してゆくと考えていい。だから時として選手は、納得しなくても、そうした目に見えないしがらみに縛られて並びを折り合うこともある。しがらみを大切にしなきゃ、生きてはいけない局面ってのもあるしな」

私は専門紙に目を注いだ。

選手の各欄には、いろいろなデータが記載されていた。

登録地、年齢、期別、その他に、決まり手内訳というのもある。

「この新聞に載っていない情報、つまり親戚関係とか友人関係なんてのは、どうしてわかるんですか？」

「そこが素人とこの道何十年の玄人とのちがい、ってことだ。競輪選手は四千人ちかくもいる。その選手の人間関係や隠れ人脈、あるいは性格、気性――、そうしたすべてを把握するのは難しいよ。でもな、だからこそ奥が深い。俺が競輪を始めてから六年になる。ようやくわかってきたとはいえ、まだまだわからんことが一杯ある。そこに周回における並びの想定が出てるだろう？　まあ、おおむね当たっていることが多い。なんていったって、それを情報として押さえ、それで飯を食っている専門の予想新聞だからな」

私はもう一度、専門新聞に目を凝らした。赤門が丸をした選手のなかに、私の出身と同じ神奈川の選手がいる。

「この選手、どの逃げに付けるとおもいますか？」

私は赤門に訊いた。

「わからん。しかし、俺はこの逃げ屋に付けるとおもうが――」

「ちょっと、買ってきます」

「そいつ、をか？」

私は笑い、うなずいた。

「どうせ、何が来るかわからないレースなんでしょう？　なら、自分の運を試すのにもってこい、というもんじゃないですか」

事実私はそんな気がした。

初めて目にする競輪。赤門の講釈を聞いた最初のレース。懐には、昨日勝った麻雀の軍資金がある。しかも、何が来るのかわからない、というほどに難解なレースだという。

私は赤門と湯浅を残し、車券を買うために、脱兎のごとく、締め切りのベルの鳴る穴場へと走り出した。

そのレース、私は白いユニフォームを着た同郷の①番の選手を頭にして、1のゾロ目も含めたすべての枠を二千円ずつ流し買いした。六点張りで、しめて一万二千円。

混戦で、何が来るかわからないという。ということは、レースは競輪ファンの知識の枠外にあるといえないか。ならば昨日からの麻雀のツキで勝負してみよう。

白星の白。①番車。私の同郷。赤門が丸印をつけた――。その選手と心中してみようと考えたのは、ただ単にそんな頼りない理由からだった。

しかし一着すらわからないのに、二着を絞り込むことなどできるわけがない。きょう初めて目にする競輪なのだ。いくら赤門が説明してくれたところで、筋とかマークなどという競輪の専門的なことがわかるわけがない。

私の購入してきた車券を赤門と湯浅が代わる代わるにのぞき込む。

ふーん。赤門が私と車券を交互に見比べた。

「おまえ……」湯浅は一瞬絶句し、私の顔をまじまじと見つめた。金額にびっくりしたようだった。

湯浅が驚くのも無理はない。朝夕食事付きの寮費が月額六千円。つまりこのレースに入れた私の車券代は、私たちの生活費のほぼ二か月分にも相当する金額だったからだ。

「元をただせば、人の金だよ」

私は湯浅の目を避け、バンクを見つめた。

スタート台に立った白のユニフォームが、夏の日差しを反射して目にまぶしく映った。

赤門の予想どおり、レースはもつれ、最終周回、私の買った①番の選手は⑩番の選手と逃げる⑦番の後ろで猛烈な競り合いを演じた。三コーナーで①番選手が競り勝ちそのまま四コーナーを回った。

「差せ」

赤門が顔面を紅潮させて叫ぶ。

「おい、梨田、やったぞ」

ゴールしたあと、赤門が興奮した表情で私を見た。

「当たりですか?」

「バカ、見てなかったのか。①の頭だよ、①の頭——」

見ていなかったどころか、周回中、私はずっと白のユニフォーム姿を見つめつづけていた。この炎天下のバンクのなかで、白いユニフォームが前へ行ったり、後ろに退がったり、そして激しい競り合いをしていたのを、まるで映画の主人公を観るかのような目で眺めていた。どこか別な世界の、別な出来事——。レースのあいだ中、私はなんとなく雲の上にでもいるような、そんな現実感のないふしぎな高揚感に包まれていた。したがってゴールしたあと、たぶん①番の選手が勝ったのだろうという気はしていたが、それが自分の買った車券と結びつく出来事とは思えなかったのだ。

「穴だぜ、これは——」興奮した口調で、赤門がいった。「ビギナーズラック、なんてのがほんとうにあるんだな」

「いくらぐらいつくんですか？」

私は車券を見つめ、赤門に訊いた。

「さあな、四千円はつくんじゃないか。なんせ一番人気がない逃げ屋が絡んでいるからな」

赤門の声に被せるように、場内アナウンスが流れた。

——連勝式勝者番号、1と4の組、五千三百二十円……。

どっと場内が沸いた。

「ふぅ」赤門が息を吐く。

「すると――」湯浅の言葉を赤門が引き継ぐ。「十万と六千四百円だ」

十万と六千四百円……、私はひとごとのように胸のなかでつぶやいた。

最終レースが終わったのは、四時過ぎだった。

大勢の客の流れと一緒に、私たち三人は後楽園の出口から吐き出された。

水道橋から電車に乗り、新宿で下りた。そのまま、赤門に連れられて、歌舞伎町の裏にある一杯飲み屋に行った。まだ明るいにもかかわらず、店内はすでに込んでいる。

生ビールの冷んやりとした感触が喉越しに気持ちがいい。

私のポケットは、四十万近くの金で膨れあがっていた。ルミに借り、テコから貰った一昨日の金が、ほぼ四倍にもなっている。

「しかし、おまえはいずれ大けがをする」赤門がビールを飲み干すと、いった。

「僕もそうおもう」横から湯浅もいった。

大穴を当てたあと、そのあとの二つのレースを私は見送った。ツキを信じなかったせいではない。足が地についていないような、あの妙な気分がつづいていたからだ。

そして最終レース。私は九万円を一本買いで放り込んだ。きょうの勝金のほぼ全額だ。このレースは固い、赤門自身がそういったにもかかわらず、彼がそのレースを買おうとしなかったからだ。

私が見送ったレースを赤門はつづけて外していた。博打事は、ツカなくなったらすべてがチグハグになる。そのときの赤門に、私は強くそれを感じていた。それにたとえそのレースが外れたとしても、私に損はない。最初から大穴など取らなかったのだとおもえばいいのだ。

きっとこれも的中する。レースが始まったとき、私にはその確信めいたものがあった。大穴を当てたときの、あのふしぎな感覚が再び私を包み込んでいたからだ。

レースは一本棒で始まり、一本棒で終わった。波乱をおもわせる展開は何一つなかった。払戻し金額二百九十円。私は二十六万一千円という大金を手にしていた。

「悔しくていうんじゃないが」赤門がいった。「ひとりで来ていたら、俺もきょうは勝っていたよ」

私は空になった赤門のビールグラスに気づき、追加の注文をいった。

「おまえが大穴を取ったのを見て、つい、いいとこを見せようなんて気になってしまった。ふだんなら、あの後の二レースには手を出さない。おまえ同様、浮いた分をそっくり最終レースにつぎ込むところだ」

「すみません」

「なに、おまえが勝ったので嫌みをいってるんじゃない。きょうは競輪を教えに来たようなものだ。そんなときは勝負はだめさ。競輪、ってのは、ひとりでやりに来るものなんだ。ひとりっきりになって、雑踏に身を置き、雑踏の声を聞き、雑踏の感触を確かめながら、やる。それが競輪さ」

横でじっと耳を傾けていた湯浅が口をはさんだ。

「勝って……、それで、その金でどうするんです？」

「どうもしやしねえさ。また博打をやるだけさ」

赤門がいった。

「そんなのって、意味がないじゃないですか」

「意味？　博打に意味なんてあるものか。勝てば勝った分だけの博打をまた打つ。博打は底なし沼だよ。だからこいつは大けがをする、って俺はいったんだ。永田と同じ人種さ」

「意味のないものに時間と金を費やすんですか……」

湯浅が赤門の返事に不服そうな表情を浮かべた。

「おまえは、ちょっとばかりこの梨田とはちがう人種のようだな。まるでむかしの俺を見るようだ」

赤門がにやりと笑い、湯浅に目を向ける。

「むかしの――、ですか？」

私は話に割って入った。

「俺だってまじめな学生をやっていたときがある。むろん競輪や麻雀なんてのには目もくれずにな。それどころかそうした博打事にうつつを抜かす連中には疑問すら抱いていた」

「それが――、どうして競輪をやるように?」

「俺に競輪を教えたやつがいるのさ。その頃の俺は学生運動に熱中していたんだがな、ある出来事を契機に、それらのすべてに嫌気がさしていた――」

赤門が当時を思い出すように、空のビールグラスを見つめた。

麻雀と競輪の勝ちによって懐が潤っている私は、湯浅と赤門に好きなものを飲んでくれるようにいった。

赤門がサントリーの角瓶の水割りを頼むと、湯浅もそれに倣《なら》う。

運ばれた水割りグラスを手に、私は赤門の口が開くのを待った。

「競輪、ってのは難しい。もっとも難しいから奥が深くおもしろいともいえる。他のギャンブルとは異なり、競輪は、先達《せんだつ》がいてその道先案内で覚えてゆくみたいな、どちらかといえば伝承の博打とでもいうようなところがある」

「そうですね」

私はうなずいた。ルールや仕組み、それを理解してから推理に入る。それを考えると確かに赤門のいう通りだった。

「俺に競輪を教えたやつ——学校の先輩でな、やはり俺と同じように留年組だったが——そいつに俺は、今こいつがいったのと同じような質問をしたことがある。意味のないものに時間や金を費やしてなにがおもしろいのか、とな」

私は赤門の手のグラスを見つめ、訊いた。「そうしたら——?」

湯浅も赤門の口元を見つめている。

「そいつは俺にこういった」赤門が水割りを口に含んだ。「たしかに博打は何も生まん。毀《こわ》れ、滅びるだけだ。だが、生産され生み出されるものだけがこの世の中で値打ちがある、とする考え方はどうなんだろう……。建築物は時間がたてば旧くなる。そして、壊れ、壊され、再構築される。植物は枯れてこそ新芽が吹く。花は散って新しい種子を撒くもんだ。人間の社会には、何も生まない、という価値観があってもいい。無に帰する、という考え方があってもいい。生み出されるばかりの世の中だったらこの世界はすぐに一杯になって息苦しくなってしまう」

「だからといって、それがすぐに博打事が存在する理由にはならないんじゃないですか?」

湯浅が酔った顔を、赤門に向けていった。

「その通り」赤門がうなずく。「そもそも博打事に存在理由なんてのを求めたところで意味がない。好きなやつは、そうした理屈や理由でやるわけじゃないしな。それにしょせん博打事なんてのは、博打に興味のあるやつだけがやればいいことだ。俺がいいたいのは、意味がないからといってすぐに博打事を否定してしまうというのはどうかな、っていうことさ。博打をしていると、今いった、何も生まない価値、無に帰する、という値打ちを肌で覚える。頭のなかで考えることには限界があるんだ。博打をやっていると早く年をとる、なんていう。なぜだかわかるか？」

赤門が私と湯浅を交互に見た。私と湯浅は同時に首を振った。

「これも、俺に競輪を教えたそいつにいわれたことだが――」赤門が水割りでもう一度口を湿らすと、いった。

「人間には、二通りのタイプがいる。生み出すことを基点にして無を知る人間と、無を基点にして生み出すことを知る人間、の二種類だ。ひとは生を受けた以上、早い遅いは別にして、いずれ無を知るようになる。博打をする人間は、それが早いんだ。博打をしているうちに、皮膚や肌が、自然と毀れるという感覚を吸収してしまうからだ。覚え込んだ感覚が、時間を早く過ぎさせてしまう――」

それだけいうと、赤門は黙々とウイスキーを飲みつづけた。私と湯浅もつられたように、グラスを口に運んだ。

すでに時刻は、七時。永田が麻雀屋で待っているはずだ。私は赤門にそれを告げた。

「おまえ、何て、いったっけ――」

「湯浅です」

「おう、湯浅。おまえは麻雀を打てるのか？」

「湯浅は僕なんかよりずっとキャリアは古いです。小学生の頃から家では麻雀をやっていたらしいですから」

私は湯浅に代わって答えた。

「理屈をこね回したって、しょうがない。どうだ、ことはついで、ってもんだ。これから麻雀を打ってみないか？」

「でも、僕の麻雀なんて、家庭麻雀だから、他のひととなんてやったことがないし、それに……」

「金か？　金なら梨田が持っている。なあ、梨田」

同意を求めるように、赤門が酔った目を私に向けた。

「いいぜ、湯浅。金なら用立てる。せっかくだ。やろうじゃないか」

「なら、話は決まった」

赤門が立ち上がり、店の奥の赤電話に向かう。

た。


「梨田、まずいよ。俺には自信がない」

湯浅が小さな声でつぶやいた。

「なに、負けたってかまうもんか。金ならある。心配するな、って。それに学校の敷地じゃ見られぬ世界をのぞくのは、おまえの今後のためにもいいもんだ」

私はいいながら、初めて湯浅と出会ったときのことをおもい出していた。大きなバッグを引きずりながら、私を見つめた目は、まるで小動物をおもわせるそれだった。

「永田とは連絡がついた。やつもあとから来るそうだ」

電話を終えた赤門が戻って来て、私にいった。

「きのうの麻雀屋でやるんじゃないんですか？」

「わざわざ、あそこまで行く必要なんかあるもんか。この新宿には腐るほど麻雀屋がある」

「じゃ、ブー、ですか？」

私は一瞬、湯浅の顔を見た。

ブーは私も打ったことはない。しかしすでに永田からそれなりに教えられていたから打って打てないことはない。しかし、家庭麻雀で、しかもリーチ麻雀しか知らない湯浅が、果たしてブーで勝負になるだろうか。

「心配するな。これから行く麻雀屋は、リーチもブーもある。自分たちのやりたいほうで勝負すりゃいい」

赤門がいうと、促すように腰を上げた。

8

飲み屋を出ると、すでに街にはネオンが輝いていた。昼の暑さを閉じ込めたようなビルの合間を縫って私と湯浅は赤門の後につづいた。

新宿の夜、それも今歩く歌舞伎町界隈は、賑やかさと猥雑《わいざつ》さ、それにどことなく治外法権的なやくざっぽい匂いが充満していた。

「新宿には来たことあるけど、こんな裏のほうは、俺、初めてなんだ」

湯浅が私の耳元で小さくつぶやき、周囲をもの珍しげに見回している。

「俺もだ」

正体不明の男たちがたむろする一角や、赤や青、黄色や緑の原色で彩られたネオンサインの看板に私も目を奪われた。

なんとなく胸がわくわくした。それらの光景にというより、この街に流れる生温かい空気や匂いに、だった。それは、私や湯浅がいる学園のものとはすべてを異にしていた。街のどんな隅っこにも誰かが生きてい、何者かが息をひそめているとでもいうような、そんな生々しい気配が感じられた。

「一応、その麻雀屋のルールだけは説明しておく」

風林会館の脇道にさしかかったとき、赤門が歩みを止め、私と湯浅を交互に見つめた。どうやら目当ての麻雀屋の近くに来たらしい。

「リーチ麻雀のほうは、パー、イッチニだ。場にリャンゾロ、一発、裏ドラあり、このあたりまでは俺たちがやってるルールと変わりはない。しかし箱テンでゲームは終わりになる」

「えっ、箱になると終わり？　東の一局、でもですか？」

私の覚えた麻雀は、たとえ箱テンになろうとも、点棒の貸し借りをしながら東南の半チャンが終了するまで延々とつづく。しぶとく粘れば、場合によっては盛り返すことも可能だ。

「そうだ。そりゃ当然さ。場代は時間制じゃない。半チャン終了時でのトップ払いだから、そうしなきゃ麻雀屋の上がりが少なくなる。もし箱テンでストップがかからなきゃ、客だって大怪我をするだろう？　それに客に金が無くなったのにゲームがつづけられれば、店だって困る。そして、もうひとつ、箱テンで一番気をつけねばならないことがある」赤門がたばこを取り出すと火をつけた。「箱になると、罰符として、一万点を払う」

「罰符で一万点？」

私と湯浅は顔を見合わせた。

「そうだ。打ち込んで箱割れしたときはその打ち込んだ相手に一万点をプラスして払う。誰かが自摸って箱割れしたときはその自摸ったやつにだ。つまり箱割れしたやつが、させたやつに一万点を追加して払うという仕組みだ」

場には三千点付いている。ノーテン罰符の支払いで箱割れになったときは、散家の場合、親に四千点、子にはそれぞれ三千点。起家の場合は、子に三千点ずつ払うらしい。

「だから、一発逆転がある。トップを走っていても油断はできない。箱割れを狙って点棒のない者を狙い撃ちができるからな」

「すると、満貫を打って箱割れすると――」

「親に打ち込めば、都合、二万二千点、子の場合は一万八千点だ。そして、肝心のレートだが、二万五千持ちの三万返し、千点二百円、それに六千、三千のウマがつく」

赤門のことばに、湯浅の顔に緊張の色が走り、次には紅潮した。

無理もなかった。湯浅がたまに寮で打つ麻雀は、千点二十円や三十円の遊びに毛の生えたような代物なのだ。今の赤門の説明からすれば、箱割れのラスを引くと、二万円近くの支払いになってしまう。

「どうってことない、って。金はあるんだ。心配せずにやればいい」

私はズボンのポケットを押さえ、自分も感じている緊張をさとられないようにして、湯浅に笑顔を向けた。

「で、ブーのほうはどうなっているんですか？　湯浅はまだブーを知らないから、リーチ麻雀のほうがいいと思うんですけど、僕はブーがいい」

「ここのブーはちょっと変形だ。レートは、ゴッ、トー。つまりマルエーが一万円、二コロと一コロは同額で、五千円。他のブーは、トップ無しの一コロは禁止になっているよな。しかしここでは有りだ。というのは、最近ちょっと流行り出したんだが、ダブルというルールがあるせいなんだ」

「ダブル？」

「ああ、連勝すると、レートが一気に倍になる」

その権利はトップを取った者だけにあるのだという。

つまり、トップを取った後に再びトップになると、三コロなら二万円、二コロや一コロだと一万円になる寸法だ。

「だから連勝を防ぐ意味で、一コロの上がりで逃げることを認めているんだ」

三コロのマルエーで連勝すると六万円――。私の胸に武者震いにも似た感覚が走った。着ているシャツが汗っぽかった。それは、真夏の夜のせいばかりではなかった。このわずか数日の間に、おもいもしなかったような高額な博打にどんどん染まってゆく自分に、私自身が興奮しているせいだった。

「そんなところでいいか？」

赤門が私と湯浅の目をのぞき込む。

「わかりました」

私はズボンのポケットから金を取り出し、とりあえず湯浅に十万円を渡した。赤門がそれを横目でちらりと見、たばこを足下に落とした。

「じゃ、行くぞ」

赤門が再び歩き出す。

風林会館を過ぎ、二本目の裏筋を曲がり、焼肉屋の前に来ると、赤門が振り向いた。その三階の窓に、「麻雀東家」という名称が書き込まれているのが目に入った。

エレベーターに乗った。

「やくざ屋さんもいる。しかし仕切っているのもやはりその筋だから心配はいらない」

上昇するエレベーターのなかで、赤門が事もなげにいった。

「永田さんもここの常連なんですか？」

「あいつは、ここに限らず、どこにでも顔を出す。俺がここに通うのは、好敵手がいるからだ。どうやらきょうも来ているらしい」

赤門がいい、にやりと笑みを浮かべた。

「プロですか？」

「いや、ちがう。でもいい腕をしている。すぐに会える」

開いたエレベーターの前が麻雀屋の入り口だった。部屋からの明かりが、ドアガラスに書かれた「東家」の赤い文字を浮き上がらせている。

緊張で強張った顔をほぐすように、湯浅が両手で頰を挟み込んだ。

「だいじょうぶ、だって」

私は湯浅の背を軽く叩いた。

ドアを開けると同時に、麻雀の牌を卓に叩き付ける小気味いい音が耳に響いて来た。つづいて、いらっしゃい、というかけ声。たばこの煙が立ちこめる部屋に、麻雀卓を囲む人の影がうごめいていた。

外観どおり、店内は狭い。わずか十坪ほどのなかに麻雀卓が五つ据えられている。稼働しているのは、その内三卓だった。

卓を囲んでいるなかに女が二人いる。ひとりは五十に手が届きそうな小太り、もうひとりは和服姿で水商売風の三十過ぎの女だった。その他の面々は、勤め人らしいのが数人いるだけで、あとはいずれも遊び人風の者たちだ。赤門がいったように、なかにはやくざも含まれているのだろう。

隅のソファ椅子に、男がだらしなく寝入っていた。ときどき大きな鼾《いびき》をあげる。どうやら何日も寝ずに麻雀を打っていたのではないか。

赤門に声をかけてきた、半袖カッターシャツにネクタイ姿の男が店のマネージャーらしい。年の頃四十前後。笑い顔のなかの目には、やはりふつうの人間とはちがう光が宿っている。

赤門がその男とふた言三言話を交わしてから、私と湯浅に訊いた。

「リーチが一卓、あとの二卓はブーをやっている。俺たちは同じ卓にはつけない。知り合いだからな」

フリーの麻雀屋、特にブー麻雀では仲間どうしでは卓を囲めない。グルになって麻雀を打てば、二コロ三コロを取るのが容易になるからだ。赤門はブーを打つという。

「好敵手ってどのひとですか？」

私は麻雀卓を横目に赤門に尋ねた。

「あの着物だよ」

赤門が目くばせする。

「えっ、女のひとなんですか？」

「誰が男だといった？」

赤門が無造作にいった。

私は内心驚き、卓を囲んでいる二人の女をあらためて見つめた。

「あれで、いい腕してんだ」

「何をしている女《ひと》ですか？」

「このすぐ近くで、飲み屋をやっている。もっとも飲み屋といっても俺たち学生が行けるようなところではないけどな。つまり高級クラブ、ってわけ。いつもは昼間打ってるんだが、時には店をほっぽり出して顔を出す」

マネージャーが立ち話をしている私と赤門に、奥のソファ椅子で待つようにいった。店のメンバーが入っている卓が二つあるから、すぐにできるという。

鼾をかいて寝ている男のそばに、私たち三人は腰を下ろした。

「やっぱり俺は見ているだけのほうがいいような気がする」

湯浅が不安な表情を浮かべ、鼾の男、そして私と麻雀をしている卓を見回しながらいった。

「なに、負けたってかまうもんか。金の問題じゃない。今の俺たちには、きっといろんな世界を見ることが必要なんだ。能書きばかりの学生運動のことなんかはきょうのところは忘れちまえよ」

私のことばに湯浅はいささかムッとしたようだった。黙り込む。

「マルエー」

和服姿の上がりを背後から見ていたマネージャーが声を上げた。

どうやら赤門が説明していたダブルというのを和服がやったらしい。金が卓上に投げられ、それを店のメンバーが揃えて和服に渡している。そのなかのメンバーのひとりが立ち上がった。

「おひとりさん、どうぞ」

マネージャーが声をかけてきた。

「じゃ、俺がやるぞ」

赤門がいい、和服の卓に向かう。

邪魔にならぬように見するから赤門の背後にいてもいいか、と私はマネージャーに尋ねた。

「おたくもブーをするのかね？」

「ええ、だからルールをきちっと覚えておきたいんです」

私のことばに、決して口出ししないように、と釘をさしてからマネージャーが赤門の後ろにそばにあった椅子を置いてくれた。

椅子に腰を下ろし、無表情に洗牌《シーパイ》をしている赤門の好敵手だという着物の女に、私はちらりと目を走らせた。それに気づいたのか、女が一瞬私のほうに顔を向けた。私はドキリとした。その視線にではない。女は私がかつて見たどの女よりもきれいな顔をしていた。それに大人の色気ともいう匂いが顔全体に漂っている。

起家は赤門。赤門が賽子《さいころ》を振る。対面の遊び人風が賽子を振り返す。二度振りだ。ドラはオタ風の[西]。赤門が下家の着物の山から牌を取り始める。

赤門の配牌は可もなし不可もなし。ドラの[西]が一枚だけある。定石通り、赤門が上家の場風の[北]を切った。

つづいて、着物が[一萬]。牌を捨てる着物の指は、細く白い。私は胸がドキドキした。

七、八巡目。赤門が一瞬、場を見回した。ドラの[西]を捨てれば、聴牌《テンパイ》になる。しかし、リーチをかけなければ上がれない。出て、二千点の手だ。赤門が雀頭の[八索]を切った。すかさず、着物が、[七索][八索][九索]、で食いを入れる。

次順、その食いで、赤門が[伍萬][八萬]を引き入れ、再び聴牌った。[西]単騎。リーチをかけずに、默聴《ダマテン》。むろん出ても上がれない。

ここのブーもいつか永田が立川で打ったのと同じように、六千点持ちだ。箱割れになるか、誰かが持ち点が倍の一万二千点になったときに、ゲームは終了となる。点棒の多少は関係ない。そのときに、持ち点が配給原点よりプラスであるかマイナスになっているかだけの勝負だ。リーチ棒は黒棒の百点。赤門の手は、リーチをかけて出上がりになると、七七。つまり一コロになる。しかし黙聴でも引き上がれば、二千点オールで、三コロのマルエーになる。

「兄ちゃん、ダブルがかかってんだ。よろしくな」

着物の[七索][八索][九索]の食いで警戒しているのだろう。対面の遊び人風が、赤門に声をかけた。赤門がそれを聞き流し、自摸った[九萬]を自摸切りにした。

着物の細い指が、牌山に伸びる。次の瞬間、自摸った牌を卓上にハッシと叩き付けた。たった今、赤門が捨てたのと同じ[九萬]だった。

「マルエー、ダブル、ありがとうございました」

背後で、マネージャーの声が上がった。

着物の手は、ドラの[西]が頭の、チャンタ三色で満貫だった。

「ふう、きょうの姫のツキは半端じゃねえな」

赤門の上家の、一見土建屋風の男が嘆息しながら、二枚の万札を卓上に置いた。赤門は一万円。新入りの局面にのみ、ダブルを逃れられる。

対面の遊び人風が、マネージャーを呼んだ。どうやらパンクしたらしい。

「すみません。きょうはこれで――」

マネージャーが遊び人風に二万円を渡すと、いった。すでにだいぶ麻雀屋に借りができているらしい。

「アツいんだ。もう少しいいじゃねえか」

「もうしわけない。きょうはこれで」

マネージャーがピシャリとはねつけた。渋々と、遊び人風が腰を上げる。

私はマネージャーにいった。「僕が入ってもいいですか？」

「お宅ら、知り合いだろ？」

土建屋風が私と赤門を見比べていった。

「知り合い、っていや知り合いだけどね」赤門がそれに応じた。「別に友達というわけじゃない。実は、きのうが初対面っていう程度の仲でね。それも麻雀屋で。酒を一杯奢《おご》られちゃいるが、それは教えてやったものがあることの礼みたいなもんさ。もしみなさんがそんな仲ならかまわないってのなら、俺にも異存はないよ」

「なら、いいじゃないの。入れてやんなさいよ」

土建屋風と赤門の話を聞いていた着物が、細い指にはさんだたばこに火を擦りながらいった。

「そうかい。しかし、坊やはまだ学生だろ？」

土建屋風が私を見つめた。

「学生だって麻雀を打ちますよ」

私はちょっとムキになって、それに応えた。

「そうじゃねえ。俺がいいてえのは、この麻雀のレートを知ってんのか、ってことさ？」

「そいつなら心配ない」横から赤門が口をはさんだ。「こいつは、きょう後楽園でバッチリ稼いできている。俺としちゃむしろやりたいぐらいだね」

「へぇ、チャリンコでかい……」赤門のことばに、土建屋風の物言いに変化が表れた。「なら、上等だ」

「じゃ、みなさん、よろしく」

そばでやり取りを聞いていたマネージャーが、土建屋風と着物に愛想笑いを向け、私に二万円を預けるようにいった。「帰るときには返しますよ。一応店の決めなんでね」

どうやら新参者に対する、負けたときの予防線ということらしい。

私はポケットから、これ見よがしに札束を取り出した。土建屋風、それと着物に対しての私なりの虚勢だった。着物の視線が、すっ、と注がれるのがわかった。

私は二枚の万札をマネージャーに渡し、空いた赤門の対面の席に腰を下ろした。

「なるだけ、伏せ牌、で――」

マネージャーが卓上の牌をひっくり返しながら、洗牌を促す。

ありがとうございました——。隣の卓もケリがついたらしい。従業員の威勢のいいかけ声が響いた。

その声が胸の動悸を早めた。私はそれを隠すように、甲に毛の生えた土建屋風の手、着物の細い指、そして赤門の慣れた手捌きが動き回る卓上に自分の手を突っ込んだ。

指先に汗が滲んでいるのが、触れる牌を通してはっきりとわかった。

着物の右の卓上に、銀色の、まるで勲章を思わせるメダルが置かれている。ダブルの表示だ。

前局のラス上がり、着物が賽子を振る。六。私は賽子を振り返した。八。着物の起家だ。

着物が細い指を、すっ、と振る。また六。私が再び振り返す。今度も八だった。

「あら、気が合うじゃない」

着物がちらりと私に視線を投げ、口元に笑みを浮かべると、すぐに一山だけを除《の》けて、私の牌山から配牌を取り始めた。

私の配牌は、場風の南が対子《トイツ》であるだけで、ドラもないどうということもない手だった。

しかし一応、鳴けばすぐに聴牌しそうな三向聴《サンシャンテン》の形になっている。

ドラは伍萬。着物が私の風、南を切り出した。

「ポン」

すかさず私は、それに食いついた。

四巡目、下家の土建屋風が黒棒を一本卓上に放り、リーチを宣言した。

河は、🀈🀃🀙。リーチの牌は🀚だった。

赤門が無表情に、ドラの🀋を切る。つづいて着物が、🀎。

私は、リーチの現物、雀頭の🀚を一枚外した。

それから二巡して、赤門が🀒を切って、追っかけリーチ。着物がそれを🀑🀒🀓で、食いつく。

赤門の捨て牌は索子が高い。リーチにドラの🀋を一発で切り出してもいる。どうやら勝負手が入っているようだ。

「姫、ツイてんから、坊や、気をつけてくれよ」

土建屋風が私をジロリと見た。

赤門と土建屋風はダブルがかかっている。私は無関係だ。🀚が四枚切れている。土建屋風と赤門の河を見、私は自摸ったばかりの🀙を自摸切りした。

土建屋風が🀊。赤門の自摸切りした🀝で着物が牌を倒した。

「ロン」

タンヨウで、ドラが一丁。親の二千九百。リーチ棒二本とで、三千百の上がりだ。着物が点棒を卓の右角に積んだ。

一本場。再び着物が賽子を振る。

ドラは🀛。私の手の内にはまた🀁が対子になっていた。それを知っているかのように、着物が再び、🀁から切り出した。

「ポン」

ここは早上がりで、着物の親を蹴る必要がある。

七巡目。土建屋風が再びリーチをかけてきた。

赤門がドラ近の🀚を強打する。どうやら一コロ覚悟で着物のダブルを阻止しようとしているらしい。

着物は早い巡目に赤門の捨てた🀊を🀉🀊🀋で食いさらしている。河にも一九字牌の捨て牌が多い。原点の私が一番警戒しなくてはならないのは着物の手だ。

着物が生牌《ションパイ》の🀅を自摸切り。私は現物の🀇。土建屋風の場には、🀌が切られている。いざとなったら、私は、暗刻になっている🀏を切り出していくつもりだった。

ドラの🀛を土建屋風が自摸切り。着物はすましている。赤門が🀌を切って、再び追っかけのリーチ。展開はさっきの局面と同じだ。ただ、今度ばかりは私が着物に打ち込めば、たとえドラ一丁の手でもマルエーになってしまう。

着物が間髪入れず、赤門の捨てた六萬を六萬七萬八萬のタンヨウ形でチーを入れた。切ったのは、。土建屋風にも赤門にも通っていない。しかし二人からは何の声も上がらなかった。

私は自摸ったを手の中に入れ、暗刻の九萬を一枚外した。

「ロン」

着物が声を出した。

「えっ」

私は一瞬耳を疑った。

「マルエー、またまたダブル。ありがとうございました」

着物の斜め背後で観戦していたマネージャーが声を張り上げた。

着物の手はこんなだった。

東東東九萬　六萬七萬八萬《チー》　四萬三萬伍萬《チー》
つまり、着物はを頭にしたで聴牌していたのに、七萬八萬九萬の万子面子を六萬七萬八萬に食い変えてわざわざ単騎待ちにしたのだ。

着物が私を見、口元に笑みを浮かべた。その笑みにはテコとはまたちがう妖しげな大人

の女の匂いがし、私は思わず視線を逸らした。

着物が四千円をマネージャーに支払った。

ゲーム代はトップ持ちで、一《チン》コロ、二コロが千円、三コロのマルエーは二千円。ダブルでのトップは、その倍になる。

東東回しの裏表とはいうものの、勝負が裏の局まで持ち込まれることはほとんどない。なにしろ持ち点の六千点が失くなるか、その倍になった時点で勝負は決するのだ。つまり、ひと勝負に要する時間はものの十分か十五分ということになる。

つまりブー麻雀というのは、基本的には麻雀屋の場代を揚《あ》げるために考案されたような勝負だ。したがってチンコロや二コロばかりやっていては、場代を麻雀屋に吸い取られるばかりで、結果的には客が皆負け組になってしまう。したがって実入りのいいマルエーのチャンスがあれば、見逃しや狙い撃ちにより、確実にそれをものにしなければ勝ち組となるのは難しい。とはいえ、麻雀はしょせんは四人で行うゲームだから、なかなかそう思惑通りにいくものでもない。そこにはどうしてもツキという得体の知れないものが必要とされてしまう。

着物が万子の面子《メンツ》を食い変えた。だが、私の手のなかに九萬がなければ振り込みようがない。それにもし九萬が生牌であったならそうもあっさりとは私は切らなかったかもしれない。

しかし現実には、九萬は私の手のなかに、暗刻という着物の思惑通りの理想的な形で存在した。つまるところそれほど今の着物のツキが半端ではないということだ。

入ったばかりでダブルだけは逃れられた私は、一万円札を着物の前に出すと、卓の横隅にある銀色のメダルと彼女の顔をそっと見た。メダル同様、着物の顔もどこか輝いている。

「仕方ないわよ。持ってれば、誰だって打ち込む場面だもの」

着物が私の目を見、さらりと口にした。

「甘めぇのさ」

土建屋風が腹いせをぶつけるように口にした。

瞬間私は、かっ、とした。

「じゃ、あんたなら何を切ったというんだい？」

「なんだとぅ」

土建屋風が赤らんだ顔を向け、じろりとした視線を私に寄越した。

「サブさん、お客さんの打牌に口をはさんじゃいけませんや」

横でやり取りを聞いていたマネージャーがいい、とりなすように卓上の牌をかき混ぜた。

トウシローが……、サブと呼ばれた土建屋風がつぶやくと荒々しく牌を積み始める。

着物が私に目配せを寄越した。気にするな、とでもいってるようだ。

湯浅が不安と心配がないまぜになったような顔で長椅子の向こうから私を見つめている。

私はすべてを忘れるように自分の牌山を作った。

次局。起家は私。
をポンして、土建屋風から千五百点の手を軽く上がった。
一本場。ドラは。

私の手の内に、配牌からそのドラが二枚ある。五巡目にピンフの一向聴にこぎつけた。

六巡、七巡――。自摸る指先に力が入る。しかし期待を裏切るように無駄自摸がつづいた。

土建屋風はふつうの手。赤門がどうやら筒子をガメっている様子。ダブルのかかった最も警戒しなければいけない私の上家の着物の捨て牌にも特に目立ったところはない。土建屋風と同じく、ごくふつうの手をおもわせる。ただ、早い順目にがかぶるように二枚、たてつづけに切られている。

土建屋風が自摸切りしたを赤門がポンをした。着物が手のなかから出したもつづけてポン。赤門がを切る。大三元……。私は赤門の河を見つめた。

自摸った着物が、ちらりと赤門の捨て牌を見てから、点棒箱を開けた。百点棒を卓上に放る。

「リーチ」

横に曲げた牌はドラ表示でめくれているだった。赤門、土建屋風から何の声もかから

ない。

私は牌山に手を伸ばした。自摸ったのはドラの🀝だった。安全牌の四枚目の🀃を切る。

土建屋風は🀇。赤門も🀇を自摸切り。着物の自摸る指先を、皆がじっと見つめる。🀏。自摸切り。

私の自摸は🀞。🀈🀉とある、🀇🀊待ちに受ける予定だった面子から、🀉を外した。

下家の土建屋風が、それを🀈🀉🀊の嵌《カン》三万で食いを入れた。捨て牌は一枚場に出ている🀅。

赤門が無言で牌山に手を伸ばす。🀠を自摸切り。

私の番。自摸ったのは🀔だった。聴牌。私はそっと🀈を切った。

「ロン」

着物が手牌を倒した。

「マルビー、ありがとうございました」

着物の後ろのマネージャーがまた一際高い声を張り上げた。

着物の手は私が暗刻で待っている🀝を一枚使った、🀈🀋待ちのメンタンピンドラ一の満貫だった。

「ふぅ、だめだな、こりゃ」土建屋風が吐息を漏らし、腰を上げた。「リーチのほうへ変えてくれや」

そのとき、ドアが開き、永田と二人の客が入ってくるのが見えた。

「いらっしゃい。すぐにできますよ」

マネージャーが永田と新たに来た二人に声をかける。

「俺が入る」

永田がそれに応じ、私の卓に向かって来る。

「久しぶりじゃない」

着物が永田にいう。

どうやら着物は永田とも顔見知りらしい。

「俺は、このひととも知り合いだけど」

私は永田に会釈をしてから、着物の目をうかがった。

「私は一向にかまわなくってよ」

着物が笑みを浮かべ、私の目をやりすごす。

「心配すんな、って。姫の腕はこっちが束になったってビクともしゃあしないから」

赤門が私にいった。

「若くてイキのいいひとと打ってるほうがおもしろいわ。グチらないしね」

たった今席を立った土建屋風への当てつけともとれる物言いで着物が私に目を向ける。

「こんな麻雀にもう染まるまでになったのかい」永田がにやりと口元を曲げた。「競輪の勝ち分なんてのは、あっという間だぜ」

「いいんです。何でも勉強ですから」

「お勉強ということなら、麻雀と競輪ばかりじゃつまらないわよ。今度私のお店にいらっしゃいな。そっちの勉強もつまなくっちゃ」

着物がいうと、私に顔を向けた。

その目の光に、瞬間、私の背筋に快感にも似た感覚が走った。それは生まれて初めて麻雀の牌を握ったときに覚えた、あの感覚と相通じるそれだった。

入る早々永田が満貫を自摸上がった。まだ点棒の出し入れがない状態で、むろんマルエー。

着物のメダルが永田に移る。

「あいかわらずいい腕してるわね」

洗牌をしながら、着物が永田に流し目を送った。永田がにやりと笑い、華麗な指捌きで牌山を作ってゆく。

私も黙々と山を積んだ。しかし牌を操る指の動きは、やはり三人のなかでは一番ぎこちない。それが否応なしに、私に劣等感をもたらした。その気持ちを振り払うように、私は赤門、永田、そして着物の顔を順ぐりに見つめ、胸のなかの闘志を奮い立たせるように唇をかんだ。

湯浅が私の横で、ブーをやめたばかりの土建屋風と新たに来た客を交えてリーチ麻雀の卓を囲んでいる。緊張しているのだろう、強張った湯浅の緊張した横顔が、目に入ってくる。

永田の起家。数巡して早くも聴牌をしている様子で、永田が数巡自摸切りをくりかえしている。

ドラの[　]を二枚抱えた私の手は、一向聴で張り付いたまま、ぴくりとも進まない。

「七本オール」

永田が[伍萬]を自摸り手を広げた。[二萬][伍萬][八萬]、三面待ちのピンフだけだった。着物からも私からもすでに[二萬]や[伍萬]が出ている。ずっと見逃していたということらしい。

私は点棒を払いながら、ちらりと永田の顔を見た。

一本場で、四巡目に永田がリーチをかけてきた。ドラは[一萬]。

このときになって、私は永田の意図を理解した。

今度は赤門、着物そして私の誰が彼に振りこんでも、三九以上の手ならマルエーになる。つまり永田は、三面待ちの自摸れるときに自摸っておいたのだ。

赤門、着物が慎重に牌を切る。私は雀頭のオタ風の[西]を対子落としした。

八巡目に浮いていた🀎が対子になり、私も聴牌った。🀉🀊🀋🀌とある万子の🀉を切れば、🀊🀋🀌のタンピン三色になる。待ちは、🀒🀕。しかも高めの🀕は永田の現物だ。だが永田のリーチに🀉🀌🀏は通っていない。胸が高鳴った。なにしろ卓に座って以来私が初めて手にした勝負手だ。

私は🀉に指をかけた。

「ロン」

永田が牌を倒す。永田の手は、辺🀉待ちの、リーチ、ドラ一。親の三九でマルエーだった。

私は赤門と着物にいい訳をするように、自分の手牌を広げた。

ちらりと視線を走らせただけで、着物は何もいわなかった。静かに二枚の万札を卓上に置く。

「まだ、ブーの腕には程遠いな」

赤門がじろりと私を見据えた。

それを境に、ツキが着物から永田に移った。永田が立て続けに、二コロとマルエーのトップを取った。

私は自分の打牌が萎縮しているのを感じた。自分の上がりを目指すというより、みんなに迷惑をかけまいとする意識ばかりが頭をよぎるのだ。

それから三時間ほど、私だけが蚊帳《かや》の外に置かれた。トップは私を除く三人の間を行き来し、みるみるうちにポケットの金が失くなってゆく。

十一時を回った頃、私はトイレに立った。尿意をもよおしていたわけではなかった。ポケットの金を確かめるためだった。

ドアを閉め、私は少なくなった金を勘定してみた。十二枚の万札があるだけだった。ほぼ十八万ほど負けている。

トイレから出ると、着物がそのそばにある電話を握っていた。

視線が合うと、受話器の口を塞ぎ、着物が私に声をかけてきた。

「あなた、まだやるつもり？」

「むろんです」

「そう」一瞬考える素振りをしてから着物がいった。「私はお店に戻らなきゃいけないから

これでお開きにするけど、よかったらあとで遊びにこないこと？　むろんきょうのとこは、私のおごりにしとくわよ」

「でも、店を知らない」

着物が懐から名刺入れを出し、私に一枚手渡した。

クラブ姫子。ママ・片桐姫子、と書かれている。

私は無言で名刺を胸のポケットに入れると、背を向けた。

卓に座ると、永田がいつもの笑みを浮かべた。

「博打と女の両方なんて、同時にゃ手に入らんものだぜ」

「そんなんじゃないですよ」

電話を終えた着物が戻ってくる。

「悪いけど、この回で私は終わりよ」

その回、親の私は、安手ながらも千五百点を自摸り上がり、次局も二九を赤門から打ち取った。都合四千七百の点棒が、久々に私の卓上に並んだ。

二本場。何を上がってもマルエーになる。

これまでまだ一度もトップのない私は必死だった。幸い、食い仕掛けも可能なタンヤオ形の手が入っている。

五巡目に、着物がをポンした。その鳴きで、私は嵌を自摸り、聴牌った。ドラは。

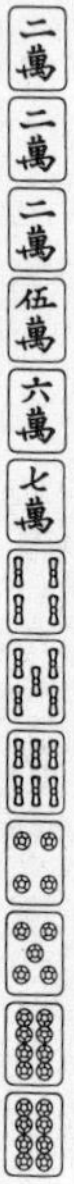

永田も赤門も警戒し、しきりに私の河を見つめている。着物だけが無頓着に自摸切りを重

ねている。

私は自分の番が回ってくる度に自摸る指先に力を込めた。永田、赤門が捨てる牌に熱い視線を注ぐ。

「お客さん、あちらの方が……」

マネージャーが私の耳元でささやいた。

見ると、湯浅が顔をしかめている。どうやら負けて金が足りないらしい。私はポケットから三万をマネージャーに手渡した。

着物がドラの🀜を自摸切った。永田がすかさず、それをポンして🀝を捨てた。

内心、私はシメた、と思った。私の待ち、🀛🀠が出やすくなる。

赤門が一萬。着物が三萬。私は牌山に気合いを入れて手を伸ばした。

指先に触れた感触は、中、だった。そっと場を見回す。生牌——。

すでに十巡を過ぎている。ドラを鳴いた永田の先付けも十分考えられる。着物の捨て牌からは、トイトイの匂いもある。

私は何事もないように、中、を自摸切りした。

「カン」

上家の着物が、中、を三枚手の内からさらし、リンシャンに白い指先を伸ばした。

「マルエー、ありがとうございました」

ひと際かん高い声をマネージャーが張り上げた。

リンシャンから着物が自摸った牌はだった。着物が手牌を広げた。

「悪いわね」
着物が私の目を見ながら、細い、白い指で、、、そして私の捨てた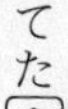を、まるで愛しいものでもさするように卓上に並べた。

9

店に帰った姫子に代わって麻雀屋のメンバーが加わった。しかし大三元を打ち込んだ牌勢で、私に勝機が訪れるわけもない。それに資金も尽きかけている。勝負の手が入ってもその都度、弱気の虫が頭をもたげ、ズルズルと負けが込み始めた。すでにパンクした湯浅は何事かを考えるような顔つきで、長椅子に座ってじっと天井を見つめていた。

永田がダブルのマルエーを立て続けに上がったとき、私は残り三枚になった万札のなかから二枚を卓上に置いて、静かに腰を上げた。

「パンクしました」

「回すぞ」

永田が上目遣いに私を見ていった。

「また今度、教えてください」

まだ打ち続けたい欲求はあった。しかしこれ以上やっても、もうどうにもならないという確信も同時にあった。

──たぶん今の自分の実力はこの程度なのだ。

私は永田の誘いを断り、彼と赤門に会釈をしてから、湯浅の座っている長椅子に向かった。

「卓替え希望のひと、いませんか？」

背後でひと際かん高いマネージャーの呼びかける声が聞こえた。

永田が来て以来、新たな客は姿を見せていない。今まで私が打っていた卓を継続するには、店のメンバーをもうひとり加えなければならない。麻雀屋は客に打たせて場代を揚《あ》げてこそ商売になる。下手に店のメンバーが負けでもすれば、このレートではそれこそ場代が吹っ飛んでしまう。ゆえに客相手に同じ卓で二人もメンバーを入れるのは、店側としては最も嫌がるパターンだ。したがって他の卓で打っている客を入れ替えることによって場を繋ごうとする。

椅子に座った私に、湯浅が訊いた。

「ヤラれたのか？」

「ああ、きれいサッパリ、全部な」

私は一枚だけになった万札をつまんでヒラヒラさせた。

「これからどうするんだ？」

「なんとかなるさ」

トイレに立った永田が近づき私にいった。

「金ならほんとうに回してもいいんだぞ」

私は再度、首を振ってその申し出を断った。

「そうか、で、あしたはどうする気だ?」

「何も考えていません」

うなずくと永田がいった。「俺はたぶんきょうは徹夜になるだろう。よかったら、明日の夜、家のほうに電話をくれ」

マネージャーが永田を呼んだ。隣の卓から客がひとり移動したようだ。

「電話します。ルミさんにも挨拶しなきゃとおもっていましたから」

永田が例の笑みを浮かべてから、席に戻っていった。

私は目で湯浅を促すと、長椅子から腰を上げた。

「ありがとうございました。またよろしく――」

マネージャーがドアの前まで見送りに来、慇懃《いんぎん》に腰を折った。

店外に出ると、むっとする空気に包まれた。真夏の昼の余熱のせいばかりではなかった。酔客や夜の女が吐き出す、この街特有の匂いが充満している。

「金だけど――」湯浅が歩きながら口にした。「とうぶん返せないぜ」

「いいって、どうせ返してもらおうなんておもっちゃいない。誘ったのは俺だ。それにどうせ競輪で儲けたアブク銭だよ。こんなふうに使っちゃったほうがお似合いさ。それより――」

私は立ち止まり、風林会館のネオンを見つめながら、そっと胸のポケットをまさぐった。

「どうせ、ってこともある。もうひとつ経験してみないか」

指先に挟んだ名刺を湯浅がのぞき込む。

「さっき一緒に打っていたあの着物の女のか？」

「この近くでクラブをやってるそうだ」

「そんな店、学生が出入りする店じゃないだろう？　だいいちもう金がないじゃないか」

「金はいらんそうだ。それに大三元を奉仕してるんだ。遠慮なんかいるもんか」

私の脳裏に、🀆、🀅、🀄、の三つの三元牌を愛しそうに並べていた、あの姫子の白い指先が浮かんだ。

しかしいってはみたものの、私は新宿、それもこの界隈はまったくの初めてで、名刺の番地がわかるはずもない。私は目についた、角の赤電話に足を向けた。

「ママですか、少々お待ちください。どちら様でしょう？」

私は梨田、だといった。しかしそれではわからないような気がした。

「もし、ママがわからないようでしたら、先刻、中、をカンされた梨田だといってください」

「中、をカン？」

そういったあと、男の含み笑いが電話口に洩れた。

待たされる間、手にした受話器がなんとなく汗ばむのを覚えた。十円玉を一枚投貨口に追加した。カチャリと音がしたとき、女の声が耳に流れた。

「やっぱり、あなたね」声に混じってピアノの音が聞こえた。「そろそろ電話がかかってくる頃だと思っていたわ。で、今、どこにいるの？　むろん麻雀屋さんではないでしょう？」

自分のすべてを見透かされたような気分になり、私は落ち着きを失っていた。周囲を見回し、要領を得ない説明で、自分のいる場所を口にした。

「じゃ、そこを動かないで。店の者を迎えにいかせるから」

「もうひとり、いいかな？」

私は横の湯浅をちらりと見てから、いった。

「一緒に来ていた、もうひとりの坊やね。いいわよ、連れていらっしゃい」

受話器の置かれる音がした。

「そんなところへ行って、いったいどうする、っていうんだい？」

湯浅がいった。

「行って、どうする？　だって？」私は湯浅をしげしげと見、たばこを取り出して火をつけた。

「なあ、湯浅。おまえはどうしてそうやって物事のすべてに意味づけをしようとするんだ？　きょう寮を出て、生まれて初めて競輪をした。生まれて初めて賭け麻雀をした。そして今度は、生まれて初めてクラブなんていうところにも行けそうになっている。それを拒む理由があるなら、俺はむしろそいつのほうを聞きたいよ。目が覚めてからきょう一日の時間っていうのが、ようするにそういうふうに流れているんだ。だから成り行きに身を任せればいい」

口にしながら、私は自分の嘘を感じていた。

生まれて初めてクラブをのぞく。しかしそうした店に、好奇心を抱いているのではない。私が惹かれていたのは、香水とともに伝わってきた、テコとはまたちがう、裏の世界で棲息する大人の女の匂い、にだった。

黒いスーツに蝶ネクタイ。水商売風の二十六、七の男が周囲をキョロキョロと見回しながら近づいてきた。

「姫子さん、の？」

男が一瞬、怪訝《けげん》な表情で私を見た。値踏みするような目つきで、私の頭からつま先に視線を走らせる。

「おたくが――？」

梨田です、と私は答えた。

ふ〜ん。男がちょっと小馬鹿にしたように鼻を鳴らした。

彼よりも年下、それに学生風。迎えに来させるからには、紳士然とした高級クラブに出入りするような客、あるいはまったくその逆とでもおもっていたのだろう。

男は、案内する、と一言いうとさっさと歩き出した。

湯浅と私は男の後を追った。

先刻まで麻雀を打っていた筋を通り過ぎ、大通りに出た。すでに十一時を回っている。しかし大通りは車と酔客とでごった返している。

屋上に、「Ｌｅｅ」というネオンが輝く大きなビルの前で男は立ち止まり、私たちを確かめるように一度振り返ってから、男がその二軒隣のビルに入っていった。

エレベーターからやくざ風の男たち三人が出てきた。どうやら知り合いらしい。男が彼らに会釈した。

「さっき電話かけてきたの、おたくかい？」

エレベーターに乗るなり、男がぞんざいな口調で、口を開いた。

私は黙ってうなずいた。

「麻雀を打つのかい？」

再度私はうなずいた。

「中、をカン、ってのは？」

麻雀で負けたせいもあるだろう。先刻からの男の態度にいささかムッとしていた私は、彼にいった。

「聞きたいんだけど、俺たちはママの客として呼ばれているのかい？　それともあんたの質問に答えるためにかい？」

男が小馬鹿にした表情を浮かべると、そのまま押し黙った。

エレベーターを下り、木彫り模様をあしらったドアの前で男が立ち止まった。「姫子」と重々しい字体で書かれた看板がドアに掲げてある。

「店長の、神戸、っていうんだ。よろしくな。もっとも本名を呼ぶやつはいないけどな――」

男はいうと、ドアを開けた。

私と湯浅は顔を見合わせた。

まさか二十代の彼が店長などとは夢にも思ってもいなかったからだ。それに本名を呼ぶやつはいない、とはどういう意味なのだろう。

店に足を踏み入れた途端、電話に流れていたピアノの音が耳に入った。水原弘の「黒い花びら」だった。

広さ十坪ほどの店内は、大勢の客と店の女たちの声とでざわめいていた。ピアノは、店のコーナーでタキシード姿の男が弾いているものだった。

私は生まれて初めて目にするクラブをいささか興奮の面持ちで観回した。目の前の光景は、映画やテレビの世界で観たものと一緒だった。

天井からシャンデリアが吊るされ、店内は薄暗く、原色の色で着飾った女たち。しかし映画やテレビでは味わえなかったものがある。店のなかに漂っている匂いだった。

甘ったるい香水の香りと、酒。それにたちこめるたばこの煙。それらが混じり合い、私の五感に甘美な刺激をもたらした。

ふとそのとき、私は奇妙な感覚にとらわれた。

ほんの半年前に初めて学園の土を踏んだときに覚えた、あの感覚だった。むろんいま目の前にある光景は、自然に取り囲まれた学園の空気とは似ても似つかぬものだ。だが、私の五感の奥底に触れる感覚は、なぜかそれと似通っていた。それはまるで、一冊の本を手にし、おもて表紙を広げ、裏表紙を閉じたときに味わう、あの感覚に通じるものだった。

神戸と名乗った店長が、店のすみに私と湯浅を案内した。

姫子の姿はすぐに目についた。恰幅のいい客と奥のテーブルで話し込んでいる。

連れていかれたテーブルには、酒が一本置かれていた。

私と湯浅は、どこか落ち着かない気分で腰を下ろした。ふわりと腰が沈んだ。それは、この上なく上等なものとおもっていたテコの「南十字星」の椅子とは比較にならないほどに柔らかく、弾力に富んでいた。それがまた、私をよけいにそわそわとさせた。

「ママはすぐにくる」

神戸はいうと、ボーイに合図し、立ち去った。すぐにボーイがアイスペールに入った氷と水を運んできた。

「これ、ジョニ黒じゃないか……」

テーブルのウイスキーを見て、湯浅がいった。

酒の味を知ってまだ間もない。そのわずかな期間に口にした酒はといえば、いつも白ラベルだ。たまに飲む良い酒といって角瓶がせいぜいだった。話に聞くだけで、ジョニ黒など口にしたこともない。

それっきり私と湯浅は放っておかれた。要領がわからず、私たちはじっとかしこまった姿勢で座っていた。ときおり席を立つ店の女たちが、紛れ込んだ珍獣でも見るような目つきで私たちのそばを通り過ぎた。

ピアノが最近流行りだした、バーブ——なんとやらの曲に変わったとき、やっとこちらに向かってくる姫子の姿が目に入った。

「あら、飲んでもいないの」

姫子が私の横に腰を下ろした。

受け答えがわからず、私はただモジモジとしていた。

姫子が白い指を動かし、素早く水割りグラスを作る。どこか麻雀の牌を操る動きと似ていた。

「こういうとこって、初めてなんでしょ？」

私は姫子を見、うなずいた。

そのとき初めて、私は彼女の右の唇の下に小さな黒いホクロがあることに気がついた。

「エロボクロ、ともいうのよ」

私の視線に気づいたのだろう、姫子が口元に白い歯を見せた。

姫子が口にした、エロ、ということばの響きより、彼女のそのホクロの黒さと歯の白さとが、まだ見ぬ大人の隠微な世界を連想させ、私はドキリとした。

それを隠すように、私はいった。

「なぜ、あのとき、ドラの🀜を切ったんですか？」

手の内ではすでに大三元が確定している。🀛🀞の窮屈なシャンポンで待つより、どう考えても、🀛を一枚外した🀚🀝の両面で受けるのが手筋のはずだ。それがずっと私が考えていた疑問だった。

「それは麻雀の理屈でしょ。大きなことをやろうとするときは、理屈じゃないわ。麻雀にかぎらず、理屈で考えているうちは、いつまでたっても、この世の中では大人になれないわよ」

姫子のことばはうなずけもしたが、はぐらかされているような気もした。

うかぬ顔で水割りを飲む私に姫子がいった。「あんたの手にドラの🀜が入っているのはわかってた。わたしの山だもの。麻雀で切っていけないのは、入った牌じゃない。それをまたぐ牌なのよ。つまりあの場面では、ドラをまたいだ筋、つまり私が手の内に四枚かかえた🀛🀞というわけ」

「しかしドラのシャンポンだってある」

抵抗するように私はいった。

「あの麻雀は、ドラを生かす麻雀じゃないのよ。それをやるのは、こっちの坊やのやっていたリーチ麻雀のほう」

　姫子がいい、湯浅ににっこりと笑みを向けた。湯浅が顔を赤くし、うつむいた。

「その、坊や、というの、やめてくれないかな」

　湯浅が上目遣いで姫子を見た。

「あら、ごめん。あなたはなんというの？」

「湯浅」

　湯浅がまたポツリといった。

「そう、湯浅さんね。これからはそう呼ぶわ。でも可愛い。そんなふうだから、わたし学生さんのファンなのよ。うちのレフティとは大違い」

「レフティ？」

「そう、迎えに行った、うちの店長のこと」

「神戸、とかいう？」

　私は店の奥で客の応対をしている彼の姿を目の片隅に訊き返した。

「そうよ、まだ若いくせに麻雀の腕はこの界隈じゃ一番だと自惚《うぬぼ》れている可愛げのない子」

　その口ぶりには、別段彼を嫌っているふうも、悪意を抱いている感じもしなかった。それが私の胸に軽い嫉妬心をもたらした。

「どうして、レフティ、なんだい？」

「たんに左ききだからよ。でも本人はそのあだ名をだいぶ気にいってるみたい。事あるごとにそう吹聴《ふいちょう》しているぐらいだから」

「そんなに麻雀が強いのかい、彼？」

「そうね、毎月、お店の給料の二倍は稼ぐ、なんていってるのもまんざら嘘ではないみたい。それにわたしに麻雀を教えたのも彼よ」

姫子はそういうと、私の空のグラスに氷を放り込んだ。

姫子に麻雀を教えた——。そのことばが私を傷つけた。ということは、姫子に打ち込んだあの大三元は、神戸、つまりレフティにやられたのと同じという解釈もできる。しかしこの姫子とあの神戸とはどういう関係なのだろう。たんなる店のママと店長というだけではないような気がする。それに麻雀を教えたということはかなり長いつき合いをおもわせる。

そんな私の胸の内を知らぬように姫子が麻雀のつづきを口にした。「つまり、ブーはね、上がりの高さを争う勝負じゃない。黒棒一本でも凹《へこ》ませる勝負なの。まあ、あの大三元は交通事故みたいなもので仕方がないにしても、問題なのはあなたがその前に打った三萬のほうよ」

私が永田に打ち込みマルエーになった三萬のことをいってるのだ。

「でもどっちみち三萬六萬は通っていなかったし、あれがセーフなら、僕も四萬伍萬六萬の三色になる……」

「三色?」姫子が笑った。「イロボケじゃあるまいし。自分の手しか見られないうちは、他で打つ資格はないわ。あれがもし一萬がドラじゃなかったらそう打つのがあたり前よ。何のために彼がわざわざ当たり牌を見逃してまで自摸にかけていたとおもうの。待ちの悪い、自摸れないときのために全員をマイナスにしておいたわけじゃない」

姫子のいうとおりだった。

私は叩きのめされたような気分になり、酒をガブ飲みした。

客に呼ばれるとときどき姫子が席をはずした。そばにいるときは、しきりと学園生活や私の身の上を聞きたがる。そうなの、それで故郷はどこ? どうして急にそんなに博打事が好きになったの?

おいいいかげんにしろよ——。もう帰ろう——。ピアノの音の合間に湯浅の声が聞こえた。

お酒強いのね——。若いうちはなにひとつ怖がっちゃだめよ——。化粧と香水の匂いの合間に姫子の声が耳元で聞こえた。

お金をどうしようか……。ルミから借りた金。テコから渡された金。仕送りを使い込んだ金。そして競輪で儲けたつかの間の金——。

頭のなかでジャンの音が鳴り響いた。白や黒、そして緑のユニフォームが歪みながら駆け抜けてゆく。ジャラジャラという音が頭のなかで反響した。麻雀の牌が風にあおられた木の葉のように踊っている……。

ジャンジャンジャンジャン、ジャラジャラジャラ——。競輪、麻雀……。すべてが頭のなかでうず巻き、神経を麻痺させてゆく。

天井のシャンデリアの明かりが白く見えた。その瞬間私は、自分の意識が薄れてゆくのを覚えた。

吐き気で目がさめた。

頭の芯がうずいている。耳元の吐息。吐息が耳元から胸に移ってゆく。鼻腔にかすかな匂い。香水の香りのようだ。

意識が交錯した。焦点がまるで合わなかった。

顔にサラサラとした感触を覚えた。髪の毛……。

「じっとしていて……」

うっすらと開けた目には薄闇が映るだけだった。

下半身に快感が広がった。

薄闇に目がなれてくる。意識が焦点を結びはじめる。快感が身体全体に広がってゆく。

白い身体が目の前でうねっている。裸体……。一糸まとわぬ女の白い身体が私を覆っていた。

「じっとしていればいいのよ」

女がまたささやいた。

その瞬間、下半身が温かい感触に包まれた。

「テコ……」

私はつぶやき、白い身体を力一杯抱き締めた。

白い顔。私の上で長い髪を振り乱しているのは、テコではなかった。それに気づいたとき、私の快感はのぼりつめていた。

女——。息をはずませた姫子が私に身体を密着させてくる。

「どうして……？」

私は姫子の横顔を見つめた。

「そういうものよ」

姫子がいった。

大きなベッドの上だった。けばけばしい色合いの壁で四方を囲まれている。

「シャワーを浴びてくる」

姫子が裸体を起こした。長い髪の毛を後ろに梳《す》き、背を向ける。薄闇のなかで、白い裸体の背に、菩薩《ぼさつ》の像が浮かび上がった。

姫子が部屋のすみに消えた。

初めてのラブホテル。入れ墨を目の当たりにしたのも初めてだった。鏡台の前の椅子に、艶やかな模様の着物が脱ぎ捨てられていた。

窓が白んでくる頃まで、私は何度も姫子の身体を抱いた。果てたあとも果てたあともすぐに私の身体は目覚めた。

それは、たんに十八歳という若さのせいばかりではなかった。なにかが私を興奮させていた。興奮が私の眠っているなにかを呼びさます。

「後ろからして……」

姫子はまだ女をよく知らない私を巧みにリードした。

背中の菩薩が波うつ。薄闇のなかで、まるで生きているかのように菩薩が息づいている。

白い肌の上で、赤、青、紫の色が、万華鏡《まんげきよう》のように乱れた。

自分はどこにゆくのだろう……。

もうろうとする意識のなかで、私は菩薩の像にたずねた。そのたびに、私の五感に快感が通りぬけてゆく。それはまるで菩薩の答であるかのようだった。

「どうして僕なんだい？」

私は菩薩の像を指でなぞりながら姫子に訊いた。

「理由なんてないわ。わたしの勘よ」

「勘？」

「わたしは理屈でなんて生きてこなかったし、これからも生きない。ただ自分の勘を頼りに生きてゆくだけ。あんたとはうまくやっていけそうな気がする。最初に見たとき、そうおもっただけ」

身体の向きを変え、姫子が白い細い指で私の顔をたしかめるようになで回す。

「麻雀も勘でやるのかな？」

「ある伎倆までできたらね。それから先は本人にどれだけ博打打ちとしての勘があるかが勝負になるわ。技術なんて知れてるもの。覚えたての頃は頭で打とうとする。今のあんたがそう。でも頭じゃなくて、指先の感触で打てるようにならなくちゃ本物にならない。次にどう打とうか、なんて頭で考えているうちは勝ち組になんてなれない。牌を握る指先の感触だけで反応できるようにならなくちゃね。あんたは麻雀を覚えてどのくらいになるの？」

「まだ半年にもならない。大学に入って、はじめて麻雀の牌というものを見たんだ」

「それまでに博打事というのは？」

「なにひとつ経験がない。でも、ビー玉やめんこは強かった」

「ビー玉にめんこ？」

姫子が笑い、私に唇を押しつけてくる。

「湯浅は？」

ふと気がつき、私は姫子に訊いた。

「終電がなくなったというから、レフティに連れて帰ってもらったわ。たぶん今頃は彼の部屋で眠りこけてるんじゃない。彼はあんたの親友なの？」

「そうだよ、寮にいるのも一緒なら、大学に入ったときに最初に口をきいたのもあいつなんだ」

そうなの――。姫子がつぶやき、ちょっと考えてからいった。「たぶん、あんたが競輪や麻雀に誘っているんだと思うけど、もしあんたが彼のことを大切な親友だと思うんだったら、これからはそうしたところへ連れていかないほうがいいわ。彼は、あんたやわたしとはちがう人種よ。朝、きちんと起き、そして夜はきちんと眠る、そして、それが一番似合う。つまり、世の中の大多数の、昼のひなかで生きていけるタイプ、っていうわけ」

「僕は、世の中の大多数の人たちとはちがうってことかい？」

訊きながら、私は自分ながら愚かな質問をしていると思った。

永田、赤門、姫子――、彼らとの初対面で見せた湯浅の反応は、私とは明らかにちがっていた。私は、彼らをひと目見たときから、まるで長年の知己《ちき》ででもあったかのような親近感を抱き、自分の触覚が一直線に彼らのほうへ向かうのを感じた。それは草原で、自分の属する群れを見つけた、はぐれた動物のような感覚だった。

湯浅はちがった。湯浅はちがう群れに遭遇したかのような警戒心を抱いて彼らを見ていた。それは、私が湯浅と初めて会った学園のあの駅で見せた反応と一脈通じるものだった。つまり、そういうことなのだ。

「この菩薩――」私は姫子の背中の入れ墨を指先でなぞりながらいった。「生きているみたいに見えた」

「そう？」

姫子が髪を指先で後ろに払い、枕元のたばこに火をつけた。

「でも、きれいだとおもう」

「だから、あんたはわたしと同じ人種だというのよ」姫子が笑った。「ふつうの男は、おどろくというより怖がるわ」

「いつ、入れたの？」

「十九のときよ。自分で好き好んで入れたわけじゃないわ。初めての男がやくざだった。ただそれだけの理由――。二十二のとき、この彫り物だけ残していなくなった」

姫子の吐くたばこの煙が白んだ窓の明かりを受けて銀色に揺れている。

「いなくなった、って?」

「つまらないことで命を落とした、っていうこと。そんなことより――」姫子がたばこを消し、私に訊いた。「あんた、麻雀で負けてお金がないんでしょ?」

私はうなずいた。

姫子を抱いたあとの気怠《けだる》い身体に、直面している現実が少しずつ目覚めてくる。ルミに借りた金の返済期限もあとひと月もない。それに麻雀を打つ金もない。湯浅に用立てた十万円はまず当分は返ってこないだろう。

「そこのバッグをとってきて」

姫子が鏡台の前に脱ぎ捨てた着物の横にあるバッグを指さした。

私は一糸まとわぬ身体のままベッドをはいだした。裸身を姫子の前にさらすのに、ふしぎとなんの羞恥心もわかなかった。

「この二十万」バッグを開け、なかから札束を数え、姫子がいった。「あんたに貸してあげる」

私は差しだされた二十万円の札束と姫子とを交互に見つめた。

「でも僕にはそんな大金を返すアテがない。アルバイトをしても何年かかるかわからない」

「アルバイト？」姫子が笑った。「バカなこといわないで、アルバイトなんかで汗水垂らして働いて返そうなんていうんだったら貸しはしないわ。こっち側の世界に興味があるんでしょ？　それなら、麻雀でも競輪でもいい、博打をやって返しなさいな。いいこと、覚えていて。博打事に興味があるんだったら働くことになんて時間を使っちゃだめ。働くことに興味があるんだったら博打事に手を出しちゃだめ。両方を中途半端にやる男だけが、この世の中から居場所を失うのよ。それに、貸してあげるといってもむろん担保なしじゃない。あんたにとって一番大切なものを担保として預かるわ。学生証を持ってるんでしょう？　お金を返せなかったら没収するわ。今の自分の身分を賭けて博打をやってごらんなさいな。博打ってそんなものよ」

10

玄関わきの植えこみを抜けて通りに出ると、朝の太陽がビルの間から顔をのぞかせていた。

故郷の田舎町にいたとき、夏の朝日を見るのが好きだった。だが私がいま目にしている太陽は、記憶にあるそれとはどこかが微妙にちがっていた。ただたんに、ビルがひしめき合う繁華街の頭上で輝いているせいだけだとはおもえなかった。

ホテル街の路地を何組かの二人連れが歩いてゆく。

通りかかったタクシーに姫子が手をあげた。

「どうするの?」

開いたドアの前で姫子が私に訊いた。

「どうする、って?」

「帰るのか、それともわたしの家に来るのか、っていうこと」

「帰る」

「そう……。じゃ駅まで送ってあげる」

「いや、いい。歩きたいんだ」

朝日を浴びた姫子の着物が妖しいばかりに光り輝いている。

ついさっきまで、その着物の下にある白い身体を抱いていた——。

今こんなふうにいる自分を含めた、すべての出来事がまるで夢のようにおもえ、私はどぎまぎしながら姫子から視線をはずした。

「そう……」

姫子は一度小首を傾げたあと、何もいわずにタクシーに乗り込んだ。

タクシーが角を曲がって視界から消えると、私はズボンのポケットからお金を取り出した。

二十万。結局私は、姫子から学生証と引き替えに金を借りた。

手にした二十枚の万札に日が照り返す。一枚を日にかざした。お札のなかの人物像が姫子の背中の菩薩像と重なった。

——いいこと、働いて返そうなんてこと考えちゃだめよ。こっち側の世界でやろうとおもったら、自分の身分を賭けてやんなさいな……。

お札のなかの菩薩像が、寝物語に姫子がいったのと同じことばを私にささやく。

こんな大金を姫子は無造作に貸すといい、私もまたそれを無造作に借りた。

お金って何だろう……。

私は菩薩像に語りかけた。菩薩像は無言で私を見つめているだけだった。

私は金をポケットにしまうと、駅の方角に足を向けた。

中央線の吉祥寺の駅を通過するとき、ほんのわずかだけ胸に痛みが走った。だがその私の胸の痛みは、テコに対して覚えたものではなかった。私の心のなかにある別の何かをちくりと刺す痛みだった。

寮の部屋に戻った私を待っていたのは、同室の先輩の怒声だった。

「おい、梨田。ふざけるな。掃除はどうした？」

部屋の掃除は、月の初めに当番表を作成しておく。一週間のうち、先輩二人が二日ずつ、新入生の私が残りの三日を受け持つことになっていた。昨日がその私の当番の日だった。

「すみません。つい用事ができてしまって……」

「用事だと？　用事なら俺たちもいつだって抱えてんだ。だいいち、おまえのその用事ってのは、麻雀のことじゃねえのか？　なめたことというんじゃねえよ」

日頃はどちらかというと温厚な先輩二人なのだが、きょうの口調にはきつい刺が含まれていた。

私はどぎまぎしながら二人に謝り、あわてて掃除にとりかかった。

掃除を終えたあと、バツの悪さをとりつくろうように、私は先輩二人に声をかけた。

「おわびといってはなんなんですけど、きょうの夜、お酒を奢らせてください」

「麻雀で勝った金でか？」

「いえ、そういうわけじゃ……」

私は口ごもった。麻雀で負けて女に金を借りた。まさか、そんなことを口が裂けてもいえるわけがない。

「おい、梨田。おまえはわかっちゃいないようだな」

「なにがですか？」

「俺たちが怒っている理由がだよ」

先輩の目には、さっき口にした怒りの言葉とはまたちがった、蔑《さげす》んだような色が浮かんでいた。

「俺たちが怒っているのは、おまえが掃除をしなかったからじゃない。なんで俺たちがここで寮生活をやっているか知っているか？　たんに貧乏学生だからじゃねえぞ。先輩後輩関係、友人、あるいは共同生活での取り決めや規律、そうしたものを身につけるために俺たちはここでの生活を選んでいるんだ。休みになれば、世の中に出ていってアルバイトをする。そしてその経験をみんなでしゃべり合う。そうした諸々が俺たちにとっては大事だとおもっているから、みんながそうするんだ。それなのにおまえはバイトひとつもせずに毎日遊び呆けているる。それじゃそのへんにいる遊び人のゴロツキと何一つ変わりがないじゃないか。どんな手段で手にした金かは知らんが、そんなもんで奢ってもらう口を俺たちは持ち合わせちゃいないぜ。ただたんに、寮の生活のほうが金がかからないというだけでここにいるんだったらどこかよその部屋に代わってくれ」

先輩二人は、吐き出すように一気にいうと、私に弁解の余地すらも与えずに部屋から出て行った。

私はしばらく開けっ放しの窓にもたれて、夏の太陽が照りつける運動場をながめていた。運動場では、ランニングシャツと白い短パン姿の学生がサッカーに興じていた。

――先輩たちのいうことは正しい。

私はそうおもった。

しかし正しいのはわかるが、私の生理のどこかが激しくそれに反発していた。

永田やルミ、そしてテコに姫子――。みんなの顔が次々に浮かんだ。そしてそのみんなが一様に口にした言葉を、私はおもい出していた。

――同じ人種だよ……。同じ匂いを持った人間だよ……。わたしたちうまくやっていけるわ……。

きっとそうなのだ。私はおもった。この世の中には、学歴とか、お金の有る無しとか、階級の上下とか——、そうした類の区分とはまったく無縁の、別の何かで繋がるひとたちがいるんだ。そしてきっと自分は、永田やルミ、テコや姫子などと一緒のところで繋がる同じ匂いを持った人間なのだ。

青空高く蹴り上げられたサッカーボールが白い弧を描いて落下してゆくのを見ていたとき、私の胸のうちにひとつの決意が固まった。

——寮を出よう。

そう決心すると、今し方先輩二人に怒られてつかえていたしこりが跡形もなく自分の胸のなかから消えてゆくのを私は感じた。

湯浅にいおう。せくような気持ちで私は彼の部屋に向かった。

廊下を歩いていると、どこかの部屋でやっている、入寮したてのときに初めて耳にした、あの麻雀の牌をかき混ぜる音が聞こえてきた。

部屋に湯浅はいなかった。同室の先輩の話によると、明け方には帰ってきていたらしい。

私は二段ベッドの彼の寝床をのぞいてみた。きちんとたたまれた敷き布団の上に白い枕が置かれている。寝床の横の壁には、「ベトナム戦争反対」と書かれたアジビラが一枚ピンで留められていた。足下の小さな書棚には、六法や民法などの法律の専門書のいくつかが並べられている。

法律は万能だよ——。いつか湯浅がいっていたことばを、ふと私はおもい出した。その記憶に、姫子のことばが覆い重なる。

もし彼があんたの大切な親友だというなら、こっちの道に誘ってはだめ。彼はちゃんと寝て起きてという、ふつうのひとがやっているふつうの生活が似合うひとなんだから——。

あるいは姫子のいう通りかもしれない。枕の上に、連絡をくれ、という簡単なメモを残し、私はベッドのカーテンをひいた。

部屋に戻ると、手紙が一通届いていた。実家の母親からだった。私はそれを手に取ると、サンダルを引っかけて校庭わきの松の木陰に寝ころんだ。

真夏の、澄んだ真っ青な空のてっぺんには真っ赤な太陽がギラギラと輝いている。松の木にとまっている油蟬の鳴き声に、私はぼんやりと耳を傾けた。

封を切り、手紙を読んだ。

元気にやっているか。食事はきちんと食べているのか。なにか不足しているものはないか——。

とりたてて用件というものはない。しかし何事もないだけに、その文面の一言一言がよけいに私の胸にしみ入ってきた。

手紙を封筒に戻すと、私は目をつむった。

きっと母親は、私が寮でふつうの学生生活を歩みはじめていると考えているにちがいない。まだ入寮して間もないのに、もうここを出るといったらどんな顔をするだろう。

酒を飲む。たばこを吸う。そしてやがては女も知る。ことばにこそ出さずとも、きっとそれぐらいのことは覚悟しているだろう。だが、まさか博打事に興味を持ち、女、それも背中に入れ墨を彫った酒場の女と寝たなどとは想像することすらできぬだろう。

「おい、梨田」

耳元の声で目が覚めた。いつの間にか眠っていたようだった。

湯浅が私の横に腰を下ろし、たばこを取り出した。私は彼が持つ黄色味がかったパッケージのいこいに指を伸ばした。

「夕べは、あいつのところに泊まったんだろう？」

マッチを擦り、たばこに火をつけてから、私は訊いた。

「ああ、電車もなくなってたしな」

湯浅が答え、ちらりと私に視線を向けた。その瞳のなかに、好奇心以外の別の光も宿っている。

「どこなんだ？　あいつの家」

私は彼の視線を無視し、たばこを口にしたまま、再び寝ころがった。

「大久保だった。汚い、小さな部屋だったよ。いろいろと訊かれた——」

「なにをだい？」

「おまえのことばかりさ」

「俺のこと？」

「そうだよ。よっぽど気になるみたいだな、おまえのことが——」湯浅がいい、寝ころんでいる私をまたうかがうように見つめてくる。「俺はやめたほうがいいとおもうな」

「やめる、って、麻雀を、か？」

「ちがうよ。わかっているくせに」湯浅がたばこの火を芝生で押しつぶすと、いった。「俺の勘では、あいつ、ママに惚れているとおもう」

「そうかもしれないな」

きのうからの神戸の態度を見ていれば、それぐらいのことは察しがつく。だが、姫子の口振りからは、彼女自身はまったく彼に興味を持っていない。姫子と神戸を繋げているのは、たんに店のママと店長、それに麻雀の師弟関係というだけだ。

「ママとは……」一瞬、湯浅が口ごもった。「寝たのかい？」

「ああ、寝た」

私はあっさりと答え、湯浅にもう一本たばこをくれるようにいった。火をつけ、肺の奥深くまで煙を吸い込んでから私はいった。

「寮を出ようとおもっている」

「寮を出る？」

湯浅が驚いたような声を出し、私をしげしげと見つめた。

「ああ、そうだ。もう決心したんだ」

私は湯浅に笑みを向けた。

湯浅は押し黙った。油蟬の鳴き声だけが耳に響いてくる。

「なあ、梨田」しばらくしてから、湯浅がいった。「こんなことといっても仕方がないのかもしれないけど——。僕の目には、梨田のやることなすことのすべてがとても性急すぎるように映るんだ。だって、僕たちはついこの間まで、高校生だったんだぜ。大学に入ったのも、たばこや酒の味を覚えたのもほんのきのうのことなんだ。いってみれば、世の中のことをまだまるでわかっていない小僧っこなんだ。もうすこし時間をかけて結論を出しても遅くはないとおもう」

「おまえが心配してくれているのはよくわかる。間違いを犯さないようにしようとするなら、きっとそうすべきなんだと俺もおもう。でも、いい。俺は決めたんだ。自分でしたいとおもったことはなんでもする、ってな。きっとそんな生き方が俺には向いている。たとえ結果的にそれが間違いだったとしても、俺は後悔なんかしない。そうしないで後悔するよりそのほうがよっぽどいい」

ふいに油蝉の鳴き声がやんだ。視界の先の青空に、松の木から飛び立った蝉の姿が小さくなってゆく。

「なあ、湯浅」蝉の姿の消えた空を見つめながら、私はいった。「蝉、ってやつは、何年も地中にあって、この世の中の光をほんの一瞬浴びるだけで死んでいってしまう。そんな蝉の一生をはかないなんておもうやつもいるかもしれない。でも、俺はちがうとおもう。蝉には蝉の時間があって、それは俺たちがうかがいしれない彼らだけの時間なんだ。人間も同じだとおもう。人間という種は一緒でも、そのひと個人それぞれの持っている時間の容量もちがえば、中身もちがう。俺はおまえに、俺が興味を持つ世界を見させようとした。でもそれは間違いだった。おまえはおまえにふさわしい時間の長さと内容があるんだ。だからおまえはおまえの興味の持てるものだけに自分の力を注げばいい。俺は寮を出る。でも、正直なところ、これからどうするかはまだ決めていない」

「そんなふうに割り切って考えられる梨田が正直うらやましいよ。で、勉強はどうするんだい?」

湯浅がまぶしげに目を細めた。

「勉強か——」私は笑った。「博打をするなら働くことを考えるな、働くことを考えるなら博打はするな、と姫子はいった。でも、勉強をするなら博打には手を出すな、とはいわなかったよ」

部屋に戻ってから、寮を出る、と先輩二人に私は告げた。

「出る？」

二人が顔を見合わせた。いくらかその表情にバツの悪さがあった。

「俺たちは、寮を出ろ、といったんじゃない。おまえの生活態度が気にいらない、といっただけだ」

そのことが原因で退寮するわけではない、と私はいった。

「前から考えていたことなんです。僕にはどうも集団生活というのが向いていないな、って」

うなずくと、先輩たちはすぐに自分たちの話に戻っていった。部屋を出ることになった後輩にはもう興味はないらしい。それに、同室になったとはいえ、起居を共にしたのはわずか数か月のあいだのことだ。特に感慨を覚えるほどには人間的な繋がりができているわけでもない。

部屋捜しのあと、一度故郷に帰るので、しばらく部屋には戻らないと二人にいってから、私は寮をあとにした。

駅から永田に電話し、これから行ってもいいか、と私は訊いた。

「麻雀屋に行くんじゃないのか？」

「ルミさんにお金を返したいし、それにちょっと相談もあるんです」

「金を返す？　おまえ、麻雀で負けて金がないんじゃないのか？」

詳しくは会ってから話す、といって私は電話を置いた。

そのとき、私は肩をたたかれた。見ると、同じクラスの、布施という何度か麻雀をしたことのある学友だった。三浪の末に入学し、予備校時代も麻雀屋通いに精を出したというつわものだった。顔つきもどこかいかつい。しかしこの男にはどこか親近感を私は抱いていた。

「最近、顔を見ないな」

「いろいろと、ね」

私は笑顔で答えた。

「うわさじゃ、あの男、とつき合っているらしいじゃないか」

たぶん永田のことをいっているのだろう。

「ああ、みんながいうほど変なやつじゃないぜ」

「俺は変なやつなどといったことはない。変なやつ、と陰口をたたくのは、優の数にしか興味がない連中さ」

喫茶店に誘われた。これから家に帰るのだという。

少しだけなら、と私は応じた。

彼の家はたしか高円寺だと聞いていた。永田の家に行くのに、国分寺だったら都合がいい。

ちんちん電車に乗ると、窓の外を見つめながら布施がいった。

「おまえ、故郷は湘南だっていってたよな。どうしてまだ寮なんてところでウロウロしてるんだ？　夏休みは、向こうのほうがずっといいだろうに——」

「故郷に帰ったら麻雀ができない」

「麻雀？　おまえそんなに麻雀にはまっているのか？」

「ああ、わかるだろう？」

「わかる」

いかつい顔をほころばせ、布施が笑った。

国分寺の駅で、一瞬迷ったあと、私は彼を「南十字星」に誘った。

「美人喫茶、か——」布施が私の目をのぞき込んだ。「誰か、お気に入りでもいるのか？」

「そうじゃない」

「あやしいもんだ。ただコーヒーを飲みにいくだけで、学生がそんなところに出入りなんてするもんか。まあいい。そこにしよう」

布施が再びいかつい顔をほころばせ私を促した。

「南十字星」のドアを開けると、クーラーの冷気に身体が包まれた。さっと店内に目を向ける。白いワンピース姿のテコが客席にコーヒーを運んでいるところだった。

私に気づき、横の布施にちらりと視線を向けてから、いらっしゃいませ、とテコがいった。

私と布施は窓際の席に腰を下ろし、注文を取りに来たウエートレスにアイスコーヒーを頼んだ。

「これ、吸うか？」

布施が洋モクを取り出した。ゲルベゾルテというドイツのたばこだった。そういえば、この布施は、学生の分際でありながら、麻雀をしているときもいつも外国産のたばこを吸っている。私はその一本に火をつけて吸ってみた。おもわず、くらっ、とした。匂いも味も、独特なたばこだった。

「いつも、洋モクばかり吸っていてリッチだな」

煙を吐きながら、私は布施にいった。

「ああ、家が金持ちだからな」

布施があっけらかんといい、ゲルベに火をつけた。冗談でそういったのか、あるいは本気でそう口にしたのか、私にはわからなかった。しかしその口調にはどこか投げやりな響きがあった。

私たちは、しばらくのあいだ、学校のカリキュラムやクラスメートのことを話題にしながらどうでもいいようなことについて話し合った。

「高円寺、というのは実家なんだろう？」

「ああ、生まれたのも育ったのも、な」

「便利で、いい所に住んでいてうらやましいよ。それに金持ちだ」

「腐るほどの、な」まるで付け足すように平然といい、布施が訊き返す。

「おまえの家は貧乏なのか？」

私は一瞬、むっとしたが、うなずいた。「もっとも、食べるのにも困っているというほどじゃない。貧乏なサラリーマン家庭というところさ。布施の家はなにをやっているんだ？」

「金貸し、だよ」無造作にいって、布施がゲルベをもう一本抜き出すと、火をつけた。「金に困ったら、相談に乗るぜ。俺が口をきけば、うちの学生にはオヤジは黙って金を貸す。なにしろ、コンプレックスを持っているからな」

布施が自嘲気味にいい、アイスコーヒーのストローに指を伸ばした。

「コンプレックス？」

「そうさ。これまでにさんざん弱い者を泣かして金を稼いできた。しかし念願かなって金は手にしたものの、どうにも世間での受けが悪い。そこで俺がオヤジの代わりに登場、ってわけだ。国立大学に息子が通っている、どうだ、いい金看板だろう？」

金貸しの世界などというのは、私のこれまでの生活とは無縁のものだ。布施の屈託がわかるはずもない。しかし彼とは腰を落ち着けて話し合ったことなどこれまでに一度もないのに、なぜそんなに立ち入ったことまで私にしゃべるのだろう。

「そういわれても、俺にはよくわからないな」

「そのうちにわかるようになるさ。きっと梨田には、な」

「どういう意味だい？」

「俺にはひとを見る目がある、ってことさ」

布施がいい、自分の住所と電話番号をメモすると、それを私に渡した。

きょう部屋に行ってもいいか。

布施がトイレに立った隙に、私はナプキンにそうメモすると、通り掛かったテコに素早くそれを手渡した。

「あの女だろう？」

トイレから戻った布施がカウンターにいるテコのほうに目くばせをした。

「どうして、そうおもう？」

ちょっとうろたえ、私は布施の目を見つめた。

「さっきからおまえを見ている視線がちがう。浪人時代に俺がうつつをぬかしていたのは麻雀ばかりじゃない。女だって数をこなしている。見ていりゃわかるさ。なんてったって、親父の教えは、女はいい、しかし博打はいかん、というものだったからな」

「ふぅん、変わった親父だな。でも、なぜ女はよくて博打はだめなんだ？」

「親父にいわせると、お国のレベルまでになると滅ぼすのは女ということになるらしいが、男をだめにする元凶の一番は博打だそうだ。ところで、もうあの女とは寝たのか？」

いや――。私ははぐらかし、腰をあげながらいった。「こんど、電話するよ。新宿かどこかで一緒に飲もう」

店を出るとき、テコが私にうなずいた。ついこのあいだまでは、そんなテコの動作のひとつひとつに胸を締めつけられたものだが、なぜかふしぎと私の心はときめかなかった。

国分寺の駅で布施と別れ、私は立川の永田の家に向かった。

ルミが作ってくれていた昼食のソーメンを三人で囲んだ。薬味皿に金糸卵《きんしたまご》や胡瓜《きゅうり》と一緒にきざんだ茗荷《みょうが》が盛られている。家の裏庭に栽培され、季節ともなると、母親がなにかにつけてはこの茗荷を料理に使っていたものだった。

「小さい頃は、この茗荷っていうのが、どうにも食べられなかったんですけど、今は大好きなんですよね」

「わたしもそうよ。それに、カズちゃんも。大人になれば、みなこれが好きになるのよ。きっと忘れたいことが多くなるからだわ」

「梨田は故郷には帰らないのか？」

ルミとの会話に水をさすように、永田が私に訊いた。

「それなんですけど——」寮を出ることにした、と私はいった。「なにかと周囲に気を遣わなければいけませんしね。もっと好きに、自由に生きたいんです。永田さんみたいに……」

「好きに、自由にか——」

ルミの淹れる食後のコーヒーの芳しい香りが漂ってくる。

「好きに、自由に、って、それはそれで、覚悟もいるし、辛さもあるのよ」

ルミがさらりと背中越しにいう。そのさりげないいい方が逆に、それが事実であることを教える響きがある。

「出て、どっちの家に転がり込む気なんだ？　吉祥寺か？　それとも姫子のところか？」

永田が姫子とのことなど、もう知っているといわんばかりの口調でズバッといった。

私は赤面し、どう話したらいいのか、返答に窮して押し黙った。

「あなた、喫茶店に勤めているとかいう彼女ができたばかりじゃなかったの？　それなのにもう他に彼女ができた、っていうわけ？　意外とすみに置けないのね」

コーヒーカップを運んでくると、ルミが私の目をのぞき込む。

「彼女、だなんて――、そういうんじゃないんです」

「だが、きのう、姫子とは寝た」

まるでその現場を見ていたかのように永田が断言した。

彼の前では私は裸も同然だった。私は観念し、うなずいた。「成り行きだったんです。でもべつに後悔はしていない……」

「誰もおまえを責めちゃいないさ。好きにやればいい。しかし、ひと悶着あるぞ。おまえ、レフティ、ってのを知ってるか？」

「店の店長、ですね。でも、どうしてひと悶着あるんですか？」

「やつは、姫子に首ったけ、だよ。おまえがこれから先も新宿に麻雀をやりに行こう、っていうのなら、そのうちやつとぶつかることになる。やつの仕事は麻雀打ちみたいなもんだ。

新宿の麻雀屋では、レフティといえばそれなりに名が通っている。今やつが姫子のところで働いているのは、彼女に惚れているからという、ただたんにそれだけの理由からさ」

「あのレフティ、っていうのは、そんなに麻雀が強いんですか？」

「強いね――」永田が言下に答え、たばこに火をつけた。「やつの麻雀は、商売人の麻雀だ。囲む相手によって打ち方をガラリと変える。強い相手には強く、弱い相手には弱く、つまり、カモとみれば、相手を一気に殺さずに、長い時間をかけてむしり取るんだ。今の梨田の腕ではどうあがいたってやつに勝つ見込みはないよ。もし彼と卓を囲むようなことがあったら深手を負わぬように気をつけることだな」

「僕では、絶対に勝てませんか？」

レフティの顔を思い浮かべながら、私は訊いた。

「そうだな――」永田がたばこを吸いながら、小首を傾げた。「万に一つ、そのチャンスがあるとすれば、半チャン、二、三回の短期勝負、それもイカサマができぬように、周囲に見学者を立てて彼に平打ちをさせること、それぐらいだろう……。勝負事、特に麻雀の女神というのは気紛れらしく、覚えたてのやつには、引き、という強い武器を与えるからな。おまえがその武器を頼りに、ビビらずに強気に攻められれば、あるいは勝つチャンスが生まれるかもしれない」

引き、ですか——。私は永田の言葉を反芻《はんすう》し、コーヒーに口をつけた。

「レフティ、というひとの麻雀の話より、わたしにはその姫子とかいう女のひとのほうが興味があるわ。ねぇ、どんなひと？」

ルミがいたずらっぽい笑みを口元に浮かべて私の目をのぞき込む。

「どんなひと、って訊かれても、僕にもよくわからない。なにしろ、きのう初めて会ったばかりだから」

「あら、きのう会ったばかりなのに、すぐにその日に寝たわけ？」

ルミの直截《ちよくせつ》的なことばに、私はうろたえた。答える代わりに、私はズボンのポケットからお金を取り出した。

「お金、ありがとうございました。大阪に行ったらしばらく会えなくなるとおもいますので、先に返しておきます」

「どうしたの？　このお金？　あなた麻雀に負けて文無しになった、ってカズちゃんに聞いたわよ」

永田とこのルミには、隠し立ては通用しない。ありのままに話したほうが心も晴れる。それに、たぶんこれからの自分の生き方に、この二人はなくてはならない存在になるように私にはおもえた。

私は恥を忍んで、学生証を担保に姫子からお金を借りた顚末《てんまつ》を二人に話して聞かせた。

「そうか――」じっと耳を傾けていた永田が私を見ていった。「もし俺がおまえだったら、しばらく姫子と一緒に生活してみるな」

11

永田と一緒に中央線に乗った。

「なにしろ俺はおまえのお師匠さんだからな」

大阪に行くまで、高田馬場の麻雀屋で私を基礎からみっちりと教えこむという。

「いずれ、レフティとやるようになるだろう。今のおまえの麻雀じゃ、まずやつには勝てない。あまりに貧相だからな」

永田が笑い、電車のなかでの口による講義を始めた。

「麻雀の牌の数は全部でいくつだ？」

「百三十六牌」

「じゃ、配牌を取り終えた時点で残っている生きた牌の数は？」

私はちょっと考えた。

十三枚ずつ配牌を各自が取ったとして、五十二牌。残る牌数は、八十四。しかし山を七つ残すから――。

「七十牌」

「そうだが、そんなもんで考えてちゃ話にならない。牌の数なんてのは、もう基礎中の基礎で、即座に答えられなきゃな。それで、自摸《ツモ》の回数は？」

「チー、ポンがなければ、親の東と子の南の自摸回数が十八回、西と北が十七回」

「じゃ、配牌の時点で、未完成両面《リャンメン》待ちの順子《シュンツ》を作るのに、有効牌が、山に何枚残っているとおもう？」

七十牌の山、ということは、約半分が生きているということになる。両面待ちは八牌。ならその半分だろう。

「四枚ですか？」

「確率からいったら、当然そうなるよな。残る四枚を四人が順番に自摸る。つまり麻雀というのは四人それぞれに均等の機会を与えるようにできたゲームなんだ。だが均等では勝負事にならない。そこで、麻雀における、腕やツキが重要なファクターになるんだ。いい換えれば、その均等の機会を、腕やツキで不均等にして、勝負しているともいえる。例えば、八巡目に両面待ちのリーチをかけたとする。さっきの理屈からいえば、自摸があと半分残っているわけだから、当然確率からいえば、残りの山にあと二枚待ち牌がある計算になるよな」

私はうなずいた。

「だが、現実にはそうはならない。待ち牌の数が多い場合もあるし、少ない、いや、空の場合もある」

私は再びうなずいた。

「だから、腕のいいやつと麻雀をやるようになったら、山に待ち牌があるかどうか、それを読めるようにならなきゃ、めったにリーチをかけるもんじゃない。まず振り込んではくれないからな」

「つまり、レフティとやるときは、めったにリーチをかけるな、ということですか？」

「その通り、やつの思うツボになる。次に、三、七の要牌についてだ」

「三、七の要牌ですか？」

「そうだ。一から九までの数牌《シューパイ》のなかで、一番要になるのは、三と七の牌だ。この牌の処理がうまくできないうちは、麻雀が強くなれない。例えば、一萬三萬とある嵌《カン》二萬待ちの面子《メンツ》、それと一萬二萬とある辺《ペン》三萬待ちの面子。おまえなら、どちらを嫌う？」

「辺三萬待ちの面子です」

「だよな。嵌二萬待ちも、辺三萬待ちも、どちらも確率からいえば一緒だ。だが嫌うとなれば、当然辺三萬待ちの面子になるよな。嵌二萬待ちの面子なら、四萬を引けばすぐにと二萬伍萬待ちの両面になるが、辺三萬待ちだと、四萬を引き、ついで伍萬を自摸ってこないと三萬六萬待ちの両面待ちにならない。つまり辺三萬待ちの方が一手遅れるというわけだ。麻雀の一手というのは、自摸に数えれば、四、五回分に該当するからな」

「ということは、手の内に、この三、七牌を持っているほうが有利になるわけですね」

「当然だ。それにこの三、七の牌というのは麻雀の役作りには欠かせない牌でもある。タンヤオにも絡み、チャンタにも絡む。それと混一色《ホンイーソー》や清《チン》一色を上がるには、この牌がキーポイントにもなる。つまり攻守の要ともいえる牌なんだ」

意味がわかるか？　という目で永田が私を見つめる。

「混一色や清一色は同色牌だけを使う手だから、有効牌が少ない。麻雀の面子というのは、順子か刻子《コーツ》のどちらかで構成する。確率からいえば、当然、順子の面子のほうが作りやすいに決まっている。例えば、さっきの嵌二萬、辺三萬のケース。混一色や清一色で一萬二萬とある辺三萬待ちの場合、これを一面子にするには、三萬を自分で自摸るか、上家からチーするかだ。あとは、一萬や二萬を対子にして、他家の捨てた牌をポン、もしくは自力でもう二枚引いて暗刻《アンコ》にするしかない。これは、八萬九萬とある辺七萬待ちでも、同じことだ。つまり、三と七というのは面子を作る鍵牌になっているんだ。同色牌を使う手だから、まさかこの面子を嫌うというわけにはいかない。つまり、三か七を使えない限り、その外の牌、一や

二、あるいは八や九の牌が死んでしまうんだ。面子を作るのに限られた牌しか使えない混一色や清一色にとっては、これは致命的だ」
「じゃ、下家が混一色、清一色に走ったら――」

「上家はその走った同色牌の、三、七の牌を押さえる。そんなのは常識だ」

なるほど。私は永田の説明にうなずいた。

「つまりだな。逆にいえば、その日の自分のツキを知ろうとおもったら、この三と七の牌がどれだけ自分の手のなかに入ってくるかをみていればある程度は判断できる」

「三、七をよく自摸ってくれれば、ツイている――」

「そうだ。手の内に三と七の牌があれば、攻守に幅ができる」

永田が断言した。

「まだ、セオリーというのはたくさんあるんですよね？」

「むろんだ。おまえは、今までそんな基本的なセオリーすらも知らずに、ただ勘《かん》だけで麻雀を打っていたとおもうが、他はいずれまた実践の場で教えてやる」

高田馬場で下り、麻雀屋へ向かう道すがら、永田の私への麻雀の講義は、それからも延々とつづいた。

麻雀屋のドアを開ける前に、永田がいった。

「きょうは俺は麻雀を打たない。おまえの後ろでおまえの打牌をずっと見ている。牌符はちゃんと覚えとけよ。麻雀に強くなろうとおもったら、囲碁や将棋とおなじように、勝負どころの自分の手、それに相手の打牌、捨て牌の河《ホオ》ぐらいはちゃんと覚えてなくちゃだめだ」

麻雀が終わったあとに、気づいた点を指摘するという。

隅でひとつだけ卓が動いていた。赤門の姿はない。他にメンバー待ちの客が二人いる。

「さっそくやるかい？」

陸稲《おかぼ》が私と永田の姿に、笑みを向けてきた。

私は姫子から借りたポケットの金にちょっと手をふれた。

卓を囲むことになった二人の学生は、どちらも私より二つ三つは年上で、いかにも麻雀には自信を持っているという顔つきをしている。

陸稲が私に二人を紹介した。

「こっちが、地元のW大」陸稲が神経質そうな顔つきをした男に目をやったあと、もうひとりに笑みを向け、

「こっちはその対抗馬の、K大だ。リッチな野郎さ」

たしかにそうなのだろう。その男の身なりは、麻雀屋にたむろしている他の学生たちより

もどことなく垢抜けていて、金には苦労していないような雰囲気がある。しかしそれを鼻にかけている感じがしないでもない。

「レートはピンの三、六。馬は自由、それでいいかな？」

陸稲が私と二人を見回した。二人がうなずく。私も同意した。

場決めはつかみ取り。東を手にした私は、背後の永田が邪魔にならないように、カウンターを背にした。

「後ろで、見《けん》、させてもらうよ」

永田が二人にいった。

口は出しやしないよ。陸稲の口添えに二人がうなずく。

「馬、いくかい？」

K大が私を誘う。五千円のビンタだという。

「ビンタ？」

「つまり、持ち点勝負の馬、ってことだ」

横から陸稲が説明した。

勝負が終わったときの持ち点で馬のレートがちがうということらしい。つまり相手が配給原点以上を持ち、逆にこっちがそれを割っていれば、馬は倍の一万円になる。負けても配給原点を確保していれば、馬は五千円ですむのだという。

しゃべる陸稲の口振りに、やめたほうがいい、という響きがある。

ちらりと永田を見ると、すました顔でたばこを吸っている。

「いいですよ」

私はK大の目を見て、いった。

「なら、俺もいくよ」

W大が私とK大に目を向けた。

「ほう。こりゃ、おもしれえや。三人でビンタか。でも俺はやんねえぞ。客が来たら、交代しなきゃなんねえからな」陸稲がいって、つけ加えた。「先にいっとくが、パンクしたって金は回さねえぞ。だから、終わりを決めてやったほうがいい」

「半チャン、十回、ってとこで、どうだい？」

K大がいい、私とW大を交互に見る。私とW大は同意した。

私はすばやく頭のなかで計算した。K大とW大の二人が配原をクリアし、自分が箱点の負けを食ったとき——。二人に一万ずつ、ラス馬が六千、点棒が三千、つまり懐からほぼ三万が出る勘定だ。

姫子に借りた金はもう十五万弱しか残っていない。ラス五回であらかた消えてしまう。

しかしこれぐらいの麻雀をしのげなければ、姫子の借金を博打で返すことなどできやしない。レフティに勝つことだって無理だろう。それに、一昨日新宿で打ったブーのレートから考えればどうってこともない。

私はそう胸につぶやいて自分を奮い立たせ、親決めの賽子《さいころ》を握り締めた。

出親はK大。南が陸稲。私が西で、W大が北。

オール伏せ牌だが、さすがに三人の手捌きは早い。一歩遅れたテンポで私は山を積んだ。

東の一局、ドラは二萬。

配牌はドラこそないものの、順子模様の手で、可もなし不可もなし。五巡目に、K大の捨てた三萬を食った陸稲が、数巡して、五、十の二千点を自摸り上がった。

二局。配牌にドラの東が一枚だけある。しかし前局同様、ピンフ形の手だ。

九巡目にようやく一向聴《イーシャンテン》。聴牌したらドラの東を叩き切ってやろう。そうおもっていた矢先に、そのドラの東が対子《トイツ》になった。一瞬、手が止まった。

下家のW大はどうやら索子に走っている様子。陸稲やK大は、捨て牌を見るかぎりごくふつうの手だ。しかしK大の手は早そうだ。あるいはもう聴牌をしているのかもしれない。三巡目過ぎから切り出されている中張牌《チュンチャンパイ》が目を引く。

どうすべきか——。🀖は五巡目にK大が一枚切っているだけに、下家のW大はまちがいなくキーポイントの牌だろう。雀頭を切り替えれば、まちがいなく🀖は食われる。🀈🀉とある万子、🀝🀞とある筒子、そのいずれかを落とし、とりあえずドラの🀀と🀖のシャンポンに受けておくべきか。上がりにかけるなら——。

私は🀖を一枚外した。すかさずW大が、🀖🀗🀘、でチー。捨て牌は、生牌《ションパイ》の🀆。

K大がそれをポンしてドラの🀀を無造作に捨てた。瞬間、私はポン、と声を発していた。もう一枚、🀖を落とす。

下家のW大は今度は食い気を見せず、私の現物の🀡を自摸切り。K大が🀇をこれまた自摸切り。陸稲は私の現物の🀠。私の自摸、🀝。聴牌。しかも、待ちはたったいまK大が自摸切ったばかりの🀇🀊——。私はそっと🀞を捨てた。W大が、🀐を手の内から。これも私の現物。あるいは下りたのかも——。つづくK大、🀜の自摸切り。

私は内心、カッ、ときた。K大の捨てた🀀を鳴かなければ、🀇を引いて聴牌り、一発で自摸上がっている。

つづく陸稲の捨てた私の現物、🀋でK大が手を広げた。🀆のみの千点。私は目の前の山をそっと崩した。

次局の私の親は、K大が四巡目にリーチをかけて、千、二千をあっさりと自摸上がった。

それを機に、私の手ががっくりと落ち始めた。南場に入った二局目、私はK大のタンピン三色の黙聴《ダマテン》満貫を打ち込んだ。そのあとの自分の親番で、私は今度はW大の引っかけリーチの三色にはまった。

結局、その半チャンはK大の断トツトップ。ノー和了《ホーラ》の私がラス。W大は原点キープの二着。

私は負け分の他に、K大とW大それぞれに、馬の一万を支払った。後ろの永田が、そんな私をなにもいわずにじっと見ている。

それからの三局、私の牌勢は落ちる一方でまったく手にならなかった。着順は、四、三、四。五局目を迎えたとき、私はトイレに立ち上がった。別に尿意をもよおしたわけではなかった。トイレのなかで、鏡のなかの自分の顔を見つめ、それからポケットのなかの残りの金を確かめた。残金は五万もなかった。

陸稲は、金は回さない、といった。なぜか、永田も金を貸してはくれないような気がした。

水を口に含み、私は鏡のなかの自分の顔におもいっきり吹きかけた。

身分を賭けて博打をしなさいな。

鏡の表面を流れ落ちる水滴を見ている私の瞼《まぶた》に、姫子の背でうごめいていた、あの菩薩の像がくっきりと浮かんできた。

五局ラス、六局三着。私の残金は一万にも満たない。次に一、二着に潜り込まなければ、負け金を払えない。

ポケットから出す私の金を、陸稲がチラリと見る。W大とK大の二人の視線も感じた。ここまで、ほぼ私のひとり負けだ。

――ここでギブアップするか。

負けたときに支払う金がない惨めな自分の姿が瞬間、脳裏をかすめた。

残りはあと四局。私は無言で場換えの牌をつかんだ。

「パンクしてんじゃねえのか」陸稲が口をはさんだ。声には、なんの感情もない。「最初にいったが、金は回さねえぞ」

W大とK大の目が、暗に、後ろの永田に替われ、といっている。

私は時計をちょっと見た。七時少し回ったところだった。私はいった。

「金は届けさせる。それなら文句はないでしょう？」

「それなら、届いてからやればいい。他にもメンバーはいるんだ」

K大が小馬鹿にしたような物いいでいい、後ろの永田に視線を向けた。

永田が私の肩をたたき、隅のソファのほうに顎をしゃくった。

「金を持ってこさせる、って、いったい誰に持ってこさせる気だ？　あてでもあるのか？」

陸稲たち三人に背を向け、永田が訊いた。

「ないこともないんです」

私の頭のなかには、きょうの昼、学校で会った布施と、姫子の顔しかなかった。

金を貸す、と布施はいった。あるいはあれは冗談だったのかもしれない。姫子から金を借りたのはきのうのことだった。どちらも自信はなかった。もし貸してくれるにしても、その金を麻雀屋にまで届けてくれるわけがない。

「じゃ、電話してみろ。保証がとれたら、俺が貸してやる。金額の問題じゃない。博打を打つ金、っていうのはそういうもんだ。今からそのお行儀だけは身につけとかなきゃな」

私はカウンターの電話をとり、布施の家のダイヤルを回した。

母親らしい女の声がした。私は大学の同級生の梨田だと名乗り、布施を取り次いでくれるよう、いった。幸い、彼はいるらしい。

「梨田か、どうした？　酒でも飲もう、っていうのか？」

電話口に出るなり、布施がいった。

「きょうの話、あれ、ほんとうかい？」

「きょうの話？」

「ああ、金を貸してくれる、っていったろう?」

「なんだ、いきなり。どうした、ってんだ?」

麻雀で負けてどうしても金が緊急に要る、と私は正直に話した。断られても、もともとという気持ちだった。

「ふ〜ん……」電話口に、ちょっと思案する声が流れた。「で、いくら要るんだ?」

「十万。無理かい?」

「どうってことはない。しかし金を借りて、どうやってそれを返す?」

「麻雀、で勝って返す」

電話口に布施の大きな笑い声が聞こえた。「いいだろう。おまえは正直だよ。働いて返す、なんていったら、考えたけどな。おまえは、やっぱりうちの学校には向かないタイプだよ。気にいった。で、どうすりゃ、いい? いま要るんだろう?」

私は麻雀屋の場所を簡単に説明し、電話番号もあわせて教えた。

一時間もしないで行く、といってから布施がつけ加えた。「俺も、そこで打てるのか?」

「できるよ。メンバーは腐るほどいる」

わかった、と一言いい、布施が電話を切った。

「どうやら、目処《めど》がついたようだな」

永田がにやりと笑った。私はうなずき、布施のことを簡単に話して聞かせた。

「ほう、金貸しのセガレねえ。おもしろそうなやつじゃないか。で、麻雀もやりたい、ってわけだ」

永田の目の奥底がキラリと光った。それは、私が永田と知り合って初めて目にする、ふてぶてしさを帯びたものだった。

十万の金を私に渡すとき、永田がいった。「負けたっていいんだ。これから先もずっと麻雀をやってくんだろう？　いいか、ツキを呼び込むには、動くんじゃない。自分の自摸だけを信じるんだ。おまえが自分の博才を信じているんならな」

仕切り直してからの七戦目と八戦目も私のラス。

九戦目。すでに裏に入ったラス前。これまで、一度も上がれず、やはりまた私がラスを走っている。点棒は一万五千点しかない。

親が私の上家のW大。

永田のことばでふんぎりをつけていた私は、これまで、ひとの捨て牌には目もくれず、ただひたすら自摸を頼りに面前の手作りに没頭した。しかし、一向聴まではなんとかこぎつけるのだが、そのあとは、ピタリと牌が止まり、どうにも手が進まない。この局も同様だった。

——自摸だ、自分の自摸……。

私は胸で呪文のようにつぶやいては牌山に手をのばした。

十巡目、現在トップ目の好調な親のW大が、上家の陸稲の捨てたを、ドラのを絡めて、、でチーをした。

その食いで私に流れてきた牌は、たったいまW大がチーをしたそのだった。私もまたドラのを嵌《カン》の悪形で抱えての一向聴で、上がりは半ばあきらめていた。

私は即リーチと出た。

待ちは、W南と伍萬のシャンポン。どちらも振り込みは期待できない。しかし、次順、盲牌の感触は万子、しかも彫れた中央が丸まっている。高目のW南ではなかったが、この日初めての一発自摸による満貫の上がりだった。

伍萬をじっと見るW大の表情は、彼の上がりも同じだったことをうかがわせた。

しかし、この満貫の上がりでもまだ二万三千点。持ち点の二万五千点には若干足りない。

ラス親。ドラは三萬。

私の手は対子模様で、四巡目に、早くもチートイツの一向聴。次順に、対子のひとつが、そしてまた次にもうひとつが暗刻《アンコ》になった。四暗刻の一向聴。

すでに一枚場に出ているを対面の陸稲が捨てた。ポン、と喉もとまで出かかったことばを私は飲み込んだ。これでは空だ。残る対子は、二萬と。しかしそのもすで

に場に一枚、🀈はドラ表示牌になっている。

自摸山をあと三つ残したところで、私はその最後の🀈を自摸り、四暗刻を聴牌した。しかし、流局まで自摸はあと二回。しかも、上がりは🀔のたった一牌。

ふと背後に、永田以外のひとの気配がした。見ると、布施がたばこをくわえて見つめていた。

「なかなかいい麻雀だった」

腰を下ろし、ビールを私に注ぎながら永田がいった。

雀荘近くの一杯飲み屋。約束の十局目を終えたとき、私は布施を皆に紹介し、今は彼が麻雀を打っている。

「それに引き際もいい」

永田が珍しく賞《ほ》めてくれた。

「🀡の見送り、あれがすべてだったとおもいます」

ラス牌の🀔の感触をおもい出しながら私は答えた。

四暗刻の自摸上がりで流れが変わり、九局目を逆転トップした私は、つづく十局目も勝利をモノにした。しかし、総トータルでは、四万ほどの負けだった。

せっかくツイてきたのに、なぜつづけない？　布施はいぶかし気な表情で私にいった。しかし私はあれが限度のような気がしていた。それに、戦う前に十回戦と区切ってもいる。ツイてきたから継続して打つ、というのは、こと麻雀に限ってはなんとなく卑劣なような気がした。

麻雀は、不特定多数でやる競輪や競馬とはちがう。四人という、しかも戦う当事者どうしが顔つき合わせて勝った負けたを張り合う博打なのだ。ひとりひとりの、そのときどきの各人のツキの有無で、続行や中止を決めるべきではない。

「俺もあのは見送った。あの場面じゃ、たとえあれを鳴いて上がったとしても、ツキの流れは変えられやしなかっただろう。そもそも、きょうの不調を招いた原因がなんだったのか、それはわかっているよな？」

永田がいい、私を見つめた。

たぶん最初の局で、K大の捨てたドラの東を鳴いたことを、いっているのだ。

「でも、あれは見送り、ですか？」

「あたり前だ」永田が言下にいった。「おまえはあのとき、下家が明らかに食うだろうを勝負して、両面の受けを選択した。ということは自分の自摸勝負に賭けたわけだ。その勝負を賭けた自摸を一度も試すことなく、あそこで東を叩く馬鹿がどこにいる。これは結果論の話じゃない。麻雀を打つときのビジョンの問題だ。麻雀というのは、自分の描いた勝負の絵柄を頭に浮かべながら、ツキの流れと相談して打つ博打だ。絵柄が頭に浮かばないやつは、麻雀を打つ資格はない」

　絵柄か——。私は永田の言葉をかみしめながらビールを口にした。

「それともうひとつ——」永田がいった。「おまえは、まだ麻雀の受け方がわかっていない」

「麻雀の受け方、ですか？」

「そうだ。聴牌の待ちの受け方だ。これも、待ちの形のイメージが要る。聴牌っても、待ちの形は動くんだ。最終的な待ちの形を頭に描いて麻雀を打たなければ、いい麻雀打ちにはなれない。覚えているか？　こんな局面……」

　永田が口にしたのは、私がドラの東を鳴いて上がりを逃がし、不調の兆しが見えはじめた三局目、最初の親番を迎えた局面でのことだった。

　場は万子が高く、十巡目ごろ、私は四筒を雀頭にして、一萬四萬待ちのリーチをかけた。四萬で上がればメンタンピン、裏ドラが乗れば満貫になる。だが結局、場は流れた。

「いいか、あそこでは絶対に上がらなきゃいかん場面だ。親だしな」

「あれが待ちの最終形ではない、というのですか？」

　両面待ちの一萬四萬。親でもある。他家を牽制するためにもあそこはリーチではないのか。

「待ちの最終形というのは場の流れのなかで頭に描くんだ。リーチというのは、その最終形になったとき、初めて考えるものだ。いったんリーチをかければ、なにしろ手は変えられない。あそこは、とりあえず黙聴で受けておく。ピンフという役があるのだから、出れば、さっさと上がればいい。親の上がりの連チャンほどツキを呼び込むものはないからな。場は万子が高い。ましてや、端牌の🀇が生牌ときている。つまり🀇は、誰かが暗刻で抱えている可能性が高い――」

「じゃ、どうすれば？」

「雀頭を変えて、受けを筒子に持っていくんだ」

🀈🀉とある万子の面子の被りを待ち、🀈と🀜、あるいは🀉と🀜というようなシャンポン待ちに一度切り替えておく。形はタンヨウだからこれでも十分上がれる。そして、🀛か🀝を引いて🀚🀝待ちか、🀛🀞待ちにするのだという。

「リーチをかけるなら、そこで、リーチだ。高目安目関係なく親のメンタンピンが確定しているし、筒子は安い局面だったから上がりの確率は、🀇🀊待ちよりずっと高くなる」

それからしばらくの間、きょうの私の麻雀に対する永田の解説がつづいた。

牌符を憶えておけ、と永田にいわれてはいたが、ツカなくなり、途中冷静さを失っていた私には、記憶にない局面の話もあった。しかし永田の説明には合理性と、麻雀に対する情熱が溢れており、十分に私には納得できるものだった。

「けっきょくな、梨田」永田がいった。

「麻雀、っていうのは、単にツキや引きの強弱を争う勝負事ではない、と俺はおもっている。配牌を手にしたとき、最終の上がり形をイメージする。途中、自摸の流れや、他家の動きによって、そのイメージがどんどん変形してゆく。しかし、常に上がりの形だけは、頭のなかから失ってはいけないんだ。絵を描いていても、小説を書いていても、きっとそうだろうとおもう。つまるところイメージをどれだけ麻雀に対して描けるか、それによって麻雀の強い弱い、あるいは赤門が競輪の話でよく使う、『格』というものが決まってくるように俺はおもっている。俺がレフティのことを強いといっているのは、あいつが、そうしたすべてを身につけているからだ」

　永田がいい、私を見つめた。

「そんなに彼は強いですか？」

「強いな。少なくとも俺が今までに打ったなかの三本指には入る。あいつと互角の勝負ができるようになったら、町中の麻雀屋で、そう負けることはない」

　レフティは姫子に惚れているという。たぶん私が姫子と寝たことはもう感づいているにちがいない。だとしたら、レフティの私への怒りの矛先《ほこさき》は、きっと麻雀を通して向けてくる。

そう私はおもった。

——逃げるものか。

私はビールを一気に空け、胸につぶやいた。

胸に湧きあがるレフティへの闘争心は、姫子とのことは関係なかった。それは、これから先博打をする上で、私が乗りこえなければならない、最初の障害のようにおもえたからだった。

姫子の店にちょっとだけ顔を出し、それから吉祥寺のテコの部屋に行こうか——。そんな考えが頭をよぎり、乗り換えの新宿駅のホームで、一瞬私は躊躇《ちゅうちょ》した。

姫子の店の、妖しげで、いかにも大人を感じさせた雰囲気の記憶が私をしきりに誘惑した。しかし一度顔を出すと、そのまま帰っては来れないような気もした。きょう部屋に行く、とテコには約束した。それではあまりにテコに対して実がない。

頭に浮かんだ姫子の白い裸体と菩薩の像を振り払うと、私は中央線の電車に飛び乗った。

部屋の明かりはついておらず、テコはまだ帰ってはいないようだった。

教えられていた鉢植えの下から鍵を取り出すと、私は女ひとりの部屋にさっさと入っていった。

そうすることにふしぎとなんのためらいも感じなかった。

――たぶん今までの自分ならこんなことはしない。

私は部屋でテコの帰りをひとりで待ちながら、そうおもった。寮を出るとなれば、すぐにでも新しい住居を捜さなければいけないことはたくさんある。それにテコと姫子、この二人とは今後どうつき合っていけばいいのか、それについてもはっきりとした考えすら持っていない。

――なるようになるさ。

私はたばこを吸いながら胸のなかでつぶやいた。

姫子の二十万、それにきょうは、布施にも十万を借りた。全部で、三十万。あらためてその金額のことをおもってみると、ちょっと恐ろしい気がした。なにしろ、私の生活費のほぼ一年分ぐらいにも該当するのだ。

卒業するまでに返せばいい。しかし俺も金貸しの息子だから、月に三分の金利はちゃんともらうぜ。

世の中には、すごいやつもいるものだ。私は布施の顔を思い浮かべながら、しみじみとそうおもった。今頃は、永田や陸稲、それにK大やW大と戦っているにちがいない。

あの四暗刻を自摸ったとき、あいつは、おまえなら麻雀で必要なときにはいつでも金を貸してやる、といった。つまりそれは自分に博才がある、と見込んだということだろうか――。

十二時過ぎに、テコが帰ってきた。

「何時ごろ来たの？」

ちょっと前だと私は答えた。

「お腹空いていない？」

空いている、と私は答えた。

白いパジャマに着替えたテコがすぐにキッチンに立った。ソーメンを作ってくれるという。

開け放った窓から、涼しい夏の夜風が流れてくる。

「ねえ、蚊が入ってくるから、窓を閉めて」

私は窓を閉め、ついでに部屋の蛍光灯を消した。

明かりまではいいのよ――。テコの声がキッチンから聞こえた。私はキッチンに立つテコの背後にそっと忍び寄り、彼女を抱き締めた。

「あとでよ」

テコが身体をよじった。

「いいんだ。今、こうしていたいんだ」

私のなかでなにかが暴れていた。

ついこの間までは、テコのことをおもうと胸が締めつけられるような気がしたのに、今の私の胸のなかにあるのは、そうした甘味な、切ない想いとはまったく無縁の、どこか殺風景で殺伐《さつばつ》とした感情だった。

私はテコをそのままキッチンの床に押し倒し、激しく彼女を求めた。

キッチンの明るさと蛍光灯の灯の消えた居間との境目が目に入る。それはまるで、ついこの間までの自分と今ある自分との時間の境目のようにも私の目には映った。

鍋が沸騰する音が聞こえた。まな板の上のソーメンが床にパラパラと落ちた。

「どうしたの？」

すべてが終わったとき、髪をかき上げながら、テコが私の目をのぞき込んだ。

「どうもしやしないさ」

「でも、これ、涙、でしょ」

テコが笑い、私の目尻を指先でさすった。

ガスを止め、キッチンの蛍光灯も消し、真っ暗な部屋のなかで、テコと私はお互いに裸のままで横たわった。

居間の窓から街のネオンが遠くに見えた。

「悩んでいるみたいね」

テコがいった。

「悩んでなんかいない」

私は答えた。

「いいこと――」テコがいった。「なにもしない前に、正解なんて欲しちゃだめよ。そういうことを欲するのは、あなたとはちがう、ちゃんとしたひとたちが選択する道なのよ。あなたは、結果的に正解だったかどうか、それを事のあとで考えるタイプのひとよ」

「君は？」

「わたしも、そう。だから、そういう生き方をしてるでしょ？」

「自分の将来を心配したことはないのかい？」

テコがクスッと笑った。

「そういうことは、そういうときが来れば、自然と頭のなかに浮かんでくるものよ。今は今、自分の今の時間に自分で納得していれば、それでいいのよ。あなたは、博打に強くなりたいんでしょ？　博打の世界に、今、という時間以外になにがいったい大切だというの？　そんなことを考えているうちは、強い博打打ちなんかには、きっとなれないわ」

テコと私は、再び激しく身体を寄せ合った。薄闇のなかで、白いテコの身体がしなった。テコに背を向けさせた。波打つ彼女の背に、菩薩の像をおもい浮かべた瞬間、私は果てた。

それから私とテコは、ベッドに場所を移し、何度か互いを求め合った。東の空が白々として来、窓の表に雀の鳴き声が聞こえはじめたころ、私はテコの腕のなかで深い眠りに落ちていった。

目覚めたとき、テコの姿はなかった。すでに陽は天空に輝いている。

ベッドの脇のテーブルに彼女の置いたメモがある。

——冷蔵庫に軽い食べ物を作っておいたから、召し上がれ。それと、レフティ、ってなに？　うわごとのようになんどもいってたわよ。私はもう仕事の時間、いたければ、どうぞ。帰りたければ、どうぞ。テコ
冷蔵庫を開け、サラダと冷奴、そして冷たく固まった目玉焼きを食べたあと、私は電話を手に取った。

陸稲の声がすぐに耳に響く。まだ麻雀をやっているという。それに赤門も加わっているとのことだ。

「おい、あの布施というの、なかなかいい麻雀を打つな。永田と互角の勝負をしているぞ」

すぐに行く、と私はいった。

部屋捜しのことなどどうでもいい。場合によっては、麻雀屋で寝泊まりしたっていいんだ。

私は慌ただしく靴を履きながら、そうおもった。

12

新宿駅で降り、乗り換えの連絡通路を歩いているとき、構内の隅にある赤電話が目についた。

迷ったのはほんの一瞬だった。私はポケットの十円玉を握りしめるとその赤電話に向かった。時刻は午後の二時をすでに回っている。いくら夜が遅い姫子でももう起きているだろう。しかし私の期待に反して、電話の呼出し音が空しく耳に響いた。七度目のコール音が鳴ったとき、私は受話器を戻した。

高田馬場に着いたとき、私は再び公衆電話ボックスに飛び込んだ。

特に姫子に用事があるわけではなかった。だが、来る電車のなかで覚えた、さざ波のように胸に広がる不安、あるいは焦燥感《しょうそうかん》というものに駆られた私の身体は姫子の声を欲していた。

寮を出なければいけない――。ついこの間まで想像していた学生生活とはほど遠いところに逸脱しようとしている――。そして増えつつある借金――。

あれほど昨夜はテコと愛し合ったのに、結局私は彼女にそうした諸々の悩みは打ち明けなかった。打ち明けるというより、私は彼女の身体のなかに逃避しようとしていた。その自分勝手な肉欲がまた私を苦しめてもいた。

博打の世界に、今、という時間以外に、いったいなにが大切だというの……。

寝物語にいったテコの言葉は、うなずけはした。だがしかし、そうした表現は、彼女流の私に対する精一杯の慰めにしか過ぎない。

テコは若く、きれいで、それに聡明ですらある。父親の姿を通して、博打打ちというのがどういう人種であるかということも十分に理解しているであろう。

しかし、テコと姫子には決定的なちがいがひとつあった。テコは博打の何たるかを知っていても、博打を打ちはしない。姫子は博打の何たるかを知る前に博打を自分で打っている。つまるところ、私がいま抱いている不安や焦燥を鎮めてくれるのは、テコの肌やことばではなく姫子の皮膚や妖しい息づかいであるように、私にはおもえたのだった。

先ほどと同じく、今度も私は七回のコール音を耳にしただけだった。

電話ボックスを出ようとし、ふとおもいついて、私はポケットの住所録を取りだした。

例の麻雀屋にいるのではないか——。それに、なんとなくレフティも一緒にいそうな予感がした。

電話に出た男は、先日のマネージャーのようだった。私は、「クラブ姫子」のママは来ていないか、と訊いた。

勘は当たっていた。来ているという。私は姫子に取り次いでくれるよう、いった。

――おたく、どちら？

告げた名前に、すぐにおもい当たったらしく、とたんに男の口調が猫なで声に変わった。

――たまには顔を出してくださいよ。

麻雀の真最中なのだろう。三十秒ほどたってから、姫子が電話口に出た。

――なに？　今、どこにいるの？

特に用事はないんだ、今は高田馬場の公衆電話から電話をかけている、と私はいった。

――なら、こっちに麻雀を打ちにいらっしゃいな。神戸もやってるわよ。

姫子が電話口で含み笑いを漏らした。

それが一瞬、私をカッとさせた。

彼とはそのうちに麻雀をやる、今はただママに会いたいだけなんだ、と私はいった。

声を聞く、ただそれだけのつもりだったのだが、私の口からはごく自然に、そんなことばが出ていた。

回線に、ちょっと考えるような振動音が流れた。それから姫子が送話口を掌で被ったような小声でいった。

――この間のとこ、わかるでしょ？　あそこで一時間後……。あなたの名前で先に部屋に入っていて。

そういうと、姫子は一方的に電話を切った。

私は受話器を置くと、電話ボックスにもたれてたばこを一服吸った。

夏の灼けつくような太陽の下で、遠くに路面電車がゆっくりと走っているのが目に入った。道を行き交うひとの顔には玉のような汗が浮かんでいる。

なんとなくレフティに対して溜飲を下げたような気分になった。だがそれは一瞬の感情だった。すぐに私は、やり切れないような自己嫌悪に陥った。

結局、自分はレフティと麻雀をするのを逃げている。今あいつと麻雀をやったらコテンパンに打ちのめされる。それを知っているからだ。レフティは姫子に惚れているという。だから、そんなあいつの感情を逆手にとって、単に自己満足しているんだ――。

そうおもうと、矢も盾もたまらなくなった。

私は再び電話ボックスに入り、もう一度、姫子に電話をかけた。

――どうしたの？

今度はすぐに姫子が電話に出た。

これからそっちに麻雀をしに行く、と一言いい、姫子の返事を聞かずに私は受話器をフックした。

勝負事なんてやってみなければわかるもんか——。私は駅の改札口に向かいながら胸でつぶやいた。

たしかに今は麻雀の実力はあいつのほうがはるかに上だろう。だが、自分にはあいつに負けない武器がある。牌を引く力、自摸《ツモ》ではあいつと互角か、むしろそれ以上の強さがあるのではないか。げんにきのうの麻雀では、ラス牌のを自摸り、四暗刻《スーアンコ》を完成させたではないか。

麻雀の強いやつが、弱いやつに対して、五分か五分以下のものがたったひとつある。それは、引き、だよ、麻雀の神様ってのは気紛れでな。伎倆の劣るやつには、引き、という強い武器を与えた——。

私が永田に麻雀を教えてもらうようになったとき、彼から最初にいわれたのはそのことばだった。

人の捨て牌を食えば、自分の自摸の力はその分だけ少しずつ落ちてゆく。だから長いこと麻雀を打ちつづけていると、引き、が弱くなるんだ。

永田は、最初、面前での手作りの方法しか教えなかった。面前こそ初心者の最大の攻撃方法だ——。

新宿で電車を降り、私は歌舞伎町の街へと足を向けた。

新宿歌舞伎町。表通りは人波であふれ、一見きらびやかさを装う。しかし、その表通りを一歩踏み込んで路地裏に回れば、ノラ犬やノラ猫が徘徊し、異臭を放っている。そして夜の帳《とばり》が下りれば、輝くネオンが街全体を包み込む。まるで、どの路地もそしてそこに巣食う人種までもが、均一で同じ光を反射するかのように——。

風林会館の建物が見えたとき、私は一瞬目が、くらっとした。

麻雀屋のドアの前で立ち止まり、一度深く息を吸い込んでから、私はノブに手をかけた。

いらっしゃい——。迎えたマネージャーの声に、麻雀を打っていた姫子が口元に笑みを浮かべた顔を私に向けた。すでに店に出る準備を整えているようで、薄い格子縞の入った麻の着物を着ている。

その姫子の様子をうかがいながら、アロハシャツ姿のレフティもちらりとした一瞥《いちべつ》を私に寄越した。しかしそれも一瞬のことで、まるで私を無視するかのように、すぐに目を逸らす。

「ちょっと待ってもらえます？」

マネージャーが私をソファに案内した。待っている客はひとりもいない。

四人組が窓際で一卓、ブーは姫子とレフティの卓の他にもう一卓稼働している。しかしどの卓も店のメンバーは加わってはおらず、誰かが席を立たない限り、私の出番はなさそうだった。

出されたおしぼりで顔と手を拭い、冷たい麦茶を一気に飲み干した。おしぼりは、暑さからではなく緊張で滲んだ汗を拭い取り、麦茶は胸の動悸からくる喉の渇きを潤した。

私はそんな自分をさとられないように、脇に置いてある週刊誌を手に取り、ブーの三卓を観察した。

私のすぐ近くで打っている姫子の卓は、勤め人風だがいかにも仕事をサボって麻雀にうつつを抜かしているような中年の二人と、若い遊び人風。レフティの卓は、先日私の打牌に文句をつけた土建屋風、それと水商売をおもわせるレフティと同年代、しかしもうひとりはどう見てもやくざとしかおもえない中年の男だった。

「あそこのお客さんが、もう一、二局で終わります」

マネージャーがレフティの卓を顎でしゃくり、私に耳打ちをした。どうやら水商売風がやめるらしい。

願ったり、だった。たとえ空いたとしても、私は姫子の卓や他のもうひとつの卓で打つつもりはなかった。勝とうが負けようが、きょうの勝負はレフティだ。

もう一杯麦茶を頼み、私は目の前にいる姫子の背を見つめ、意識してレフティから視線を逸らした。

背後にいる私を忘れているかのように、姫子が摸打《もうだ》を繰り返す。その動きが、先夜のホテルでの彼女の痴態を私におもい起こさせた。薄手の麻の着物の下にある菩薩の入れ墨が私の瞼に浮かんだ。

自分の身分を賭けて博打をしなさいな……。

姫子がいったそのことばが頭のなかをよぎったとき、すっ、と電流のような快感が私の背筋に流れた。それは、学園や寮の学生仲間で囲む麻雀、そして高田馬場で、陸稲《おかぼ》や永田、赤門たちと打つ麻雀では決して覚えたことのない、痺れるような感覚だった。

「マルエー、ありがとうございました」

マネージャーのひときわ高い声が私を現実に呼び戻した。

見ると、レフティが卓上に出された金を手にしている。

「お待たせしました」

マネージャーが私を呼んだ。

水商売風の若い男が腰を上げている。どうやら予定より早く終わりにしたらしい。男の横から、レフティがチラリと私に視線を寄越した。

私は週刊誌を置き、からからに渇いた口のなかでそっと舌先を丸めた。

卓に向かおうとする私に姫子がいった。

「きょうの神戸、いつにもまして調子がいいみたいよ」

「僕もさ」

私は姫子に笑顔を向けると、レフティの卓の空いた席に腰を下ろした。

布陣は対面がレフティ、下家がやくざ風、そして私の上家が土建屋風。

「このあいだの坊主か」土建屋風がジロリと私を見、いった。「メンバーがメンバーだ。人に迷惑をかけないように、しっかり打てよ」

そのことばにレフティが小馬鹿にした笑みを口元に浮かべた。

「僕はツッパリ勝負ですから」

「それでいいんだ。坊主。ひとのことは気にすることはねえや。自分の好きなようにやんな」

白い開襟シャツ姿のやくざ風が、たばこに火をつけながら横から口をはさんだ。

そのことばに土建屋風がムッとしたように口を噤《つぐ》んだ。

私と目が合うと、やくざ風が人懐っこい笑みを目元に浮かべた。

遠目では四十前後かとおもったが、ずっと年を食っている。

私は会釈を返し、黙って卓上の点棒を自分の点棒箱に揃えた。

やくざ風の男の口添えで、私の身体全体に張りつめていた緊張が、すっと消えていった。

レフティの前に、連チャンのダブルを示す銀色のメダルが置いてある。

「じゃ、お願いします」

マネージャーが横から声をかける。それを機に、三人の手が卓の上に伸びた。

目まぐるしいほどに鮮やかな手捌《さば》きで、三人が牌山を作ってゆく。そのなかでも、レフティの指先の動きが格段に早い。私が下段の山を揃えているときには、すでに十七の牌山を完成させていた。

最後に積み終えた私の山を確認するように見たあと、前回のラス上がりでトップを決めたレフティが賽子《さいころ》を振った。

七。私は賽子を握り、振り返した。六。ドラは伍萬。

山を二つ残した所から、レフティが配牌を取りはじめる。

手配を広げて、一瞬、私の胸の動悸が早鐘を打ったように鼓動した。

こんなことがあるだろうか――。配牌は、やくざ風とレフティの山を取り込んだものだ。
これはもしかしたらレフティが積み込んだのではないか。

ブーに役満など必要はない。まだ点棒の動きのない東の一局なら、小三元の満貫を自摸《ツモ》り上がれば、マルエーになる。

　私は自分の掌が汗ばむのを覚えた。

　そんな私など斟酌《しんしゃく》もしないように、レフティが無言で第一打、定石通りともいえる、オタ風の［北］、を切った。

　つづく南家の土建屋風が、［發］。

　ポン、と喉まで出かかったことばを私は飲み込んだ。役満を狙うなら、見送り、という手もある。しかし満貫で十分なのだ。ならば、ここは当然、鳴きの一手だろう。

　しかし、私はそれを見送り、ごく自然に、牌山に手を伸ばしていた。それは理屈ではなかった。なにか目に見えないような力が、私の手を牌山に引っ張り込んだような感覚だった。

　ふと、後ろにひとの気配を感じた。

振り返ると、マネージャーが、私の後ろに立って、じっと私の手を見つめていた。

第一自摸の［八萬］を、そっと私は自摸切りした。

二回、無駄自摸がつづいたあとの三巡目、盲牌した親指の感触に私の胸は高鳴った。［　］。

　ここまでの捨て牌を見るかぎり、対面のレフティ、上家の土建屋風、下家のやくざ風、三人それぞれの切り牌はみなオーソドックスで、ごくふつうの手のようだった。それに引き替え、私の捨て牌は、手が決まっているぶん、やや変則な感がある。

ブーは、別名、落とし麻雀といわれるように、リーチ麻雀とはちがって上がりの点数を競う勝負ではない。したがって、役満を狙うとき以外には、三元牌を二つ鳴いたあと、最後の三元牌を叩いてはいけない。自摸っても三フーロさせた者の責任払いとなり、ひとり払いのチンコロになってしまう。つまり、□、發、中の、どれかいずれかひとつを暗刻《アンコ》にするのが最上なのだ。むろん点棒の動きのない局面では、小三元の満貫で十分となる。

私がマルエーを狙うには、残りの対子、發、中、の、いずれかの二つを叩くか暗刻にし、四萬七萬の両面待ちで引きに賭けるのが理想となる。

しかし、展開は私のおもうようにはならなかった。發や中、それにすらも出ないまま六巡目に七萬を引き、一向聴《イーシャンテン》になった。

七巡目、上家の土建屋風が場を見回してから、生牌《ションパイ》の中を切った。

「ポン」

私は声を発し、安全牌の北を捨てた。

□□□伍萬六萬七萬發發　中中中《ポン》

誰かがリーチをかけ、リーチ棒でも出れば、私は二コロでこの局を終わらせるつもりだった。とにかくレフティの前にある連チャンのメダルを外すことが大切なのだ。

しかし、【發】が押さえられているとしても、【一索】が場に一枚も出ていない。この順目に来て生牌ということは、誰かが対子で持っている可能性が高い。あるいは山のなかで眠っているのか——。

私が場にさらした【中】を、レフティがチラリと見、たばこを吹かした。

下家のやくざ風が、【四萬】を自摸切り。それをレフティが、ドラを絡めて、【三萬】【四萬】【伍萬】、とチーをし、一瞬私の顔を見てから、二枚目の【發】を捨てた。

大三元の役満——。しかし私は、ロン、と喉もとまで出かかったことばを飲み込んだ。

それはただ単に、その上がりではレフティのチンコロになってしまうという理由からばかりではなかった。なんとなく今回の配牌が彼におぜん立てを食らっているような気がしたからだ。

——配牌から上がりまで……、冗談じゃない。

私の胸のなかにムラムラと反発心が頭をもたげた。

レフティが私を見、ちょっと小首を傾げた。まるでその【發】が私の当たり牌であることを知ってでもいるかのような顔つきだ。

しかし【發】はもうカラだ。残りはシャンポンのかたわれ、【一索】だけになる。

ブーの常道なら、ここはとりあえず【發】を叩き、【四萬】【七萬】の振り聴にして引きに賭ける手だろう。

——やつにお目こぼしなど受けるものか。やつの思い通りになど打つものか。

後ろにいるマネージャーが小さく動くのを私は感じた。たぶん、私の打牌に納得がいかないのだろう。

次順、上家の土建屋風が🀓を切って、百点棒を卓上に放った。

「リーチ」

瞬間、しまった、と私はおもった。もし發を叩いていれば、主導権は私にあり、上家はリーチをかけてこなかったはずだ。

内心の動揺などおくびにも出さず、私は自摸山に手を伸ばした。八萬。

ドラ筋で、リーチの土建屋風ばかりか、他の二人にも危ない。

筋の🀐を落とし、回る手か。しかし🀐は生牌だ。一見、タンヤオに見えるが、なんとなく私は、この🀐が対面のレフティに危ない牌のような気がした。早い巡目に、🀓が切られている。ということは、🀐が対子ということも考えられる。だが三萬四萬伍萬で食いを入れている以上、手はタンヤオの可能性が高い。しかし私が警戒したのは、親の彼の場風であるW東の姿が見えないからだった。あるいはレフティは、そのW東を暗刻で抱えているのではないか。もしそうなら、下手をすれば二コロを食らってしまう。

私は枯れた[發]を一枚切り出した。

後ろで、またマネージャーが小さく動いた。

――やつにだけは負けない……。

下家のやくざ風が現物の[一萬]。つづいてレフティが[四萬]を強打。土建屋風はなにもいわない。しかしあきらかにレフティは聴牌っている。

土建屋風、[八索]の自摸切り。私の自摸、[六萬]。これで[四萬][七萬]に聴牌のし直し。出来上がり。ゴーニー。

下家、また[一萬]。レフティが、ちょっと考えてから、自摸ってきた牌を捨て、私を見た。

私の暗刻の[白]だった。

「カン」

私の声に、土建屋風が、

「ふん」

と鼻を鳴らした。

「坊主、おもしろい麻雀を打つな」

やくざ風が私を見、ポツリといった。

レフティが冷めた目で私の指先を見つめている。

リンシャン牌は🀗。自摸切り。新ドラは🀃。これは場に三枚切れている。

「大三元も小三元もいらねえ、ってことかい」

やくざ風がつぶやきながら、自摸山に手をかける。🀘の自摸切り。

——🀊🀍、🀊🀍、だ……。

白のカンで点がはね、ロクヨン。自摸れば、三コロのマルエーだ。

私は念じるように、親指で盲牌をした。万子、それも先っちょがひっかかった。🀍——。

「マルエー」

背後でマネージャーが声を上げた。

「坊主、なかなかいい麻雀を打つじゃねえか」

やくざ風が、私の上がった手を見、レフティが崩そうとした彼の手牌を、右手でさっと広げた。

レフティの手は、W🀀を暗刻にした🀐と🀈のシャンポン待ちだった。🀐が出れば、点パネして、親の七七。つまり私が雀頭の🀐を落としていれば、彼の二コロの上がりになっていた。

手牌を見られたくなかったのだろう、レフティが顔に露骨に嫌な表情を浮かべ、おもむろにポケットから金を取り出した。

卓上に投げ出されたマルエーの金を集め終えたとき、レフティが私の前に銀色のメダルを、ぽんと放った。

そのメダルを見ながら、やくざ風が口元に、にやりと笑みを浮かべた。

「坊主、見かけより、筋がいいじゃねえか。やりがいがあるぜ」

「たまたま、です」

私はやくざ風の目を受け止め、いった。

さっきの配牌は、たぶん仕込まれたものだ。やったのは、レフティだろうか、それともこのやくざ風だったのだろうか。

明らかにレフティは、私が、發を抱えていることを知っていた。もしレフティの仕業でなかったとしたのなら、彼はこのやくざ風の仕込みを見抜いていたことになる。

洗牌《シーパイ》をし、山を積みながら、私はさりげなくレフティとやくざ風の手元に視線を走らせた。しかし彼ら二人の手捌きは、私の目では、どうにもその判断がつかないほどに、素早く、それに自然だった。

前局のラス上がりである私が賽子を振った。五。もう一度、私は賽子を振った。五。私の親だ。私はつづいて賽子を振った。また、五。私は、賽子をレフティの山に軽くぶつけた。転がった二つの賽子の目は、一と四。四回目になる、五、を示していた。

「坊主、賽《さい》の目まで自由自在じゃねえか」

下家のやくざ風がいい、笑った。

五残し。

積み山を記憶するのはイカサマじゃない。永田にいわれたように、私はできるかぎり自分が積んだ山は覚え込むように努力はしていた。しかしそれでも記憶できるのは、両端の、四、五牌ぐらいのものだ。

前局の上がり親なのに、私の手牌はクズっ手だった。三向聴《サンシャンテン》にはなっているものの、牌形が悪く、どうやら今回は守りに回るほうが良さそう。

ドラはオタ風の🀁。第一打牌に、私はど真ん中の🀋から捨てた。一瞬、対面のレフティが眉を寄せた。ダブルの権利のある親の私に良い手が入ったのかどうかを警戒しているのだろう。

四巡目、上家の切った🀁に私は合わせ打ちをし、同じく🀁を捨てた。つづいてやくざ風も🀁。レフティは🀘。

どうやらレフティはまだ聴牌していないようだ。なぜなら私は、私の山から最初に取った彼の四枚の配牌のなかに、ドラの🀁が入っていることを知っていたからだ。その🀁がつづけて三枚捨てられた。ということは、レフティは安全牌として🀁を手の内に温存していることになる。

そのレフティの捨て牌の河《ホオ》。

🀙🀈🀉🀘

他の二人、下家のやくざ風の河は索子が高く、もうひとりの上家はドラを捨てている以上、もう聴牌しているとみていい。

私は五、六巡目に上がりを放棄し、下家に高い索子を押さえ、万子と筒子を切り飛ばしていった。そして、レフティと上家の河にある🀌に目をつけ、いざとなったらそれを安全牌にすべく、🀏だけは対子のまま残しておいた。

シビレを切らしたのか、上家の土建屋風が十二巡目に黒棒を卓上に放り、🀛を自摸切りしてリーチをかけた。

私の自摸、たった今リーチをかけた現物の🀛。そのまま自摸切り。下家のやくざ風、安全牌の🀅。

レフティが安全牌に残している🀁を切るものとばかりおもっていた私は、一瞬、自分の目を疑った。彼が黒棒を出し、🀋を強打して、追っかけリーチを宣言したからだ。

そんな馬鹿な――。私は半信半疑の気持ちで、もう一度、レフティの河を凝視した。

　私は自分の積んだ山の左六牌の記憶をたどってみた。

　レフティが持っていった四牌。それには、🀈と🀆、そして間違いなく🀁と🀀の風牌を積んだ。🀆と🀀はレフティは捨てている。だが🀁はどうしたのだろう……。あるいは、下家のやくざ風の山にずらしてしまったのだろうか——。いやそんなことはない。確かに私は積んだ——。

　ということは、レフティはノー聴のカラリーチをかけたのだろうか。そんな馬鹿な——。

　だがたったひとつ🀁を必要とする役がある……。国士無双の役満……。

　私はもう一度、レフティの河を見つめた。そうだ、それにちがいない。

　上家の自摸、🀠。私の自摸、🀏。これで対子で持っていた🀏が暗刻になった。その🀏は、早い順目に下家のやくざ風が一枚捨てている。つまり、もし私の記憶に間違いがなく、しかもレフティのリーチがノー聴リーチでないとするなら、彼の当たり牌は、たったいま私が暗刻にしたこの🀏以外にはあり得ない。

　私はちらりとレフティの顔を盗み見た。レフティが瞬間、私の目を受け止め、それから何事もないようにたばこに火をつけた。

　上家の土建屋風のリーチに通す現物は、私の手のなかにはひとつもなかった。たぶん土建屋風の待ちは、場にちょっと高い索子の下のほう、万子があるとすれば、🀍の下筋、二萬伍萬、一萬四萬あたりだろう。しかし伍萬は、すでにレフティが一発で通している。

ブーのリーチは、自摸って全員をマイナスにする勝負なので、ごく当たり前のように見逃しがある。しかし二人リーチでは、他から出れば二コロとなり、まず見逃しはない。しかしこの麻雀、メダルという、連チャンすればレートが倍になるというルールでは、比較的チンコロでも出上がりにしてしまう。とりあえずその権利を手中にし、次回にチャンスを狙うためだ。

レフティは国士無双の九萬、そして上家は索子の待ち――。そう自分にいい聞かせ、私は手のなかにある万子と筒子を切り飛ばす腹を固めた。

まず手始めに筒子のど真ん中の五筒。

「坊主、ダブルかね」

やくざ風が私の打った五筒と私とを交互に見、警戒の色を滲ませた。当然だった。百点棒一本だけとはいえ、リーチをかけた二人はすでにマイナスしている。もしこの局面で、やくざ風が親の私に直撃のゴッパー以上を打ち込めば、それでゲームセット、つまりメダルのマルエーになるからだ。

慎重に場を見回してから、やくざ風が九索を切った。これは土建屋風に強い。あるいは、やくざ風の手の内に、壁となる八索か七索を暗刻で抱えているのかもしれない。

そのあと、リーチ二人の自摸切りがつづいた。私は当初の予定通り、万子と筒子を無造作に切り飛ばした。それでやくざ風が、私を聴牌と読んだのだろう、どうやら降りに回ったようで、リーチ後に通った🀑の暗刻落としを始めた。

流局近くになり、レフティの顔に、不審げな、そして若干焦りを含んだ表情が浮かんだ。たばこをしきりに吹かす。

海底《ハイテイ》である下家のやくざ風が、🀈を切って場が流れた。

「ノー聴です」私はいった。

「なに？　ノー聴？」下家のやくざ風が訊き返し、声を出して笑った。

上家の手は、メンタンピンの🀒🀕待ちだった。レフティが自分の手牌を伏せたまま、残された私の山に手を伸ばした。牌を裏返したあと、顔一杯に不可解な表情を浮かべた。

「なんだ、おまえの手は？　早く開けろ」

やくざ風に促され、レフティが両の手で器用に牌をひっくり返した。私がおもった通り、彼の手は、🀏待ちの国士無双の役満だった。

「そんな手が入っていやがったのかい」

やくざ風が驚き、なかば感心したような声を出した。

レフティが左手で、私の手牌をひっくり返した。そして暗刻になっている🀏を見つめたあと、声を出して笑った。

「なるほどねぇ。やるじゃねえか。ははっ、こいつはお笑いぐさだ。おもしれえや。きょうはとことんだな」

姫子が帰ったあと、私、レフティ、やくざ風の順で三人が一回ずつトップを分け合った。

「じゃ、俺はこれで——」

レフティが腰を上げた。

「あそこでいいのか？」

やくざ風がレフティに訊いた。これが最終局だというとき、レフティと彼とが場所を替えて麻雀を打つ約束をしていた。

「一時ということで」

レフティがうなずき、それから私を誘った。「そっちはどうだ？」

「いいですよ」

夜中の一時に始めるということは、徹夜で徹底的にやる腹なのだろう。しかし、レフティとやくざ風がいう、あそこ、という所がどこなのか、私にわかるはずがない。

レフティが抜けた麻雀に興味が失せた私は、

「僕も終わりにします」

といって、腰を上げた。

横からマネージャーが、もっとつづけたらどうか、と私を誘った。

「好きにさせたれや」やくざ風がマネージャーにいってから、私に笑みを向けた。「じゃ、坊主。あとでな」

レフティと一緒に麻雀屋を出た。

すでに街にはネオンが輝いているというのに、一向に涼しくない。真昼の太陽を吸収したコンクリートのビルがその熱を吐きだしているようだった。

「場所はな――」

レフティがポケットからボールペンとマッチを取り出した。マッチは姫子の店の物だった。その裏に、レフティが左手を器用に操って地図を書き込んだ。隅っこに電話番号を添える。

「この麻雀屋はブーじゃない。卓も二つだけで、知り合いの者だけが使う、いわば会員制みたいなやつだ。この地図でだいたいわかるな？」

私はうなずいた。

その麻雀屋は、新宿というより四谷に近い、大京町の辺りだった。

「食い物、飲み物、そんな一切合切は、すべて無料で面倒みてくれる、それこそ至れり尽くせりの麻雀屋だ。希望とあれば、女だってな」レフティがいい、下卑た笑いを浮かべた。

「ところで、おまえ、金はあるんだろうな？」

レフティと麻雀をやるのは望むところだ。だが私は、肝心のレートをまだ聞いていない。今の麻雀で若干プラスだった私の懐には、たぶん二十万近い金があるはずだ。

「金、って、いったいどのくらいのレートでやるんですか？」

「ピンピンの三、六、それに差し馬は各自が自由に——、ってやつさ」

「ピンピンの三、六、って？」

「千点千円、馬が三万六万、つまりラスがトップに六万、三着が二着に三万、ってことだ」

ということは、箱点のラスを引くと、九万も出る計算だ。もし差し馬に加われば、下手をすれば半チャン一回で、十二、三万……。つまり私の懐に今ある資金では、一回分がやっとだった。

レフティに持ち金を正直にいう気にはなれなかった。かといって逃げる気もない。きょう、今まで打っていた、あの牌勢があればなんとかなる。最初の半チャンさえしのげれば、なんとかつじつまを合わせられるのではないか。

「金がなきゃ、代わりのやつはいくらでもいるんだぜ」

私の胸を見透かしたように、レフティがいった。そのことばで私はふんぎりをつけた。

「一時に。まちがいなく行きますよ」

うなずくとレフティが背を向けた。

私は周囲を見回し、薬屋の角にある赤電話を見つけると、十円玉を放り込んだ。

姫子のあの目は、電話をしろ、というふうに私は解釈していた。それも、レフティが店に戻る前……。

私は電話に出た男に、ママを呼んでくれるよう、いった。名前を尋ねられたが、繋いでもらえればわかる、と答え、自分の名前を口にしなかった。

すぐに姫子が電話に出た。

「僕だけど——」

姫子が声をひそめて、いった。

——このあいだのとこ、わかるでしょ？

このあいだ？　私の頭のなかに、あの朱色の壁のホテルの一室が浮かんでいた。

「風林会館の裏……？」

——そう、そこで十分後。あんたの名前で部屋に入ってて——。

そういうと、姫子がいきなり電話を切った。

時計を見た。八時五分前、だった。店はどうするのだろう……。

シャツの背が、汗でべっとりと湿っている。私は一度大きく深呼吸してから、風林会館のほうに歩き始めた。

うろ覚えの道をたどってゆくと、このあいだのホテルの看板が目に飛び込んできた。

あとから連れが来るから——。私はフロントにいい、自分の名前を告げた。

料金を払って鍵を受け取り、エレベーターに乗って部屋に向かった。

冷房の効いた部屋の空気が、背中の汗を引っ込ませる。たばこを吸いながら姫子を待った。

三本目のたばこを吸い終えたとき、ドアがノックされた。

開けると、着物姿の姫子がいきなり私に抱きついてきた。

「早く、ドアを閉めなさいよ」

姫子が私の耳元でささやいた。

私はそのままの姿勢で、後ろ手にドアを閉め、錠をかけた。

姫子が口に舌を絡めてきた。私は夢中でそれに応えた。

汗に代わって、背中でなにか別のひんやりとしたものが流れたような気がした。しかしそれも一瞬だった。すぐに私の頭のなかは、真っ白いもので覆われていった。

「明かりを消しちゃ、だめ……」

姫子が格子縞の着物を、はらりと脱ぎ捨てた。明るい部屋の中央で姫子の白い裸体が輝いた。

ベッドで、姫子は、このあいだの夜とは比べようもないほどに乱れた。

「坊や、いいわ……」

うわごとのようにいい、みだらなことばで、姫子が私を翻弄する。

みだらなことばが姫子の口からもれるたび、真っ白になった私の頭のなかで、極彩色《ごくさいしき》の絵の具をちりばめたような万華鏡の世界が広がった。

姫子が鋭い叫びをあげたとき、万華鏡が姫子の背の菩薩の像を形作った……。

その瞬間、私ははじけていた。

「男はね」背中の菩薩像を波打たせながら、姫子がいった。「毀れようとするぎりぎりのときが、一番男の匂いを発するのよ。わかる……?」

「わからない」

白い背中の菩薩像を指先でなぞりながら、私は答えた。

「毀れてしまった男には魅力がない。まっとうな男はもっと魅力がない。女は媚《こび》を売っても生きられる動物だけど、男が媚を売って生きるようになったらおしまい。ねえ、坊や……」

姫子が顔を上げ、私を見ていった。「毀れるか、毀れないか、そのギリギリで生きる生き方を、おし……」

しばらくまどろんだあと、姫子がバスルームに誘った。

石けんの泡に包まれた私の身体を姫子がシャワーで洗い流す。

「スポーツ、なにかやってるの？」

「むかし、野球をちょっとだけ」

「今は？」

「なにもしていない」

小学校、中学校までは、ピッチャーで四番だった、と私は姫子にいった。

「なぜやめたの？」

「あるときから、団体プレーというのが、とてもめんどうくさくなったからだよ。それに先輩後輩というあの関係にもね」

「博打打ちっていうのは孤独なのよ。けっきょく、あんたにはその血が流れているんだわ」

今度は私が姫子の身体に石けんを塗りたくった。

「この菩薩、とてもきれいだ。ときどき頭のなかに浮かぶ」

「どんなとき？」

「麻雀をしているとき、眠っている夢のなか、それにアレをしてはじける瞬間――」

姫子が含み笑いをもらした。

石けんの泡が流れ落ちた、うっすらと赤味を帯びた姫子の白い背肌に、くっきりと菩薩の像が浮かび上がっている。私はその菩薩像にそっと唇をはわせた。

「こうすると、ツキを呼ぶかな」

「ツキを呼ぶかどうかはわからない。でも疫病神だけは追い払ったわ。すくなくとも、これまではね」

浴室を出、ベッドに腰を下ろすと、姫子がいった。

「それで、きょうは神戸と麻雀をやることになったんでしょ？」

「そうだよ」

私はレフティから聞いた麻雀の内容を姫子に説明した。

「そう、有坂もやるの」

どうやらやくざ風の名前は有坂というらしい。「あのひと、どういうひと？　堅気じゃないのはわかるけど」

「歌舞伎町を根城にしているある組の幹部よ。でも、だいじょうぶ。有坂は麻雀では悪さはしないわ。麻雀はほんの手慰みみたいなものだもの。彼の本職はカルタ」

「カルタ、って？」

「花札よ。手ホン引き、とかね。そんなことも知らないの？　無理ないか、なんてったってまだ世間知らずの学生さんなんだものね。でもいっとくけど、カルタにだけは手を出しちゃだめよ」

そういったあと、ふと気づいたように姫子がいった。

「それはそうと――。あんた、お金はあるの？　そのレートでは、十万二十万の種銭じゃ追いつかないわよ」

「二十万ぐらいしかない。でもさっきの麻雀の調子ならなんとかなるとおもう。なるとおもうというより、絶対に負けるわけにはいかない」

姫子が、あきれた、というような顔をし、諭《さと》すような口調でいった。

「あんたねぇ、しっかりお聞き――。その麻雀もそうだけど、もしもこれから先、あんたがいっぱしの麻雀打ちとして街なかでやっていこうというのなら、鉄砲だけはだめよ。腕の一本や二本、いらないというのなら別だけど……」

「でも、今さら引けない」

姫子を見つめ、私はいった。

ふぅ。しばらく私の目を見つめ返したあと、姫子が吐息をもらした。

「毀れそうになっている坊や、ってのはほんとうに魅力的なんだから……。なぜそんなに神戸に対抗意識を燃やすわけ？」

「燃やしているのは僕じゃない。レフティさ。その理由はわかるだろう？」

姫子が私の唇を細い指でなぞりながら訊いた。

「だから負けられないということ？」

「それもある……」

私は、寮を出て、下宿かアパートをさがさなければならなくなったいきさつを姫子に説明した。

「だから絶対に負けられない」

姫子がたばこに火をつけ、考えている。そして、いった。

「うちに、いらっしゃいな」

「うちに、って——、ママの家にということ？」

「そう」

「それ、って……」

私はいい淀んだ。

「情夫《イロ》、といいたいんでしょ？」

私は黙って姫子を見つめた。

「情夫、っていうのはね。なにもせず、女の稼ぎで食べるだけの男のことをいうの。あんたにその気がある？」

私は首を振った。

「でしょ。ということは世間でいう情夫、ってわけじゃないわ。あんたには家もお金も貸してあげる。でも無条件というわけじゃない。このあいだお金を貸してあげたときに学生証は預かってしまった。だから今のあんたから預かれるものは、もうその身体しか残っていないわ。でもね、いっとくけど、預かったからといって、別に首に鎖をつけて縛っておこうっていうわけじゃない。あんたは若いし、これからいろんな世間を見なきゃいけない。それに他の女も知りたいに決まっている。自由におし。そんなことまで縛ろうなんて気、私にはこれっぽっちもないから。でも、もし私の家を出るときには、すべてをきちんと清算してからにするというのが条件。どう、のめる？」

「でも、それで、いったいママにどんな得がある？」

「得？　そんな世間が考えそうな尺度を引っ張りだすもんじゃないわよ。私が興味があるのは、ロクデナシじゃないけど、ロクデナシになりそう、そんなギリギリの淵に立っている男がこれからどうなってゆくのか、それをこの目で確かめることにあるのよ。あんたには、その素質があるもの……」

姫子がにっこりと笑い、私の目をのぞき込む。どうするの？

私は、まるで姫子の瞳に吸い込まれたかのようにうなずいていた。

「そう、交渉成立ね。じゃ、お金を用意しとくわ」

姫子が立ち上がり、ベッドの脇の電話を取ると、どこかと話をしはじめた。

「そう、一本でいいわ。一時間後にお店に届けてくれる？」

電話を置くと、姫子が再び私の横に腰を下ろした。

「お金は、あとでお店で渡すわ。それと、私の家の住所や電話番号も教えておくから、いつでも好きなときに、来たらいいわ」

「レフティはだいじょうぶですか？」

「神戸？　前にもいったでしょ？　神戸は私の恋人でもなけりゃ情夫でもないわ。たんにお店の従業員であり、私の麻雀のお師匠さんだった、というだけ――」

きっぱりと口にすると、姫子は着物の袖に腕を通しはじめた。

「もしもこれから先この街で、やくざ者とのあいだでなにかがあったときは、私の名前を出せばいいわ。それでたいていのことはケリがつくはずよ。それと、きょうの麻雀だけど――。神戸との麻雀で気をつけなければならないコトを、あとで歩きながらでも教えておく……」

麻雀をやる時間まで店で遊んでいれば、という姫子の誘いを私は断った。

一緒に店に顔を出さなくとも、レフティは私が姫子とどこかで会っていたと考えているにちがいない。それに彼女に金まで用立ててもらうのだ。それもなんとなく、気が引けた。

「どうしてそんなに神戸のことを気にするの」

強く拒む私に、姫子もそれ以上もうなにもいわなかった。

店の近くの喫茶店を見て、そこで待っている、と私は彼女にいった。

姫子が消えたあと、喫茶店のなかで、私はコーヒーを飲みながらホテルから帰る道すがら姫子がレフティについていったことをじっと考えた。

神戸の指先はまるでマジシャンなみよ。ツイているときはやらないけど、ツカなくなると荒技を使うわ。もともとは、彼は完全な左ききではないのよ。麻雀のために、左を自由に使えるようにしただけ。野球でも右投げ左打ちというのがあるでしょ。あれと同じ。メンバーのなかで、一番の目ききが神戸の上家になったときが要注意よ。

右手でやる麻雀に慣れた者は、ひとりだけ左手で摸打をするレフティの手の動きに違和感を覚える。そこが付け目なのだという。長いことやっていると、小細工のためにレフティがちょっと手を動かしても、それに違和感を覚えなくなってしまうらしい。目ききのメンバーが上家になると、レフティはそのメンバーの目が死角になるように器用に左手を動かして技を使うのだと、姫子はいった。

口ではそうはいわれても、レフティが使うというその技について皆目見当もつかない。

私はたばこに火をつけ、左の指にはさんでみた。

——みんなの目がある場面でそんなことができるのだろうか。

麻雀を打つ者のなかには信じられないほど器用にサマ技を使うやつがいる。そう永田にも教えられていた。事実、永田も私の目の前で、積んだ山のぶっこ抜きという技を見せてくれたことがある。だが、そんなことができるのは、麻雀のメンバーが気を抜いたほんの一瞬のときだけだという。

左手のたばこを口に持ってゆき、一服吸ったとき、店に入ってくる姫子の姿を目にした。右手に小さな封筒を持っている。

「はい、これ」

腰を下ろすなり、姫子が私の前にその封筒を置いた。

手に取り、袋のなかをのぞいた私はおもわず目をむいた。一万円札がぎっしりと詰まっている。

「こんなに……」

「百、あるわ」

「でも、そんなに必要ない」

「あげるわけじゃない」姫子が笑った。

「いったでしょ。貸してあげるだけ。いずれは清算しなければならないんだから、気にせず好きに使うといいわ」

それと——、いいながら姫子が自分の名刺二枚とペンとを取り出した。一枚の裏にさらさらとペンを走らせる。

「ここが私の住所、それと電話もね」

四谷の若葉町と書いてある。耳にしたことのない町名だった。

「四谷の駅から歩いて五、六分よ。地図も書いたほうがいい？」

姫子がもう一枚名刺を出し、その裏に今度は略図を記し、私に渡してからいった。

「その名刺の裏に、いちおう借用の一筆だけは書いておいて」

「それはいいけど……」

私は名刺と姫子と封筒の金とを交互に見つめた。

百万という金額は学生である今の私にとっては、それこそ縁のない大金だった。寮に入りたての頃は、それこそ千円二千円というお金に神経を使うような生活をしてきたのだ。それなのに、それからわずか半年もたたないうちに、その何百倍もの金をこんなにも無造作に貸し借りしている。それがどうにもピンとこなくて現実味に欠けていた。

その封筒に入っているお金がたんなる紙切れのような錯覚を覚えた。しかし私はなにかに魅入られたように姫子の手からペンを受け取っていた。

借用書――。生まれて初めて記す書き出しだった。金額を書き込んだあと、姫子に訊いた。

「住所はどこにすればいい？」

「そうね――」姫子が首を傾げた。

「あなたの親もとの住所にしておいてくれる？　私はそこを知らないし」

躊躇したのは一瞬だった。私は借用した旨の文面を綴ったあと、その下に湘南の実家の住所と名前を書き込んだ。

「店が終わったあと、もしかしたら私ものぞくかもしれないわ」

じゃ、麻雀頑張りなさい。なんでもないようにそう一言いったあと、借用書代わりの名刺を手に姫子が出ていった。

私はテーブルの上の封筒に手を伸ばした。最初に手にしたときより、はるかに重いように感じた。

数メートル離れた席にいる、ふたりのやくざ風の男が私のほうを見つめていた。私は封筒をポケットに突っ込むと、席を立った。

店を出ても二人が追ってくる気配はなかった。たぶん初めて手にした大金のせいで私の神経が過敏になっているのだ。

通りすがりの小さな焼き鳥屋の暖簾《のれん》をくぐった。焼き鳥数本とビール一本で腰をあげ、その隣にあった小さな薄汚れたバーでハイボールを二杯飲んだ。二つの店で使ったお金は、五千円にも満たなかった。

約束の一時まで、まだ三時間もある。まったくといっていいほど酒に酔わなかった。しばらく歩いてから、私は目についた赤電話を手に取り、「南十字星」のダイヤルを回した。テコに用事があるわけではなかった。ただなんとなく電話をしてみたくなっただけだった。

――どうしたの？

行き交う酔客の嬌声と車の騒音が、耳に届くテコの声を遠くに感じさせた。

いやなんでもない。声が聞きたかっただけなんだ……。私はキラキラと輝く目の前のビルのネオンを見つめながら、いった。

――変なひとね。きょう、お部屋に来る？

たぶん行けないとおもう、じゃあ……。

私はそういうとテコとの電話を切り、今度は高田馬場のダイヤルを回した。出たのは、陸稲だった。

――ちょっと前にお開きになったよ。なにしてたんだ？　おまえが来ればまだできるからって、みんなで待ってたんだぜ。

急用ができてしまったんだ、と私は弁解した。

じゃ、またな。今度は陸稲にそう一方的にいわれてから電話を切られた。

私は受話器を見つめたあと、そっともとに戻した。

雑踏にもまれながら、私はおもった。もう、きっと後戻りなんかできないんだ……。

13

歌舞伎町を抜け、ぶらぶらと四谷方面に歩いていった。十一時を少し回ったばかりで、約束の一時までにはまだだいぶ時間がある。

人通りが少なくなった街路で、私はマッチを取りだし、レフティがその裏に書いた地図を確かめた。すぐ先にある、毀れかけた蛍光灯がチカチカと点滅を繰り返す街灯の角を曲がった辺りらしい。

角を曲がると、それらしき五階建ての小さなビルが目についた。一階にある赤紫のバーのネオンがぼうと月明かりのなかで浮かんでいる。だが麻雀屋らしき看板は見当たらなかった。

私はバーの横手にある入り口から建物の内部をのぞいた。天井からの仄《ほの》かな明かりを受け、無人の階段がビルに誘うように階上へと伸びている。その階段の脇に、まるで何日もほったらかしたままのような、4F「麻雀・華」と書かれた薄汚い看板が置いてあった。

学園界隈、あるいは高田馬場やさっきまでいた歌舞伎町、そんな私が知っているこれまでの麻雀屋とはどこかちがった印象がある。

見つめているうちに、しだいに胸の動悸が高まり、私はかつてないほどに自分の気持ちが高揚しているのを覚えた。

来た道を引き返そうとしたとき、一階のバーの看板が目に入った。まるで引き込まれるかのように私は店の扉を押していた。

あなただけはと　信じつつ　恋におぼれてしまったの……

薄暗い店内から、いつか寮のそばの飲み屋で聞いた流行り歌が流れ出てきた。

「いらっしゃい」

歌の合間をぬって、カウンターからバーテンが私に声をかけてきた。

カウンターにボックス席が二つだけという小さな店だった。私はカウンターのスツールに腰を下ろした。

客はカウンターの奥にひとりいるだけだった。その客の相手をしていた三十五、六の化粧の濃い女が私の横に来た。

「なににします？」

ハイボールを、と私はいった。

なにか飲んでもいいか、と女が訊いた。私がうなずくと、女がバーテンに耳慣れないカクテルの名をいった。

シェーカーを振るバーテンの横顔は最初見た印象とはちがい、どこか崩れた匂いがした。シェーカーの酒をカクテルグラスに注ぎながら、バーテンがチラリと私をうかがう。

「初めてね」値踏みするような目で私を見、女がいった。「学生さん？」

「一応……」

「一応？」女が口元に野卑な笑みを浮かべた。「この近く？」

「ちがう……」

女がもう一度、私に値踏みの視線を投げてきた。

「ブラリと入ってきたわけ？」

「そう……」

「一杯、いただいていいですか？」

カウンターのなかからバーテンも訊いた。

私はうなずいた。バーテンが背後の洋酒棚からあめ色をしたボトルを取りだし、酒を作った。

いつか来る春　幸せを……

流行り歌はカウンターのなかのプレーヤーから流れ出ていた。

「どなたかと待ち合わせですか？」グラスの酒を口元に運びながらバーテンが訊いた。

私が首を振ると、バーテンが愛想笑いを浮かべた。女がカクテルの、バーテンが酒の、それぞれお代わりを私にねだった。私は無造作にうなずき返した。

「電話借りるよ」

私はバーテンにいい、カウンターの隅にある黒電話のダイヤルを回した。

「梨田ですけど……」

電話に出たルミが、元気か、と訊いた。

「ええ、なんとか。もうすぐルミさんは大阪ですよね。なんか寂しいな」

わたしもよ。ルミの心地よい笑い声が電話口に響いた。で、あなた今どこにいるの？

「四谷です。永田さんもう帰っていますか？」

居る、という。電話が永田の声に代わった。

——なにやってんだ？　おまえ。

私は永田に、きょう高田馬場の麻雀屋に顔を出さなかったことを詫びた。

——それはどうでもいいが、ところで、どうしたんだ？　こんな時間に。

成り行きで、これから麻雀をすることになった、と私はいった。

——誰とだ？

「レフティとです」

ことの経緯を、私は簡単に説明した。

華、でか……。永田がつぶやいたあと、電話口に沈黙を流した。どうやら口調では、この「華」という麻雀屋も永田は知っているようだった。

——おまえ、そこのレートとかを知ってるのか……。

レフティから話は聞いていると私はいった。

——覚悟はできているというわけだ。

そのつもりだと私はいった。

ちがうな。言下に永田が否定した。

——覚悟ができてりゃ、わざわざこんな時間に俺に電話なんかしてきやしない。おまえは迷っているのさ。今の自分が不安で不安で仕方がないんだ。だがな、そんな気持ちだったら勝てるわけがないぜ。悪いことはいわん。シカトして、そんな麻雀はやめちまうことだ。

「もう戻れない」

いやもう戻る気がない、と私はいい直した。

永田のいう通りだった。私は今の自分を自分自身でつかみかねていたのだ。不安にかられ、どこかに逃げ口をさがしていた。だから永田に電話をしてみようという気になっている……。

「こんな時間に悪かったです」

永田にいい、私は電話を切った。

奥の客が帰っていった。ひとり残された私は、もう一杯ハイボールを頼んだ。バーテンと女が、再び酒のお代わりをねだった。

バーテンがプレーヤーに、代わる代わる流行歌をかけた。女がそれに合わせて歌を口ずさんだ。

一時に一五分ほど前になったとき、勘定をしてくれるよう、私はバーテンにいった。

「五万」

バーテンがいった。

聞こえぬ顔をして、勘定をしてくれ、と私はもう一度いった。

「五万ですよ、お客さん」

バーテンが空のグラスに息を吹きかけ、磨きながら語気を強めていった。横の女がカクテルグラスを手にカウンターの向こうに席を変えた。

「そう」

私は万札を一枚取り出し、カウンターの上に置くと、ドアに向かった。

なめられちゃいけない。なめられちゃ、麻雀にだって勝てるわけがない。懐にある金は自分のこの身体を賭けて借りた金だ……。

酔いとはちがう、どこか痺れるような感覚が私の背筋をかけぬけた。

おい、兄ちゃん。ドアの外にバーテンの声が追ってきた。私はそれを無視し、「雀壮・華」のある入り口にむかった。

なにかトラブルがあったら、わたしの名前をお出し。姫子にいわれていたそのことばが頭の片隅にあるにはあった。しかし私にその気はなかった。

——たかだかこれくらいの悶着で、人の手を、それも女の名など出すものか。

背中をつかまれ、いきなり腹部にパンチをもらった。私は苦痛でエビのように身体を曲げた。視線の先に、口元を歪めたバーテンの顔がある。瞬間、私のなかの、なにかが切れた。

——なめられたらおしまいだ。

そうおもったときには、私は頭からバーテンに突っ込んでいた。

バーテンがもんどりうって腰から落ちた。ふしぎなものでも見るような目で、私をうかがう。そして手の甲で口を拭うと、唇をだらしなく開けて笑った。「おもしれえや。えっ、兄ちゃん」

殴り合いの喧嘩など、中学校の三年のときが最後だった。野球がおもしろくなくなり、半年間だけ不良グループに身を任せたことがある。それも馬鹿らしくなり、グループを抜けるときに集団リンチを受けた。

しかしあの頃は、身体も心も今とは比ぶべくもないほどに子供だった。目の前にいるバーテンは、カウンターのなかにいたときよりもはるかに大きく頑丈な身体つきに見えた。それがしだいに私の恐怖心を増幅した。

バーテンが立ち上がりざまに、一発右のパンチを私の顔面に放った。身体がうまく反応し、パンチは頬をかすっただけだった。スウェーした体重をかけ、今度は私が左のこぶしを打ち返した。手首に、ズンと、重い手ごたえがあった。

バーテンの右目尻に朱色の筋が一本流れている。目尻をこすった右の甲を、バーテンが見つめた。

「こりゃあ、ますますおもしれえや」

スタンスを広げ、バーテンが再び身構えた。その肩を、背後から黒い影がつかんだ。

「みっともねえ。もう、やめろや。相手は子供じゃねえか」

なにおっ、いいざま振り返ったバーテンが急に頭を下げた。

「こりゃ、どうも――。有坂さん」

黒い影の男は、先刻まで一緒に麻雀をやっていた、有坂だった。

「おおかたまた、勘定でもブッタくろうとでもしたんだろうが――」

バーテンがばつの悪い表情を浮かべ、私と有坂の顔に交互に目をやった。「この坊やは、これから麻雀をやる俺の大切な仲間だぜ」

「麻雀、の？『華』の客なんですか？」バーテンがいい、急に愛想笑いを私に向けた。「なら、学生さん。はなからそうと、いってくれりゃよかったんですよ」

私はバーテンから目をそらし、有坂に頭を下げた。

ドアを開けて成り行きをうかがっていた女に顎をしゃくると、バーテンが店のなかに戻っていった。

「坊や、威勢のいいのはいいが、きょうは幸運だっただけだぜ。裏の世界にはいつだって運が転がっているってもんじゃない。むしろこの逆が多いんだ」

私はうなずき、再び有坂に頭を下げて礼をいった。

薄暗い四階のフロアを無言で歩く有坂の後ろに私はついていった。全部で六室あるそのどの部屋もふつうの住居のようで、どう見ても麻雀屋などありそうにもない。

一番奥の部屋の前に来ると、有坂がそこのドアをノックした。

鉄扉のドアについた小さなのぞき穴から、二つの目がこちらをうかがい、すぐにドアが開いた。

どこかのクラブにでも勤めていそうな、薄い派手な衣装を身にまとった肉感的な女が顔を出す。三十二、三というところか。

「お久しぶりです。どうぞ」

入った右手が大きなリビングルームになっており、ふたつ据えてある麻雀卓のひとつにレフティが腰を下ろしていた。彼の横にいる、小柄で痩せこけた、六十ぐらいの男が有坂に会釈を寄越した。

他には誰もいない。この男がもうひとりのメンバーなのかもしれない。

「神戸ちゃん、こちらのひと、紹介してよ」

さっきの女がレフティに声をかけた。うなずくと、レフティがいった。

「うちのママのお気に入りの――、そういや、俺も名前を忘れちまった」

梨田です、よろしく。私は女と痩せこけた男に頭を下げた。

「こちらは、熊田さん」

女がレフティのあとを受け、痩せこけた男を私に紹介した。角の薬局の主人だという。

「熊田さん、なんてんじゃ他人行儀だろう。通称、ポン熊、だ」有坂が声をあげて笑った。

「なんで、ポン熊かわかるかい、坊主？」

私は男を見つめ、首を振った。

「そんなこたあ、どうでもいい。さっそく、おっパジめようじゃねえか」

根っから麻雀が好きなのだろう。ポン熊と呼ばれたその男は、しゃがれた声でそういうと、手元の牌をもうかき回し始めている。

「そのうちわかるさ」

レフティが鼻先で笑った。

「ルール、とかは？」

女が私に訊いた。

「いちおう、聞いています」

「でも、もう一回、いっとくわ」

女がいい、「華」のルールをあらためて説明した。

二万五千点持ちの三万返し。満貫は一万二千、八千。場にリャンゾロ。東南の裏表回し。食いタン、先ヅケ、振り聴《テン》リーチ、なんでもあり。ノーテン場三千――。

「一発はないけど、裏ドラはありで、ネクストね。千点千円。場は六万、三万。あとは、そうね……、箱割れはナシ、それから差し馬は、お好きに、というところかしら」

女が同意を求めるように、皆を見回した。

箱割れナシ、というルールにちょっと私は緊張した。これだと、ツキがないときには歯止めがきかなくなるほど負けが込む。

「華代の商売は、どうしたい？」

痩せこけたポン熊が、ヤニで黒くなった歯を見せて笑った。どうやら女の名前は、華代というらしい。

「そうね」女が笑った。「場代は、トップ払いで、一回五千円。その代わり、食べ物や飲み物は欲しいものがあったら、いってちょうだい。もちろんサービスよ。それから悪いけど、あなただけは念のため、二十万を先に預けてくれる？」

初めての客にはいちおう保証として金を預かるのだという。

私はいわれるままに、ポケットから姫子から借りた封筒を取り出した。

万札を数える私の手元に、レフティの、ポン熊の、そして有坂の視線が、注がれてくるのを感じた。

「ところで、きょうのこの勝負はデスマッチになるのかい？　俺ゃあ、それでも一向にかまわねえが」

場決めがすみ、腰を下ろすとポン熊が皆の顔を見回し、いった。

「かまわねえどころか、おまえはそのほうがいいんだろうが」有坂が笑い、私とレフティを見た。「まあ、そいつはお二人さん次第だな」

「なんなら、俺はあしたは店を休んだっていいんだ」

レフティが牌をいじりながら私を見る。どうやら私に決めろということらしい。

別になんの予定があるというわけでもない。ちょっと考えてから私はいった。「好きにしてくれていいですよ」

「おもしれえや、久々じゃねえか。どうだい、誰かがタオルを投げるか、パンクするまで、ってのじゃ」

ポン熊が笑い、ヤニで黒くなった歯を見せた。

「じゃ、それで決まりだ」

有坂がいった。

仮東のレフティが賽子《さいころ》を振った。出親は私だった。南家がレフティ。ポン熊が西、有坂が北。

「ところで、どうだい、差し馬、いかねえか？」

レフティが私にいった。小馬鹿にしたようなその物言いが私の癇《かん》に触った。

どうせもう戻れやしない。私は腹をくくった。

「いくらですか？」

「いくらでもいいぜ」

「任せますよ」

「ほう、そうかい」レフティがたばこの灰を払う。「なら、三万、ってところでどうだい?」

私はうなずいていた。

「ちょっと待てやい。どうせなら、総馬、にしようじゃねえか。なあ、有の旦那」

ポン熊が私とレフティのやりとりに割って入り有坂に同意を求める。

ポン熊のしゃべり方は、まるできょうのカモが私だというような響きがあった。

ついさっきのバーテンとの喧嘩の余韻が私の胸には残っていた。ふざけるな、負けてたまるか——。私はいった。「いいですよ。なんでも受けて立ちますよ」

「なら、一万の総握りということにしようや。あまり無理して場が早く壊れてしまってもな……。その代わり、華代にも参加させよう」有坂がいい、お茶の用意をしている華代に声をかける。「おい、華代、北海道でもやれや」

「いいわよ」

北海道? 私は有坂とレフティの顔を交互に見つめた。

「坊主、北海道はまだ知らんのか?」

「なんですか? それ」

麻雀には加わらないが、外野からメンバーの誰かに乗るのだという。

始まる前、「一回ごとに乗るやつを決めとくんだ。むろん誰に乗ってるのかは、俺たちは知らない。もし振り込んだところに華代が乗っていれば、それと同額を華代にも払うんだ——」

もし華代が親に乗っていて、その親に振り込めば、親の倍満を振り込んだことになる。むろんその逆もある。親が振り込めば、それと同額を華代からもせしめられる。華代の持ち点は三万点。東西南北の牌をひとつずつ持ち、それを伏せて置いておくのだという。

「ブッチギリのトップを走っているからといったって油断はならねえぞ。いわば華代は地雷みてえなもんさ。そいつを踏んだら、ドッカーン、だ。それにあいつは、場代と北海道で食っているという、次の上がりを見越すのが天才的にうまい女だからな」有坂がいい、初めて声を上げて笑った。「やってりゃ、そのうちわかるさ」

華代がお茶を皆の横に置き、隣の雀卓の椅子を引き寄せて座った。

「親はだれ？」

「坊主だ」

有坂のことばに、ちょっと考える素振りをしてから、華代が四枚の牌のうちのひとつを選び出してテーブルの上に伏せた。

私は賽子を握った。頭の隅で、永田のいった台詞《せりふ》が浮かんだ。

いいか、おまえが他のやつとちがうところは、引き、にあるんだ。麻雀を長いことやっているやつらは総じて、引き、が弱くなっている。食い散らかしているうちに、引き、という運を使い果たしているんだ……。

六。レフティが賽子を振り返す。二。ドラは🀋。

長丁場だ、焦ることはない。高鳴る鼓動を押さえて胸のなかでつぶやきながら、私はレフティの山から配牌を取り始めた。

🀆🀆🀒🀔🀕🀈🀈🀌🀛🀝🀘🀡🀂🀁

白板が対子である以外は、ドラもないクズッ手だった。第一打に🀡を捨てた。

「ポン」

対面のポン熊がいきなり、その🀡を叩いた。

その鳴きがよかったのか、つづけて三回有効牌を自摸《ツモ》ってきた。四巡目、レフティの捨てた🀒をポン熊が、🀐🀑🀒でチーをした。どうやらチャンタらしい。ドラは🀋だ。たとえ純チャンだったとしても上がり手は知れている。レフティと有坂はごくふつうの手のようだ。ドラが中張牌《チュンチャンパイ》だけに警戒するのは、ポン熊よりむしろこの二人のほうだろう。

七巡目、ドラの🀋を絡めた一向聴《イーシャンテン》にこぎ着けた。🀆のポン聴になる。八巡目、タンピン狙いで、索子を🀒🀓🀔🀕と伸ばしているところに、🀖を自摸ってきた。

しかしは生牌《ションパイ》だ。私は対子《トイツ》の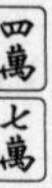を引けば、の三面待ちになる。を一枚外した。

「当たり、やな」

ポン熊がヤニっ歯を見せ、牌を倒した。

「北海道はどうなっとるん？」

ポン熊が華代にいう。

華代が伏せた牌をめくった。、だった。つまりポン熊に乗っていたことになる。

一瞬、カッとなった。こいつは交通事故だ。誰だって、を打つ。ツキがなかっただけだ……。私は黙って、ポン熊と華代に満貫の八千点を払った。

「なっ、坊主。華代は地雷だといったろう」

有坂がたばこを吹かしながら、いった。

しかし、ああいう手で、初っ端からいきなりを叩いてくるポン熊の麻雀というのはなんなんだ――。寮での麻雀や永田から教えられたものとは程遠い。

しかし私は、このメンバーで真剣勝負をするのに、ここに来る前に三軒も飲み屋に寄ったことを後悔していた。あるいは、今の一打は、勝利の女神の怒りの一撃だったのかもしれない……。

次局、レフティの親。ドラは🀒。

ポン熊に先づけという最悪の満貫を振り込んだが、私の配牌は悪くなかった。順子《シュンツ》で四面子が揃い、ドラ筋の🀒🀕を先に引ければ、いい勝負になりそう。

初手、レフティの切った🀁を、それが場風になるポン熊が再び鳴いた。打、🀐。どうやらポン熊は二鳴きをすることがなさそうだ。なぜポン熊というかそのうちわかる、と有坂はいったが、あるいはこの早鳴きがあだ名の由来なのかもしれない。

ポン熊の動きにはまったく無頓着に、有坂、レフティが黙々と摸打を繰り返す。

六巡目、🀒🀕、🀇🀊の一向聴にこぎつけた。🀁を鳴いたポン熊の捨て牌を見ると、どうやら混一色ではない。あるとすれば、トイトイだろう。

私は聴牌、即リーでいくつもりだった。華代はどこに乗っているだろう。絶対に自分には乗っていない気がした。とすれば、乗ったところから打ち取れば、前局の満貫が帳消しとなる。

次巡、レフティの捨てた🀊を🀈🀉🀊とチーをしたポン熊の動きで、私は高めである絶好のドラのを引いて聴牌った。

「リーチ」

千点棒を卓上に放って、私は自分の場風の北を横に向けた。

「兄ちゃん、点棒は引っ込めな。そいつは当たりだ」

ポン熊がいった。

「えっ」

私はおもわず、ポン熊の顔を見た。

北はすでに二枚切れており、安全牌だとばかりおもっていたからだ。

ポン熊がたばこで汚れたヤニっ歯を唇の端にのぞかせ、手牌を広げた。二千点だけの安っ手だが、北単騎の、俗にいう地獄待ちというやつだった。

私は、ポン熊の河《ホオ》を見つめた。直前に捨てたを見れば、なにもラス牌である北で待たなくてもの延べ単でも受けられ、しかもそのほうが上がれるチャンスがずっとある。なのに、なぜあえてラス牌の北で待ったのか——。

私は、カッ、とした。もしかしたらポン熊は、私が安全牌として抱えていた北が手の内にあることを知っていたのではないか——。

冷静になれ。私は自分にいい聞かせながら、ポン熊に二千点を支払った。

点棒箱を閉じかけた私に、背後から華代がいった。

「兄さん、北海道」

有坂が華代の伏せた牌を開けた。南の風が置いてあった。

冷静になれ、と自分自身にいい聞かせていたのに、再び私の頭に血が上った。またも華代がポン熊に乗っていたとは……。

私はそんな気持ちをさとられぬよう、黙って、華代にも二千点の点棒を支払った。まだ始まったばかりだというのに、もうこれで二万点も失った。

「兄ちゃん、気合いを入れんと、熊の野郎に根こそぎ持っていかれるぞ」

有坂の台詞に、レフティがちらりと私を見た。その視線には、明らかに蔑《さげす》みの色がある。それがますます私を熱くさせた。

ポン熊の親。ドラは八萬。

たぶん華代はまたポン熊に乗っているにちがいない。もし今度また、親であるこのポン熊に振り込めば、それこそ立ち直りがきかなくなるほどに深手を負ってしまう。

ツキは落ちていない。配牌を見て、私はそうおもった。

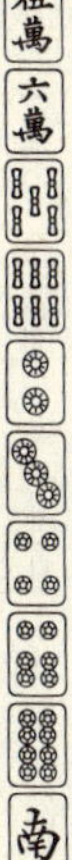

ドラの八萬が対子で、しかも四五六の三色含み——。

序盤、動く者もなく淡々と摸打が繰り返された。

九巡目、下家のレフティが🀐を切ってリーチをかけた。こんな捨て牌だった。

🀂🀏🀡🀟🀌🀓🀚🀙🀐（リーチ）

タンピン模様。待ちは🀈🀋か🀇🀊の万子筋が本線だ。

私はこんな一向聴でイライラしていた。

🀎🀎🀊🀋🀌🀔🀗🀚🀛🀜🀝🀞🀆

そして次の自摸で絶好の🀚を引いた。私は黙って、安全牌の🀆を捨てた。

レフティの自摸、🀋。自摸切り。ということは待ちは🀇🀊か。

さあ、来い。このポン熊野郎――。私は胸の動悸を押し殺し、ポン熊の指先に目を凝らした。たぶん華代が乗っているのは、このポン熊だ。こいつからレフティの現物の🀓を打ち取れば、一気に二万四千点が手に入る。そうすれば、今までのマイナスがチャラになるどころかお釣りがついて返ってくる。

さあ、来い。この薄汚いヤニっ歯のポン熊野郎――。

「こいつは臭せえな。あんちゃんは、引っかけが得意だからな」

いいながらポン熊が暗カンをした。🀗だった。🀍がめくれた。新ドラも🀎だ。

チキショウ――。

内心で毒づいた。これで、残された上がり牌は三枚だけだ。

ちょっと考えたあと、ポン熊がを捨てた。有坂は現物の。

私の自摸、二萬。黙って自摸切りした。レフティ、六萬の自摸切り。

「じゃ、イケイケで行ってみるか」

ポン熊がいい、伍萬を切って追っかけのリーチをかけた。

ポン熊の捨て牌はちょっと変則だった。中張牌が五、六巡目以降にやたらに切られている。私の見るところでは、ほとんど自摸切りだった。つまり手が固まっていたか、なにかの役が絡んでいるにちがいない。もしそうなら、下筋の一二三の三色――。

レフティに引っかけが多いなどといっていたが、このポン熊こそ危ない。しかもモロ引っかけの、たったいま私が自摸切りしたばかりの二萬などが一番臭い。

「二人でやんな」

有坂がたばこに火をつけ、南を切った。暗刻落《アンコ》としだ。

どうする……。私は迷いながら、自摸山に手を伸ばした。

ポン熊にはは通っていない。有坂が完全にオンリなら、たとえ手の内にを持っていたとしても、もう出てこないだろう。

待ち牌が残り一枚だろうと、この手を降りる気など毛頭ない。

なら、リーチか――。黙聴でも倍満がある。だが、万が一、もう一丁、裏に七萬でも寝ていれば、十三翻のトリプルだ。
だ、……。念じつつ、私は指先で盲牌をした。だった。
「リーチ」

私は千点棒を卓上に放った。

「ふぅ～ん」

レフティが鼻先でいい、私の河に目を注ぐ。

「こいつは、どうだい？」

レフティが平然とした顔で、ドラの八萬を自摸切った。

ポン熊が、キャッ、キャッ、と猿が鳴くような笑い声を出した。

笑ってんじゃない。おまえの番だ。さあ、持って来い。このポン熊野郎。だ、――。このヤニっ歯の、薄汚い、エテ公野郎め――。

ポン熊、の自摸切り。一瞬、私は嫌な予感がした。

もし黙聴を張っていたら、あるいは上家の有坂からが出てきたかもしれないとおもったからだ。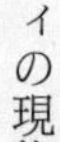はレフティの現物、しかもポン熊はを暗カンし、を通した。となればポン熊のリーチにも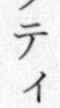は通る。レフティとポン熊の二人リーチに手詰まりし、もし手の

内に🀓があれば、有坂は振ってきたかもしれない。

しかしそんな後悔も一瞬のことだった。私はレフティの、ポン熊の、そして自分の番が来るたびに、期待と不安を持って牌を見つめた。

私とレフティ、ポン熊の自摸切りがつづき、牌山が残り二つになった。親のポン熊の暗カンで、海底《ハイテイ》は南家の有坂ではなく、北家のレフティだ。

ポン熊の最後の自摸、🀏。有坂が🀏を合わせ打つ。

🀓だ、🀓――。

私は念じつつ、最後の牌山に手を伸ばした。

「兄ちゃん、頼むぜ」

ポン熊がヤニっ歯をむき出し、私の指先をじっと見つめてくる。

――ふざけるな。この薄汚いポン熊野郎め。🀓だ、🀓――。

盲牌の感触、万子だった。しかも、🀈か🀉。私は自摸った牌を自分の河に黙って捨てた。

「そいつだ」

ポン熊がいい、キャッキャッ、と例の奇妙な笑い声をあげ、手を広げた。

暗カン

私はポン熊の手を一瞬見ただけで、おもわず次のレフティの海底牌を裏返していた。が眠っていた。

「裏ドラはなんや」

ポン熊が二つめくれたドラ牌の裏をひっくり返した。とだった。

「リーチ、三色、ドラ五やな。兄ちゃん、悪いけど、こりゃ、親の倍満やで」

キャッキャッキャッ、と再びポン熊がかん高い笑い声をあげながら、私の顔をのぞき込んだ。

「どんな手をしてたんだ？」

有坂が私の手牌をさっと広げた。レフティも横目で見る。

「ふぅ〜ん。デケェ手だな。黙聴だったら、俺が打つとこだった……」

有坂がいい、そっちは――、と今度はレフティに目をむけた。

「俺ゃ、カラ聴だ」

レフティが笑っていうと、との二枚の牌を卓上に放った。つまりポン熊のいった通り、暗カンされた待ちの引っかけだったらしい。

「しかし、お前のリーチもトーシローだな」

レフティが軽蔑したかのように吐き捨てると、華代の北海道を訊いた。

「この兄さんに悪気があるわけじゃないのよ」

華代の言葉を私は唇をかんで聞き流した。北海道は予想通り、またしてもポン熊だった。

「華代、紙だ」

有坂がいい、華代にペンと紙を用意させた。

八千点と二千点、連続してポン熊に振り込み、しかも北海道。リーチ棒を出した私の残りの点棒はもうわずかに四千点だった。今回の親の倍満二万四千点には、華代の北海道もある。

「私がメモしておいてあげる」

華代がいい、無表情に私の借り分の明細をメモ用紙に書き込んだ。

——どれぐらいの負けになっているのだろう……。

負け金額を暗算しようとして、私はおもい止まった。

——まだ終わったわけじゃない。それに勝負の手は入っている。今はツキがないだけだ……。

現に、海底はで、私の自摸が二萬でなければ、レフティが私に倍満を打ち込んでいたのだ。

――牌の上下……。ポン熊の野郎がツイているだけだ。それに北海道という不運が重なったというに過ぎない。

私はそう自分にいい聞かせた。

一本場は、レフティが食いタンの軽い手を自摸り、ポン熊の親を蹴飛ばした。

次、有坂の親。

だがポン熊への三連続の振り込みが響いたのか、あれほど良かった私の手牌が、ガックリと落ちた。配牌も悪く、自摸る牌も、まるで私をあざ笑うかのように欲しい牌の横をかすめてくる。

七巡目を過ぎたとき、私は自分の上がりをあきらめ、他の三人の黙聴に打ち込まぬよう慎重に安全牌を選んでは捨てていった。

十一巡目、親の有坂がリーチをかけた。やや、変則的な捨て牌だ。

ポン熊に打ち込んだ引っかけの二万にこりている私は、現物以外の牌をいっさい切るつもりはなかった。

この有坂のリーチに、ポン熊が一発で南の字牌《ツウパイ》を振り込んだ。直前にも一枚南を切っている。どうやら対子《トイツ》落としだったらしい。

有坂の手は、ドラの二丁使いのチートイツ、それに裏ドラも乗り、親のハネ満だった。

「こっちもよ」

渋い顔のポン熊に、場外から華代が声をかけた。

一万八千点の二人分。この半チャンはポン熊の断トツだとおもっていたのだが、この一打でポン熊はこれまでの上がり分をすべて吐き出してしまったことになる。

「なあ、兄ちゃん、北海道はおもしれえだろう。トップだなんておもってたって、一寸先は闇なのさ。だから、気落ちしねえでやるこった」

有坂が私を見て、にやりと笑った。

なるほど——。このとき私は、この北海道というルールの正体を知ったようにおもった。

これは、華代に乗られたやつは有利ではない。たしかに華代の乗った北海道に振り込めばダメージは大きい。だがその反面、もし華代に乗られていれば、いくら上がっても、自分には点棒が入ってこない。ただ華代を太らせるだけだ。

つまり大きくマイナスはしているが、私にもまだチャンスが残されているということになる。たぶん華代はこのメンバーのなかでは私が一番下手くそで格下とおもっているだろう。ということは、華代はまず私には乗ってこない。もし華代が乗っているやつからデカイ手を打ち取れば、二倍の収入になる——。

華代が誰に乗っているか、勝ち残るにはそいつを推理するのが決め手だ。それさえ誤らなければ、きっと勝機はある。

この半チャンは捨てよう。華代がどう北海道を張るのか、その癖を摑んでやろう。そう決心すると、私は急に胸のつかえがとれたような気分になった。

それ以降、その半チャンは、私を除いた三人の点棒の奪い合いになった。見《けん》、と決め込むとふしぎに場がよく見える。

ポン熊は攻撃一本槍、有坂は大物狙い、そしてレフティは永田がいっていたように、守りは固く攻めは鋭いというバランスのいい麻雀を打っていた。

最初の半チャンは、有坂のトップで終了した。手堅くまとめたレフティが二着、出だしで飛ばしたポン熊は失速して三着。

ポン熊へ連続振り込んだあと、慎重に回し打ちをしたとはいえ、ノー和了《ホーラ》ではどうにもならない。結局、私は大きくマイナスをしたラスだった。

華代は乗るのがうまい。そういった有坂のことば通り、華代は場外の北海道で稼ぎまくった。その浮き分が四万点強。

観察するに、華代の北海道の作戦は先行逃げきりという型らしい。南場に入ってからの華代は、九割方はレフティに乗っていた。レフティは相手がツイているときは手堅い麻雀を打ち、決して無謀な勝負はしない。自分にツキが回ってくるのをじっと待っているのだ。どうやら華代は、そういうレフティの麻雀を熟知しているようで、一度箱に入れた点棒を守るにはやつに乗るのがうってつけだと考えているのだろう。

「じゃ、これ」

私はポケットから金を取り出し、三人それぞれに差し馬の一万を、そしてトップの有坂には六万を支払った。

「借りはいくらですか？」

華代に点棒の借り分を訊いた。私の点棒箱にはわずか三千点と黒棒しか残っていない。

「五万二千点ね」

メモを見ながら、華代がいった。

ということは、点数での負けトータルは七万九千点だ。

私はさらに八枚の万札を有坂の前に置いた。

「まあ、気落ちすることはねえやな。北海道がありゃ、ご覧の通りの乱打戦になっちまう。つまり、兄ちゃんにもチャンスがある、ってことだよ」

つり銭の千円札を私に手渡しながら有坂がいった。そして後ろのテーブルにいる華代に、浮き分の四万八千円を放った。

有坂に返された千円札をポケットにしまうとき、初めて私は自分の大負けを実感した。あれほどポケット一杯にふくれていた札束が一気に薄くなってしまったように感じたからだ。

たった一回でほぼ十七万——。

すっ、と背筋に奇妙な、電流にも似た感覚が流れた。

このまま負けつづけたら……。

私はその想像を打ち消すように、濃いお茶を淹《い》れてくれるよう、華代にいった。

「おい、早くいけや」

後半タレて三着まで落ちたことがよほど悔しいのだろう、清算がすんだ前局のラス上がりだったレフティに向かって、ポン熊がヤニっ歯をむき出しながらいった。

「先は長いんだ」レフティが賽子を握ると、ポン熊をひとにらみし、それから私に顔を向けた。

「華代だって打てるんだ。震えてんなら、選手交代はいつだっていいんだぜ」

瞬間、私はカッときて、レフティを見返した。

「勝負は始まったばかりさ。終わってから好きにいってくれ」

「おい、殴り合いなら、勝負のあとにしな」横から有坂が口をはさむ。そして挑発するようにレフティにいった。「でも、気をつけろや。この兄ちゃん、相当いけるストレートパンチを持ってるぜ」

「ふぅ～ん」

レフティが顔に小馬鹿にした表情を浮かべた。

私は肚《はら》をくくった。このレフティとは真っ向勝負だ。第一ここにはこいつと勝負をするために来たんじゃないか——。

私はレフティにいった。「別口で、差し馬いきましょう」

「いくら？」

「そっちで決めてくれていい」

「なら、五つ、ってことでいいか」

私はうなずいた。

「こりゃ、ますますおもしれえや」

キャッ、キャッ、キャッとポン熊が笑い声をあげると腰を上げた。トイレらしい。

その背に有坂がにやにやしながら声をかける。「おい、ポン。もう、一発打つのか。ちょっとばかり早えんじゃねえのかい」

華代が淹れてくれたお茶を、私は口に含んだ。渋い味が気を引き締める。

「持病かなんかですか？」

ポン熊の入ったトイレを見つめながら私は有坂に訊いた。

「持病？」有坂が声を出して笑った。

「持病っちゃ持病だろう。野郎はポン中だよ」

「ポン中？」

「ああ、ヒロポンさ。野郎がポン熊と呼ばれているのは、別に、出ったらポンのパックらチー、っていう食いっさらし麻雀をやるからじゃねえよ。単にポン中だからさ」

　ポン熊が戻ってきた。いわれてみれば、どことなくさっきとはちがって目がギラついているようにも感じられる。

　レフティが賽子を振った。有坂が返す。

「出親は、だれ？」

　華代が訊く。

「また、兄ちゃんだ」と有坂。

　私は賽子を握り、レフティの山にぶつけた。

　ドラは。

　私の配牌は、翻牌《ホンパイ》のが対子であるだけで、ドラもなく手はバラバラ。どうやら前局の不調を持ち越した感がある。

　華代の北海道は、前の回の乗り方を考えると、たぶんポン熊か有坂ではないか。したがってこの二人には注意をしなければならない。

早仕掛けをしたのは、またしてもポン熊だった。三巡目に上家のレフティが捨てたをでチーをした。

ドラがドラだけに、たぶんチャンタ系の手だろう。

五巡目に有坂が切った[中]を私は見送った。鳴いたところで、まだ二向聴にしかならない。ところがこの見送りがよかったのか、つづけて要の牌を引き込み、十巡目に聴牌った。待ちは、[中]と[三萬]のシャンポン。河には筋の[六萬]も捨ててある。

まだ聴牌をしていなければ、チャンタ模様のポン熊の手の内に、高めの中を抱えている可能性がある。

「リーチ」

私は安全牌として残しておいたオタ風の[南]を卓に叩きつけた。

レフティは私の現物の。

私はポン熊が山に伸ばした手を見つめた。

さあ来い、このポン熊野郎——。

「どうだい、兄ちゃん」

そのポン熊、自摸ってきたドラそばのをいとも簡単に場に捨てた。

「ふう〜ん。強《つえ》えじゃねえか」

有坂がつぶやく。

どうやらポン熊は聴牌っているようだ。ドラの🀘でも抱えているのか。

有坂、現物の🀌。私の自摸、🀟。それを、レフティが嵌《カン》🀟で食いを入れた。タンヨウで逃げる気か。

次、ポン熊。レフティの食い流した牌を自摸ると、キャッキャッキャッ、と例の笑い声を上げて手を広げた。

辺《ペン》🀉待ちの、純チャン三色の満貫だった。

案の定、華代が乗っていたのはポン熊だった。

親の私はポン熊に四千点、そして北海道の華代に四千点を支払った。差し馬を五万追加したレフティとのあいだに開局早々からもう四千点のハンディを背負ってしまった。

しかし私は、ポン熊の上がった🀉を見て、一瞬レフティの顔に微妙な表情が流れたのを見逃さなかった。

実は、あの🀉もレフティの急所牌だったのではないか。

ドラが🀘である以上、レフティの手が単なるタンヤオだけの安っ手であったのはまちがいない。

当面の敵である親の私のリーチを蹴飛ばしにかかった——。チーで、私の上がり牌である中を食いとって握りつぶした、あるいは三萬で自分で上がった、というのなら大成功だろう。

だが、自分の急所牌を食い流し、それが下家のポン熊の上がりになったとすれば今後のツキに影響する。

それに、いくら親落としを狙ったにせよ、前局ラスを引いた不調の私の河から牌を拾うことはない。自分にその不調を呼び込むようなものではないか——。レフティが見せたあの一瞬の表情は、たぶんそういうことなのだ——。

そうおもうと、私はいくらか落ち着きを取り戻した。

次局、レフティの親のとき、ポン熊が黙聴の嵌《カン》🀞を彼から打ち取った。ドラドラで上がりは五千二百。しかもまた華代がポン熊に乗っている。

チッ、牌を崩すとき、レフティの舌打ちを私は耳にした。

上がり親をむかえたポン熊が、四巡目にリーチをかけ、一発で嵌🀖を自摸り上がった。ドラが🀗で満貫。むろん華代は乗っている。

「おい、ポン。注射の効果はてきめんだな」

有坂がにやりと笑った。

こうなればもう完全にポン熊のペースだった。やつがリーチをかければ向かってはいけない。振り込めば、華代が乗っているのはわかりきっているから、親の上がりの倍は覚悟する必要がある。

一本場で二千六百オールの北海道をポン熊が自摸上がりしてからは、レフティ、有坂、私の三人が三人ともやつの打牌だけに神経をつかいはじめた。

力が入るのか、下家のレフティの左手のアクションが大きくなった。自摸るたびに牌山に伸ばす左手が、すっ、と一瞬私の視界をさえぎる。

二本場もポン熊の上がり。食いタンのドラ一丁で千点オール。

三本場。リーチをかけた有坂が、後仕掛けのポン熊に、混一色の親の五千八百を振り込む。

四本場。中盤過ぎのポン熊のリーチに、全員降り、で流局。

「リャンシバだぜ、兄ちゃん」

ポン熊が、キャッキャッキャッ、と例の奇妙な笑い声をあげた。

「おい、華代。もういい加減、ポンから降りろや。いく牌もいけねえじゃねえか」

有坂が華代にいい、それからウイスキーの水割りを頼んだ。

ポン熊への直撃をしていない私は、この時点で二着だった。だが最初の親で聴牌になっただけで、それ以降一度も手らしい手が入っていない。これでは北海道がある以上、今の着順などあってないようなものだ。もしレフティか有坂かが、前局のようにポン熊からの上がりをせしめれば一気に逆転されてしまうだろう。

有坂が横を向き、たばこに火をつけた。その瞬間、レフティの両の手が卓上で素早く動いた。ポン熊の手つきは、さほど器用ではない。

ポン熊が賽子を振る。二。有坂が振り返す。三。

ドラは。

私の手の内に、そのドラが対子である。他にも対子が二つ。

第一自摸で、オタ風のが対子になった。こうなればチートイツ。リャン翻《ファン》縛りには持って来いの手だ。三巡目、私の切ったをポン熊が叩いた。打、。

レフティの山に入った。レフティ、打、。私、自摸。これも対子になった。これでチートイツの一向聴。

有坂、自摸切り。

ポン熊、打、。どうやらポン熊は完全に索子のガメリに入ったらしい。

レフティが私の手の内にある対子のひとつの、を切った。私は見送った。

ドラ含みのトイトイでは上がりにくい。それに、鳴けば手をせばめてしまいポン熊に危ない。たぶんまた華代が乗っているであろうポン熊から狙い撃つには、万子や筒子の単騎で待つにかぎる。

次巡、オタ風の🀃が暗刻になった。トイトイに見切りをつけた以上、こいつはいらない。自摸切り。

有坂、再び🀍の自摸切り。

ポン熊、手の内から生牌の🀅。一瞬、有坂とレフティの視線がその🀅にむいた。

ポン熊が、生牌の🀅を手の内から出してくるということは、聴牌か、もしくはほぼそれに近いと読むべきだろう。それに索子はドラがかんでいて、まず親の満貫コースだ。

チートイツの一向聴で私が抱えている牌は、生牌の🀆と、🀈、🀙だった。

レフティ、打、🀛。

私のツモ、🀠。これは前巡レフティが切ったばかりでラス牌だ。

瞬間、嫌な気がした。

オタ風の🀃を暗刻落としとしていなければ、トイトイどころか役満である四暗刻の一向聴になっている。

動揺を隠して、私は🀠を自摸切りした。

「へっ、こいつはたまらねえや」

有坂がいい、チラリとレフティに視線を注いでから、またも🀍を自摸切った。

ポン熊、打、。

——完全にやつは聴牌ってる。

そのとき、チャイムの音がした。華代が席を立った。誰か客でも来たのだろう。

レフティ、打、。私、自摸切り。有坂、の自摸切り……。

すっ、と香水の匂いが漂った。

振り向くと、姫子が立っていた。私と目が合うと、ルージュの口もとから白い歯がこぼれた。

レフティも姫子を見て、うなずく。

それから三巡、場が回った。

有坂がいいながら、レフティの山に手を伸ばす。有坂はこの三巡、すべて自摸切りだった。

「今度もか——」

しかもそのいずれもが万子だ。

「ふう〜ん」

有坂が鼻を鳴らしながらを自摸切った。

ポン熊、レフティの打牌のあと、私はを引き込み、ようやく聴牌った。

🀙を捨て、その前に有坂が切ったばかりの🀈で黙聴を張る。

有坂、またも自摸切りで、万子の🀉。ポン熊、レフティのあと、私が自摸ってきたのは、対子で抱えているドラの🀔だった。

🀑が対子で🀔が暗刻。🀑🀔の筋を五枚抱えた。しかも対面のポン熊は、その索子の清一色か混一色。

一瞬、私の手は止まった。

「どうしたい？」

レフティが私にいった。

震えてんなら、抜けたっていいんだぜ……。

さっきのレフティの言葉が私の耳元に残っている。

後ろで見ている姫子の息づかいが聞こえてくるようだった。

突っ張るか――。しかし、万が一、この🀔が通ったとしても、レフティと有坂は当然私が聴牌っているとおもうだろう。

もしポン熊に振り込めば、華代の北海道とで二万四千点を覚悟しなければならない。それに引き替え、私の手は黙聴なら六四、リーチで初めて満貫だ。しかもポン熊から打ち取らないかぎり、八千点しか入らない。

二万四千点対八千点——。

「おい、どうしたい？」

再び、レフティがいった。今度のいい方は、さっきよりもっと刺《とげ》が含まれている。

誰かがポン熊の首に鈴をつけにいかなきゃならないんだ——。なめられてたまるか——。

しかし胸の覚悟とは裏腹に、私は聴牌している待ち牌の🀈に手をかけていた。

一度様子を見てみよう……。

有坂、🀌自摸切り。ポン熊、🀈の自摸切り。

瞬間、私はカッときた。と同時に、私の椅子の足が後ろから軽く蹴られた。たぶん姫子だ。

レフティ、🀚切り。次巡、私の指先に触れた感触は、万子だった。しかも🀈——。私は黙って自摸切りをした。

「おい。この山はふしぎだなあ。めくってもめくっても、万子だぜや」

有坂がいい、これ見よがしに🀏を自摸切った。

レフティが知らんぷりしている。

「へっ、こりゃあ、ツイてるぜ。キャッキャッキャッ——」

ポン熊が、自摸った🀀を卓に叩きつけ、手を広げた。

🀀と🀘のシャンポン。ドラは含まれていない。しかし、🀀はW東《ダブトン》で、親の満貫。むろん華代の北海道はポン熊だった。

「ちょっと――」

私は席を立ち、トイレに入った。別に尿意をもよおしたわけではなかった。頭を冷やしたかっただけだった。

トイレの鏡に顔を写した。

この大馬鹿野郎が……。

いくらか目がくぼんでいる自分の顔に私は毒づいた。

なぜ、ビシッ、といかない。ドラなんて叩き切っちゃえばいいんだ。

あのときの私は、決してビビッたわけではなかった。たぶん、もしあの🀔でポン熊に振り込んだときに姫子やレフティから受けるであろう、蔑みの目を意識したにすぎない。

今のおまえには、上手《うま》さなんて必要ない。攻撃力をつけることが一番なんだ。攻撃力だけが百戦錬磨の連中と渡り合える唯一の方法だ……。

永田にいわれたことばをかみしめながら、私は手洗いの水で、何度も顔を洗った。

椅子に戻ると、すでに牌山が作り終えていた。

「あれ、いっちゃったかい?」

私はそっと姫子に訊いた。

「そうね……。十人中、十人、まずいかないでしょ。でも、あれを通せなきゃ、博打では生き残れないということも事実ね。自分が十人中の十人の男かどうか、それを決めるのは他の人間じゃない。あんた自身よ」

姫子がいい、お茶をすすった。

「おい、イロ男の兄ちゃんよ、早《は》よ座らんかいな。俺のリズムが壊れるやろが」

ポン熊がご機嫌な声で、私を促す。

なんとなくレフティと有坂が目を背け合っている気配がある。たぶん、さっきのレフティの山が原因だ。有坂は、レフティが山を仕組んだとおもっているにちがいない。

六本場。この局は、開始早々から妙な雰囲気が漂っていた。

配牌はレフティの山から。ドラは翻牌の🀆。

私の手は、タンピンの二向聴で、すぐに聴牌りそうな好形をしている。

五、六巡目で私の山からの自摸が終わり、有坂の山に移った。

私は有効牌を一枚も引かず、相変わらず二向聴のままだった。やはり前局の上がりを逃がしたのがひびいているのかもしれない。

レフティは中張牌を序盤から切り飛ばし、有坂は、その正反対に第一打がドラの🀆、つづいて🀘、🀙という具合に、一見、タンピン模様をうかがわせる捨て牌になっている。

連チャンを重ねるポン熊は、またも混一色系の手をガメっている様子。どうやら今度は、筒子らしい。

十巡目、レフティの捨てたをポン熊がチーをし、を捨てた。

どうやらもう聴牌ったらしい。切りきれないを抱えた私は、自分の手に見切りをつけ、下りに回った。

十二巡目。レフティがつづけてを切った。

「リーチだ」

ポン熊が自摸切りのあと、有坂がを切り、千点棒を卓上に放った。

（リーチ）

序盤の捨て牌こそ老頭牌《ラオトウ》が多いが、半ばを過ぎてから好牌が立てつづけに切られている。

たぶん一向聴から手が進まなかったのではないか。

私、有坂の現物の。

「しょうがねえな……」

一瞬考えたあと、レフティがつぶやき、手の内から二枚のを左の指先で器用につまんで見せた。どうやら槓子《カンツ》で持っていたらしい。内一枚のを、レフティが河に捨てた。

「だ、とおもったぜ」

有坂がそういうと、十三牌の自分の牌を、サッ、と裏返した。レフティが目を皿のようにして有坂の手を見つめている。

🀆🀅🀄🀀🀁🀂🀃🀘🀐🀡🀙🀇🀇

「キャッキャッ、こりゃ、おっかねえや」

ポン熊がヤニっ歯をむき出しにして、目をひんむいている。

「ふう〜ん」レフティが頬を朱に染め、華代にいった。「おい、紙だ」

そのことばに、華代が北海道で伏せている牌を卓上に放った。

裏返しになったその牌をポン熊がめくり、ヤニっ歯の隙間から、ヒュゥ、と奇妙なため息をもらした。そして次の瞬間、再び、あのけたたましい笑い声をあげた。

華代の牌は、🀁、つまり有坂だった。

有坂がたばこに火をつけ、笑いをこらえるような目で私を見つめた。

そのとき私は、自分の麻雀が、この連中に比べれば、まったく幼稚なものであることを自覚した。

レフティがたばこの火をつけている一瞬を利用し、私は彼がたったいま崩した彼の手牌の四枚の牌をそっと盗み見た。

🀐、🀘、🀄、🀃。バラバラだった。

　ということは、レフティはなから上がりを放棄していたのだろうか。いやちがう。たぶんこのレフティも有坂と同じく国士無双を狙っていたのではないか。これ見よがしに、九萬を切ったのは、けっして下りていたわけではなく、そうおもわせようとしたブラフであったにちがいない。きっとあの九萬は安全牌として抱えていたのだろう。

「国士だろう？」

　有坂が含み笑いをもらし、私に訊いた。

　私は黙ってその四枚を崩した牌に紛れ込ませると、洗牌をはじめた。

　その半チャンは、結局有坂のひとり舞台に終わった。

　ラスはむろんレフティ、二着がポン熊、私は三着だった。

　レフティと差し馬を追加していた私は、それが保険となり、箱点近くではあったが、かろうじて点棒分だけの負けの、二万六千円ですんだ。

　レフティの負けは、ラス馬六万、総馬六万、私との差し馬分が五万、そして点棒は九万八千点のマイナスで、都合二十七万円弱。

　ポケットから取り出したレフティの金の厚みに私はチラリと視線を走らせた。この半チャンで、ほぼその半分が消えている。

「何回やったの？」

後ろから姫子が訊いた。

「これが、二回目だよ」

「前回は？」

「ラスだった」

そう。姫子がつぶやき、それから誰に訊くとでもなく、いった。「わたしも入れてくれないかしら？」

「いいとも。やんなよ。二抜けでいこうや」

有坂のことばに、ポン熊も同意した。

レフティは無言だった。どうやら姫子が入ることをあまり歓迎していない顔をしている。

「じゃ、次回からは二抜けということでよろしく」

姫子がレフティを無視して、華代の横に座り直した。

「取りなよ」

かきまぜた四枚の牌を卓の中央に置き、有坂がいった。

一チャン終了ごとの場替え。摑み取りだった。

前局ラスのレフティが手を伸ばす。つづいて私、ポン熊の順。

東を摑んだレフティが、ポン熊が座っていた場所を指定した。

私は動かず、有坂が私の下家、ポン熊が有坂のいた私の上家。

場替えが終わったとき、ひとつせき払いをしてから、ポン熊がいった。

「なあ、できるだけ伏せ牌にしてやろうや。俺みたいな年寄りにゃ、せわしなくていけねえや」

どうやらレフティと有坂を牽制しているようだ。ポン熊は、前局の有坂の国士無双も積み込みの産物と考えているのだろう。

「なにかい、ポン」有坂がいった。「するってえと、俺がなにか仕掛けたとでもいいてえのかな？」

「いや……。山を読むのも腕のうちだとおもっちゃいるからな。そうはいわねえさ。でもな、この兄ちゃんがあまりにもかわいそうで、ちょっとばかり仏心を出したってことよ」

「それは、どうも。僕のことでしたらどうぞ心配なく」

積み込みをやるならやれ、という心境だった。だがそれをしたからといって、すべてが成功するものでもない。自摸がずれれば、逆に積み込んだ牌がひとに流れ、相手に大きな手をプレゼントしてしまう危険をはらんでいる。

どうやら有坂とレフティは感情的になっているようだ。もしもふたりが積み込み合戦をやれば、私が漁夫の利を得られることだってある。

それに今の私は、なんとなく怖いもの見たさから、そうした高度なテクニックというものに触れてみたい誘惑にもかられていた。

ポン熊の牽制球がそれなりの効果があったのか、その半チャンは洗牌の段階から前二局のときよりも静かな雰囲気が流れていた。

ポン熊の親を、二千点の軽い手で上がった私は、迎えた自分の親も、二九、二九、と立てつづけに上がった。しかも、打ち取った相手にすべて華代の北海道が乗っており、その倍額が入ってくるという理想的なすべり出しだ。

二本場。勢いに乗る私にこんな手が入った。ドラは、[中]。

[中][中][中][二萬][三萬][四萬][伍萬][七萬][八萬][五筒][八筒][四索][北][南]

華代の北海道は、最初が有坂。これは前局の有坂の勢いを考えれば、当然といえた。だがその有坂の親が簡単に蹴られたので見切りをつけたのか、次からはポン熊に乗り換えた。三回つづけて上がってはいても、どうやら私の力倆に疑問を持っているのだろう。華代が私に乗ったことはまだ一度もない。しかしこれは私にとっては好都合というべきだ。

今度は誰だろう……。なんとなくレフティに乗っているような気がした。なにしろレフティは、私と差し馬をやっている。私は胸の動悸を殺して黙ってオタ風の[北]から捨てた。

五巡目に上家のポン熊の捨てた[三索]を[二索][三索][四索]の嵌《カン》[三索]で食いを入れ早々と聴牌に取

った。

🀄🀄🀄🀈🀉🀊🀋🀍🀎🀏　チー🀒🀑🀓

「また、お安い手かい」

ポン熊が、凹《へこ》んだ眼窩《がんか》のなかから小さな目をギョロつかせた。

しかし私の食いで、場に緊張が生まれた。まだドラの中が一枚も顔を出していない。連チャンの親の私が暗刻で抱えている惧《おそ》れもあると見ているのかもしれない。

八巡目、ポン熊が🀌を強打してきた。

「チー」

🀍🀎🀏の万子面子から、🀌🀍🀎とさらし、私は🀈を捨てた。🀏は有坂が早い順目に一枚切っている。

🀄🀄🀄🀉🀊🀋🀏　チー🀌🀍🀎　チー🀒🀑🀓

「なんや、まだ食いよるのかいな」

ポン熊がヤニっ歯をむき出して、再び私をジロリと見た。

一巡して、対面のレフティが場を見回し、🀏を切った。

「ロン」

私の声に、瞬間、レフティが顔を歪めた。それから私の河を見つめ、小声でいった。

「暗刻か？」

「ええ」

私はうなずいて手を広げた。

「どうやらきょうは、九萬は鬼門らしいな」

レフティが点棒箱を開けながら、舌打ちした。どうやら九萬はまたしても対子落としだったらしい。

「こっちもよ」

後ろの華代から声がかかる。私はおもわず振り向いた。

「いい腕してるじゃない」

姫子が私の背を指先でつつきながらいった。

やつは攻守バランスのとれたいい打ち手だよ。そう永田はいった。しかしこれまでのレフティにはその片鱗《へんりん》が見られない。

こんなもんじゃない。今はやつのツキが極端に落ちているだけだ……。私は自分を戒めるように、胸のなかでつぶやいた。

三本場は、ポン熊が白だけという安い手で流した。

牌山を崩し、洗牌をする有坂とレフティの手の動きがまた一段と素早くなった。ポン熊の目がせわしなく動く。

山を作る私のスピードは、どうしてもこの三人より一歩も二歩も遅れてしまう。したがって、有坂やレフティの手の動きにまでどうしても注意を向けることができない。

有坂の親の五巡目、ポン熊の山の自摸が終わり、レフティの山に入った途端、いきなり有坂が私の捨てた伍萬を、三萬四萬伍萬の両面でチーをした。

ドラは私の場風の北。連チャン狙いのタンヤオか。しかし二萬伍萬は、一枚切れているだけで、薄い牌ではない。たぶん、レフティの山の自摸を狂わせることが狙いなのだろう。

前局から自摸るレフティの左手のアクションが、さらに大きくなっている。そして時々、もう一方の右手で、まるで自分の捨て牌の河を直すかのようにさりげなく手を添える。

有坂の捨てた八索を、レフティが七索八索九索で食いを入れた。

自摸を戻すのが目的なのだろうか。捨て牌から判断して、混一色は考えにくい。あるならチャンタ、もしくは三色だろう。しかしドラがドラだけに、警戒するのは親の有坂より、むしろこのレフティだ。

今回の私の手はクズっ手だった。したがって、配牌からある翻牌を握りつぶすつもりだった。

レフティの食いで、その翻牌のひとつである發が対子になった。發はポン熊が序盤にすでに一枚捨てている。

有坂はもう聴牌しているはずだ。私は慎重に場を見回してから、たったいま対子になった發を一枚落としにかかった。

「そいつだ」レフティがいい、手を広げた。「こいつは、三倍満あるかな」

□□□中中中北北北發　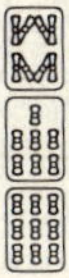
チー

「ふう〜ん」

有坂が鼻を鳴らした。

小三元、混一色、チャンタ、三暗刻ドラ三——。ポン熊が指を折りながら数える。

有坂が後ろの華代の北海道を裏返し、再び鼻を鳴らした。華代の北海道は、南、レフティだった。

「そろそろだと、おもってたわ」

華代が事もなげに、いった。

「甘《あ》めえな、坊主。□も中も生牌だろうが」

有坂がいい、私の手牌に腕を伸ばして手の内をのぞいた。そして、發が対子落としであることを認めると、チラリとレフティに目を向けてから、大きな笑い声をあげた。

「こいつはますますおもしろくなってきやがった。単騎の大流行りだな。麻雀は単騎だよ、単騎」

それを境に、レフティが俄《が》然《ぜん》上がり始めた。親で三回立てつづけに連チャンし、しかもすべて華代が乗っている。

レフティに打ち込んだ三倍満で、私の頭のなかは真っ白だった。

なんなんだ、この麻雀は……。

これまで寮や仲間内とやってきた麻雀の理屈が全然当てはまらない。自摸がレフティや有坂の山にかかれば、疑心暗鬼にとらわれ、切る牌も切れなくなってしまう。華代の北海道がそれにまた輪をかける。

最初の勢いはどこへやら、その半チャンが終わったとき、私は再びWハコの大負けを食らっていた。

レフティの断トツ。二着が有坂で、姫子と交代する。

「坊主、後ろで見《けん》させてもらうぜ」

華代に水割りを頼み、有坂が今まで姫子が座っていた椅子に腰を下ろした。

「どや、ベッピンさん。こっちのおふたりさんは馬やっとるんや。わしらもいかんかね」

ポン熊が姫子を誘う。いいわよ、と姫子が応じる。

「なんだ、ポン。俺とはいかねえくせに、女からむしりとろうってのか」

有坂のことばにポン熊がヤニっ歯を見せた。「そりゃあ、伊達《だて》に麻雀で長生きしちゃあいねえやな」

「ママ、きょうは遠慮なしの勝負を打ってるからな」

レフティがいった。

「おふざけじゃないよ。そっちこそ給料が押さえられないように気をおつけ」

しかし私は、そのことばとは裏腹に、レフティの目のなかに姫子に媚びるような光があるのを見逃さなかった。

洗牌をする手の捌《さば》きも、心なしか有坂が入っていたときよりゆっくりとしている。

東場は小上がりのジャブの応酬という感じで、四人とも横一線だった。

姫子への気兼ねか、あるいは外野で見している有坂の目を意識してか、今のところレフティが山に細工をしている気配はない。

だが、裏の南の二局、ポン熊が鳴きっさらしてトイトイの親の満貫を自摸上がってから、急に均衡状態が崩れた。

一本場の九巡目、レフティがドラの四萬を暗カンし、直後にリーチをかけてきた。自摸はレフティの山の半ば過ぎだ。

　ここでリーチをしてくるということは、リーチをかけなければ上がれない手なのだろう。山が山だけに油断はできない。

　レフティの捨て牌は、特に変則的なものではなかった。順当なら、待ちの本線は、索子の上か、筒子の下のほうの筋……、そう私は見当をつけた。

　だが、そのときの私にも、この局で初めてといえるような勝負の手が入っていた。

　純チャン、しかも一二三の三色。黙聴の出上がりでも満貫、リーチをかければハネ満は無論のこと、裏ドラ次第では倍満にもなる。

　レフティの山での、自分の残り自摸回数を数えた。三回だった。

　その三回で、を引け——。

　というのは、レフティの山が終わり、姫子の積み山に入れば、その第一番目の端山の下に九萬が眠っていることを私は知っていたからだ。

　洗牌のとき、姫子が自分の山の端にくっつけたのは、間違いなく九萬だった——。

　そしてその九萬を自摸るのは、チーやポンが入らなければ、リーチをかけたレフティになる。

レフティの河の🀋を見れば、やつの待ちが🀏単騎でない以上、私に打ち込むことになる。

輪ッパだ。輪ッパ……。丸い輪がふたつの競輪の輪ッパ。🀚の野郎、さあ、飛んで来い……。

私は自摸る指先に力を込めた。

🀛自摸切り、🀙同じく自摸切り。そ知らぬ振りで、私はレフティのリーチに立ち向かった。

「強えな、兄ちゃん」

ポン熊がチラリと私を見た。

どうやらポン熊は下りに回ったような気配がある。姫子はわからない。

レフティの山からの最後の自摸の三巡目。盲牌する指先に、丸い感触が伝わってきた。しかも輪がふたつ——。

🀡が通れば、私の勝ちだ。しかも一発で、レフティが振り込む。

「リーチ」

私は力を込めて🀡を叩き切った。瞬間、下家の姫子の手が止まった。

「そう……。ふたりリーチね」

いうなり、姫子が私の🀡を🀟🀠🀡で食いを入れた。

しまった、とおもった。レフティの自摸の🀏がポン熊に流れる。もしリーチをかけていなければ、姫子は食いを入れなかったかもしれない。しかし後の祭りだった。

レフティが姫子の食いを見つめている。顔の表情は動かなかった。

ちきしょう……。私は胸で口汚く罵《ののし》りのつぶやきをもらした。

しかし唯一の救いは、私の河にもレフティと同じく🀌が捨てられていることだ。安全牌に窮してポン熊が筋を追えば、🀏が出てくる可能性はある。

レフティが🀀を自摸切った。生牌だ。

今度はポン熊の手が止まった。対子で持っているらしい。

鳴け、ポン熊野郎……。

ポン熊が🀀を叩けば、🀏は私の自摸になる。

「どうすっか……」ポン熊が場を見回している。「みんな勝負してるってのに、ブンブンの親の俺が下りてちゃ、ポン熊の名が泣こうってもんかな。いいだろう、先は長《な》げえや、ブン太郎麻雀でいこうじゃねえか」

ポン熊がいい、🀀をさらすと、これまた生牌の🀁を卓に叩きつけた。

「ポン」

姫子が鋭く声を発した。これで九萬が再びレフティの自摸になる。姫子がちょっと考え、私の入り目であるを強打した。

「そいつも叩くか」

ポン熊がいった。

目まぐるしい展開だった。ポン熊の手が、姫子の手が、卓上を行き交った。

ポン熊が、を広げ、を切った。今度は誰からも声がかからなかった。

これで九萬は、私の自摸になる。

「いいですか」

内心の興奮を抑え、私は鳴きっさらしている姫子とポン熊の牌を確かめてから、牌山に手を伸ばした。

自摸——、口に出かかった言葉を私はのみ込んだ。指先の盲牌は、万子ではなかった。

おかしい……。絶対にこの牌は九萬だったはずだ。姫子が山に積んだとき、しかとこの目で確かめている。

私の自摸ってきた牌は、九萬とは似ても似つかぬ、西、だった。

「そいつは当たりだ。ポン、チーがなきゃ、俺の自摸だったのにな」

レフティがいい、手を広げた。

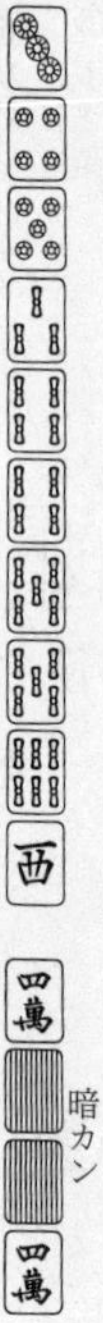

私はポン熊の河に目を向けた。序盤に、確かにポン熊は西を一枚切っていたはずだ。だがやつの河には、西の姿のかけらも見られなかった。

細工しやがった……。ポン熊と姫子の鳴き合戦のさなかに、レフティがすり替えたにちがいない。

私は黙って点棒箱を開けた。

敗北感で一杯だった。結局、私の知っている麻雀というのは、麻雀のルールというだけに過ぎなかった。私の麻雀は、戦い、しのぎ、技をかけ合う、というこのレフティや有坂のやっているものとは根本的にちがう極めて初歩的なものだった。これではいくらやり合っても、勝敗は明らかだ。

私は自分に与えられた配牌とひとの捨てた河をもとに麻雀を考えているに過ぎない。やつらは、それにプラスして山の細工のみならず、一度捨てた河からひとの目を盗んで、すばやくすり替え技まで使う。

永田がいうように、山を作ったり、覚え込んだりするのは人為的な作業であるから程度は覚悟しなければならない。しかし、すり替えや入れ替えをすることなどは、これは明らかにイカサマだ。

だがそれを防ぐ、あるいは指摘できる力倆が私には備わっていなかった。

その半チャンは、結局そのダメージから抜けることはできず、私がラスを引いた。

どうすれば、この場の麻雀を最小限の傷で切り抜けることができるだろうか。私はずっとそれを考えつづけていた。たぶん勝つことは無理だろう。

私は自分が二抜けで、見、に回れることを願った。レフティや有坂の麻雀を一度外野からじっくりと見学して、その打開策を講じる時間が欲しかった。頭のなかは、もう糸がこんがらがったように、混乱していた。

二着のポン熊に私はいった。

「少し、頭を冷やしたいんです。僕と代わりましょうか」

「そいつはダメだね。抜けるんなら、やめにしな。一応、二抜けは取り決めなんだ。博打事、っていうのは、ルールですすめるもんだ。そのルールをねじ曲げちゃ、博打のツキのめぐり合わせがおかしくなる」

レフティがたばこに火をつけながら、あっさりとはねつけた。

「そういうこっちゃ、坊主」

有坂もレフティのことばに支持をする。

私は浮かせかけた腰を再び椅子に戻した。

「わかりました」

「まあ、長丁場やってりゃ、そのうち良いこともある、って」

有坂がにやりと笑みを浮かべた。

その局は、いきなり姫子が飛ばした。有坂の出親を、場風の西を鳴いた混一色の満貫を自摸り上がり、私の親のときも、面前の混一色を自摸って満貫を連続で物にした。

「お得意の『姫子の色狂い』が始まりやがったな」

有坂が冷やかす。

姫子の親。また走っているようだ。今度は筒子らしい。それも六巡目には、もう余ったのか、手の内からが出てきた。

有坂もレフティも姫子の動きに最も注意を払っているようだった。

十巡目、その姫子が、自摸ってきた九筒を卓に叩きつけた。

清一色のチートイツ、親の倍満だった。

俄然、レフティと有坂の洗牌の手がせわしなくなった。

一本場。有坂の山から取った配牌で、私の手のなかに、、發、中、の三元牌のす

べてが対子で入ってきた。ドラは。

私は緊張した。有坂が仕掛けたのは明らかだった。

見ると、有坂は知らんぷりをしている。

レフティの山の第一自摸で、そのひとつが暗刻《アンコ》になった。つづく第二自摸で、、も暗刻になった。

上家は有坂で、ドラの近辺を切ってくるほど甘くはない。

次順、暗刻になっている四枚目の白を自摸ってきた。大三元を狙うのに暗カンする馬鹿はいない。私は自摸切りしようとした。そのとき、後ろでポン熊が、キャッキャッキャッ、と例の奇妙な笑い声を上げた。

私は振り返り、ポン熊にいった。

「オッさん、黙って見ててくれないか」

「おう、悪かったな、兄ちゃん」

ポン熊がヤニっ歯をむき出した。

「おい、ポン。外野は静かにしてろって何度もいったろうが、おめえの悪リイ癖だぜ」

有坂がたばこに火をつけ、ポン熊に鋭い一瞥をくれた。

そのやりとりが私に考える隙を与えてくれた。

立てつづけに白を自摸ってきたということは、レフティのやつも積み込んでいるにちがいない。

私は白をカンせずに、とりあえず不要牌の一索を捨てた。

有坂はむろん私の手のなかに初《しょ》っ端《ぱな》から三元牌がすべて対子で入っていることを知っている。レフティも私がつづけて□を自摸ったことを知っているはずだ。だが果たしてそれが四枚になったことまではどうだろう……。

次順、私の指先に触れたのは、これもすでに暗刻になっている中だった。

つまり、レフティは、□と中を互い違いに、俗にいう「千鳥」で積んでいたにちがいない。常識的には、ここはカンせずに、□と中を一枚ずつ切ってゆくに決まっている。

しかし私の手の内を知っている有坂やレフティは不審におもうだろう。

私はチラリと姫子を見た。

仕込んだ有坂やレフティから打ち取るならまだしも、なにも知らない姫子からはこの手を上がりたくない。そんな気持ちを私は抱いた。

この□や中をタイミングをはかってカンをして、姫子に教えてやる……。

そう心に決め、私はドラの🀜を切り飛ばした。これで、一向聴から二向聴に後退したことになる。

「ちょっと待て」

レフティが声をかけ、ちょっと考えてから私の捨てたドラの🀜をポンをして、🀙を切った。

「キャッ、キャッ……」

歯の隙間から押し殺したような笑いが後ろから聞こえた。

有坂が素知らぬ顔で、生牌の🀅を捨てた。

「ポン」

私の声に、一瞬レフティの顔に緊張の色が走った。私は胸の動悸を押し殺し、🀚を切った。

🀫🀫🀫🀫🀄🀄🀄🀄🀗🀘　🀅🀅🀅《ポン》

これで、レフティも私が大三元狙いであることを知っただろう。

「ふぅ〜ん」

姫子がレフティと私の河を見つめ、万子の🀇を切った。

レフティ、打。どうやらタンヤオに走るらしい。

有坂は自風の北。私の自摸、。これで索子の形が、。

「カン」

私は初めて四枚のを場にさらした。

「元気いいじゃない」

姫子が私の指先に視線を注ぐ。

リンシャンから自摸ったのはまたしてもだった。しかもはめくれ、が新ドラになっている。

「カン」

私は再び声を発し、大三元を示す中を、場に広げた。

「へぇ～」

姫子が目を細め、私を見つめる。

キャッ、キャッ、キャッ……。

ポン熊がまた笑い声を上げた。

持ってこい、、……。

私はあらんかぎりの力を指先に込めた。しかし自摸ったのは、だった。しかもこれが今度の新ドラになっている。私は無造作に自摸切った。

そのをレフティが叩いた。どうやら下りる気はないらしい。打、。

これでレフティの手も、ドラ六でハネ満が確定した。トイトイなら倍満になる。

有坂、再び、。どうやら暗刻落としらしい。

それからしばらくレフティも私も互いに危険牌を握らず、自摸り合戦を演じた。

他の単騎に待ちを変えることも頭をよぎったが、はどうあってもレフティには切れない。

姫子の山の半ばで、自摸ったレフティの手が止まった。

「カン」

レフティがを四枚取り出して暗カンし、手のなかから私の現物のを切った。これでやつも残り四枚の手牌になった。

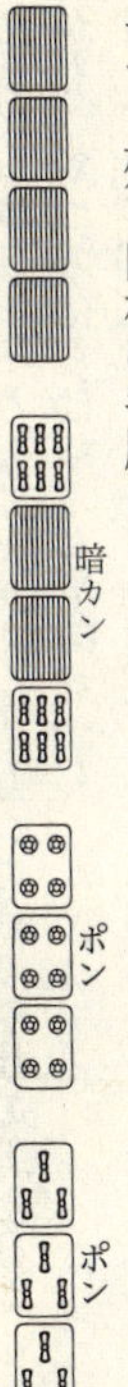

たぶんという索子の面子で、四七索五索という三面待ちだったにちがい

ない。だが持ってきた四枚目の六索は両面なら私の待ちの本線で一番危ないところだ。

これでレフティと私は、三フーロ。互いに残り四枚の牌だけになってはつっ張り合いだ。しかも、やつの待ちはたぶん単騎だ。

有坂、打、八萬。これは強い。下りてはいないということか。あるいは待ちを読み切っているということか。

私、西、自摸切り。

「男からは下りる気がするけど、麻雀っていうのは下りる気がしないのよね。それにこういう勝負はゾクゾクする」

姫子が口元のルージュを艶めかしく動かし、リーチ棒を卓上に放った。

レフティがその千点棒と姫子とに交互に目をやってから自摸山に左手を伸ばす。二萬の自摸切り。

「おもしれえな、この麻雀は。ドラ六の兄さんも大三元の坊やももう残り四枚の四頭立ての馬車じゃ、つっ走るより手はねえやな?」

有坂がいい、私とレフティに代わる代わるに目を向けた。「どうだい、もしもう手を変える気がねえってのなら、俺もリーチといくから皆で手をオープンして、自摸りっこ、振りっこ、ってのをやって互いの運を試してみようじゃねえか」

キャッ、キャッ、キャッ、とポン熊が前にも増して大きな笑い声を上げた。「そうしろや、おもしれえや、そいつは」

「うるせえ、っていったろが」

有坂がポン熊を一喝した。

私は姫子とレフティを見ていった。

「いいですよ」

「上等ですね」

レフティも応じた。

「姐さんはどうだい？」

姫子がうなずくのを見てから、有坂が千点棒を卓に出し、🀈の牌を横に曲げてから手牌をオープンした。

🀌🀍🀎🀞🀟🀠🀑🀒🀓🀖🀖🀖🀗

🀕が高めで、六七八の三色になる。だが🀕はレフティが暗カンしているのでカラ。安めの🀘は私が暗刻《アンコ》で持ち、しかも早い巡目に姫子が一枚切っているのでこれもカラ。つまり実質的には🀗の単騎待ちと同じだ。

「じゃ、三人ともヨーイドンでオープンしてみな」

有坂がにやりと笑った。

姫子の手牌はチートイツの待ち。
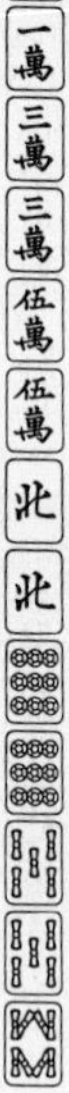
そしてレフティも同じく、の単騎待ちだった。

私の変則待ちも、はカンの新ドラ表示に一枚、そして有坂が暗刻で使っているからカラ。つまり有坂と同じくだけの待ちになる。

「おい、こりゃ、全員カラ聴《テン》じゃねえか」

有坂がいい、声を出して笑った。

「しかし、この兄ちゃん、おもしろい麻雀を打つで」

後ろからポン熊がいった。

「坊主」有坂がいった。「なんでこの手でカンなんだ？」

「僕の手の内を知らないひとがひとりだけいる、っていうのは不公平じゃないですか」

私は言外に皮肉を込めていった。

「なるほど、な」

有坂がレフティを横目で見、それから再び声を出して笑い転げた。

私がいったことばの意味を察したらしい。姫子が目を細めて、私をじっと見つめてくる。その視線が背筋をゾクゾクさせ、次の瞬間、なんともいえない陶酔感を私にもたらした。

「博打に遠慮や情けは禁物よ。自分の身は自分で護るから、心配することないわ」

姫子がいい、それからレフティにチラリと視線を流した。

レフティがばつの悪そうな顔で、その視線を外す。

「坊主、気に入ったよ。しかし、博打事ってのには、仲間はできても友達なんてのはできねえぞ。そんなツラをして近づいてくる野郎がいたら、そいつを一番信用しねえこった」

そう口にする有坂の表情は、さっきまで笑い転げていた顔とは別人のようだった。

それを境にして、有坂の目が一段と鋭さを増した。まるで監視をするかのような視線で、洗牌するレフティの指先に神経を注ぐ。レフティがちょっとでもおかしな手さばきをすると、それを阻止するかのようにやつの手元周辺の牌をかき混ぜる。どうやら有坂自身は山の細工はやめにしたようだ。

有坂とレフティの互いの牽制で、流れは完全に姫子のものになった。北海道の華代も、姫子に乗って動かない。

表の局が終わった時点で、私、有坂、レフティの三人とも皆箱点で、横一線に並んでいる。

私は南場のラス前に、面前の混一色を地獄待ち単騎でレフティから打ち取り、かろうじてその局の二位を確保した。金を払うレフティの顔つきは険しく、無言を決め込んでいる。

私はポン熊と交代し、トイレで顔を洗った。

鏡に映った顔は、ゲッソリとしていて、いかに神経をすり減らして闘っていたかがよくわかる。

ポケットの金を確かめた。半分ほどになっていた。

「後ろで、見していいですか?」

私は戻って、有坂に訊いた。

「いいともよ」

ポン熊の手も見える位置に椅子を引き寄せ、私は腰を下ろした。

どうやら有坂はマークをレフティ一点にしぼったようだった。姫子やポン熊には比較的甘い牌を打つのだが、ことレフティに対しては、徹底的に牌をしぼり、彼が聴牌した気配を察知すると、平気で面子を壊して回し打ちをする。そしてクズっ手がくると、混一色、清一色の匂いをまき散らし、上家のレフティの捨て牌にプレッシャーをかける。

そうなると、漁夫の利を得るのは、姫子とポン熊だ。むろん有坂も聴牌は遅れるが、それはレフティも同様だった。

見ていると、しだいにレフティが焦りの色を濃くしていった。

前局に引き続き、姫子がトップで南場に入った。ちょっとの差で、ポン熊がつづく。有坂とレフティがラスを争っている。

南の一局、レフティの親。有坂にドラの🀏が配牌で暗刻になっている。翻牌の🀅が対子で、これを鳴ければ、比較的早そうだ。

三巡目、そのドラの🀏をもう一丁引いた。点棒を考えれば、ここはハネ満狙いで、カンの一手かとおもえた。しかし有坂はそれを自摸《ツモ》切りした。その直後に姫子から出た🀅を、すかさずポン。これで待ちが🀝🀠。

🀆、🀄の三元牌は切れているし、捨て牌から見ても、筒子の混一色は考えづらく、トイトイ以外ならどう見ても安く見えるだろう。

これまで、華代の北海道は、前と同じく姫子に七割方乗っている。あとは有坂とポン熊、レフティにそれぞれ均等という感じ。

八巡目、下家のポン熊から🀠が出た。有坂はロンの声をかけない。

姫子が🀞。レフティが🀈。

有坂の自摸🀡、打、🀞。これで五八筒が、穴🀠の嵌《カン》チャン。

ポン熊、打🀡。姫子、打🀞。どうやら対子落としらしい。

レフティ、打一萬。有坂、東の自摸切り。ポン熊、二萬。

姫子がを手のなかから切り出し、リーチをかけた。

一瞬、レフティが考え込んだ。最後の親、それもラスを争っている。ここは下りられないところ。しかし華代の北海道は、断然姫子に多い。

レフティがを切った。

「ロン」

姫子の声を制して、有坂が牌を倒した。「悪いが、姐さん、頭ッパネだ」

レフティが唇をかんだ。たぶん、ポン熊の当たりを有坂が見逃していたのに気づいたのだろう。

姫子は、とのシャンポンで、自摸り三暗刻の手だった。

「おい、華代。むろん、親に乗ってんだろう」

華代が牌を卓に放った。南が転がった。乗っていたのはレフティではなく、有坂だった。

これで勝負ありだった。

その半荘が終わり、負け金を払ったあとのレフティの手元には、もうほとんど金はないように見えた。

二抜けはまたしてもポン熊。

「場替えだろう？」

レフティのことばに、皆が牌をつかみ取りする。姫子がいた位置にレフティ、ポン熊のところが有坂で、姫子は有坂の、私はレフティの、と完全に位置が交代した。

レフティの左手、つまり上家に目利きが座ったときには注意するのよ。

私は姫子の言葉をおもい出していた。

正《まさ》に、これがその布陣だった。それにやつの懐には、もう残金があまりない。きっとやつはなにかやる、その予感が、なんとなく私にはあった。

14

東の一局で、有坂が満貫を自摸《ツモ》上がりしたとき、店の電話が鳴った。

華代が有坂を呼ぶ。

「ちょっと、待ってくれや」

有坂が電話で何事かやりとりしている。ばかやろう……。罵声が混じる。

「資金は足りてるの？」

姫子が私に訊いた。

レフティが私にジロリとした視線を向けてくる。たぶん私のきょうの勝負の金が姫子から出ていることを察知したのだろう。その目に、軽蔑とも嫉妬ともとれる光が一瞬宿った。

「すまねえが、ちょっと、二、三時間急な野暮用で行かなきゃならなくなった」

電話を終えた有坂が皆にいった。

「どうするの？　この場は」

姫子が訊く。

「流し、ってことでいいかな。どうせ俺が満貫を上がったところで文句はねえだろう」

有坂がいい、ポン熊に代わりに入るよう促す。

「じゃ、華代の北海道も帳消しってことだな」とレフティ。

有坂の満貫は、レフティが親のときのものだ。

華代が渋々という表情でうなずいた。

「場はこれでいいだろう？」

有坂が出ていったあと、レフティが有無をいわせぬことばつきでいった。

牌を握れることがよほどうれしいのだろう、ポン熊が有坂の席に座ると、ヤニっ歯をむきだしにして笑みをもらす。

賽子《さいころ》の振り直しで、今度は私の親番になった。

その三巡目、レフティが早々とリーチをかけた。そしていとも簡単に、チートイツを自摸り上がった。

それを機に、俄然《がぜん》レフティが上がりだした。なにせ聴牌《テンパイ》が早い。

いずれもが、中盤を前にして、すべて聴牌っている。

なにか細工をしていないか――。レフティが左手のアクションを繰り返すたびに、私は彼の手元に注意を払った。

　だが自分の手に精一杯のところに、他人の動き全般を監視しつづけるには私はあまりに幼稚で場慣れしていなかった。特にこれという怪しげな動きを摑めぬまま、あっという間にラス前まできた。

　そのレフティの快進撃に合わせるように、華代の北海道はほとんど彼に乗ったままだった。したがって、姫子、ポン熊、私の三人全員がほとんど箱点近くにまで凹《へこ》んでいる。

「ちょっと便所だ」

　親のレフティが賽子を振ろうとしたとき、ポン熊が腰を上げた。

「切れそうなのかい？」

　レフティが唇の端を歪め、たばこを手にした。

「集中力がなくなっていけねえ」

　ポン熊がトイレに行っている間、私、レフティ、姫子の三人は無言だった。

　どこか姫子の態度がレフティによそよそしい。

「お茶でも淹れてあげようかね」

　華代が流しに向かう。

「ママ」それを待っていたかのように、レフティが姫子にいった。「俺は、もう店には出ねえよ」

「どういう意味？」

姫子もメンソールのたばこに火をつけた。薄荷《はっか》の香りが、すっ、と漂った。

「辞めんのさ」

蓮っ葉な口調でレフティがいった。姫子に対してそういう口の利き方は私が初めて耳にするものだった。

「もう、店勤めは飽き飽きした。ママにももうお師匠さんはいらんだろう」

「そう」姫子が軽く受け流す。「で、お店を辞めて、どうしよう、ってのさ」

「麻雀で食っていくさ。いざとなりゃ、俺はなんでもできる」

「好きにすりゃいいわ」

それっきり、姫子はレフティを無視するように口を噤《つぐ》んだ。

「ふう。スッキリしたぜ。じゃ、戦闘開始といこうかね」

ポン熊が席に座り、顔を両の手で、パチンと大きく叩いた。

たぶんまた薬をやってきたにちがいない。さっきのときと同じように、目がランランと輝いている。

五巡目、私の捨てた發をポン熊が鳴いた。どうやら筒子の混一色に走っているらしい。

しかし、私も万子をガメる方針に決めたところで、まだ筒子を整理しなければならない。しかしここでは下りるわけにはいかない。トップはレフティで確定しているにしても、それ以外の着は、私とポン熊、姫子との三つどもえ戦だった。

私はかまわず筒子を切り飛ばした。それをポン熊がかぶりつく。

「脇が甘えと楽でいいな」

レフティが皮肉をタップリ込めて私にいった。

「どうせ、二、三着争いで、そっちには関係ないでしょう」

いい返して捨てた私ので、レフティが手を広げた。

「これでラスは決まったろう」

純チャン三色、それにドラも一枚入った手で、親のハネ満だった。

キャキャキャ。ポン熊がヤニっ歯をむきだしにする。

当然、華代の北海道はレフティだろう。

「だよな?」

お茶を用意した華代に、私は訊いた。華代がうなずく。

結局、その半チャンで、私はトリプル箱のラスを食った。

「まだまだ、これからだ」

私からの金を受け取ったレフティが、無造作にそれをポケットに押し込んだ。

有坂がいなくなった途端にレフティが上がりはじめた。それも異常ともいえるスピードで聴牌が早い。

きっとやつはなにかをしている。麻雀のツキは確かに変わり目というのはある。しかしあまりに極端だった。

姫子と目が合った。その目はなにかを訴えているようだった。

姫子に麻雀をコーチしたのはレフティだ。だが、イカサマの手口までは教わっていない、と彼女はいっていた。

きっと姫子もレフティがなにか細工をしているとにらんでいるにちがいない。

ポン熊がはたしてそこまで頭をめぐらしているだろうか。この男は、ただ牌を触っていればうれしい、そんなタイプに私の目には映った。

次の局は、レフティの親ではじまった。

洗牌《シーパイ》の段階から、私は彼の手元をじっと見つめつづけた。

たしかに山を積む手の動きはほれぼれするほどに早い。ただ、裏っ返しになっている牌を拾うときに、その指先の動きがどことなく不自然なものに感じられる。

親のレフティが快調に飛ばす。

だが、なにしろ聴牌が早い。場の流れは前局と同じく、完全に彼のものだった。親満の自摸上がり、五千八百《ゴッパー》を姫子から、七七を私から、そしてまた親満をポン熊から、まるで三人にふるい分けしたかのように上がりつづける。

確かに麻雀はツキというものに左右される。それも僅差での競り合いに勝利を収めたり、あるいはリーチ合戦において牌の上下の違いで上がりをせしめたりという具合になって表れる。だが、このレフティのようなワンサイドゲームになるということはそうそうあるものではない。つまりいくらツイても、麻雀というのは四人でやる勝負事であり、ツキというものは自然に分散してゆくものなのだ。

私は永田に教えられたイカサマの常套手段についてをおもい出していた。

聴牌がやたらと早いときにやるサマ技は、エレベーターか、ぶっこ抜きだ——。

エレベーターとは、牌を隠しておき、そのときに応じて手のなかの牌と入れ替える。山は上下に二枚積む。だから一枚だけ隠したのでは、山が欠けてしまう。したがって隠すときは、必ず二枚というのが原則だ。

ぶっこ抜きというのは、目の前の山に必要な牌を積んでおき、対局者の目を盗んで、一瞬のうちに自分の手の内の牌と入れ替えてしまう。

事実永田は、立川の彼の家での特訓のときに、何度となくそうした技を私に見せてくれた。

とはいえ、修羅場をくぐってきたであろうこのレフティのそうしたイカサマ技を見抜くことは、私にはとても無理のような気がした。だいいち私に見抜かれるような技を彼がやるともおもえない。

姫子も薄々感づいているはずだ。レフティへの視線の配り方、注意の向け方でそれがわかる。

ポン熊だけは、レフティが単にツイているとおもっているのだろう、ノー天気にも、しきりに自摸る手に力を込め、レフティが上がるたびに目をひんむいてその手を見つめている。

レフティが七回連チャンしたあと、姫子が満貫を自摸って、ようやく彼の親が流れた。だが、東の一局でもう勝負は決まったも同然だった。

私は有坂が早く戻って来てくれることを内心で願っていた。彼がいれば、レフティも露骨なイカサマはできないはずだ。だが有坂は、用事が二、三時間はかかるといっていた。はたしてそれまで懐の金が保つかどうか、私はそれが心配だった。

勝負の帰趨《きすう》が決した南場。レフティは、今度の自分の親では連チャンを図ろうとはしなかった。それは明らかにこの半チャンを早く終わらせようとしているにちがいなかった。つまりやつも、有坂が帰ってくるまでにできるかぎり多くの回数を終えておこうと考えているからだろう。

オーラスでポン熊の親。そのポン熊が配牌を取り終えて、手牌をしきりに揃えている。

「おい、早くやれや」

場をいっときも早く終わらせたいレフティがいら立ったように、いった。

「はは、こりゃ、驚いた。こんなことってあるか」ポン熊が手牌を広げ、キャッキャッ、とヤニっ歯をむきだした。「上がってやがるんだよ、上がってな。麻雀をやって初めてだぜ。こいつを、天和《テンホー》、ってんだろう」

三人の視線がポン熊の広げた手に集中した。

🀄🀄🀇🀈🀉🀓🀔🀕🀚🀛🀜🀞🀠🀡

中を頭にして、確かに上がっている。

姫子と私は目を見合わせた。レフティが苦虫をかみつぶしたような顔をしている。

「すみませんねえ」

後ろで見ていた華代が北海道の牌を卓上に放った。🀀の牌がコロンと裏返った。

大逆転だった。レフティのトップがポン熊に転がり込む。

「おっさん、食わせモンだな」

レフティが、空白になっているポン熊が積んだ山の辺りを見つめながらいった。

「おや、妙なことをいうじゃねえか。なにかい、俺がなにか細工でもしたってのかい？」

「そんなことはいっちゃいねえさ。ツイててよかったな。おめでとうさんよ」

「そうかい。ならそれでいいんだ」

ポン熊がふたたび、キャッキャッと奇妙な笑い声を上げた。

金を清算した私の手元には、もう数枚の万札しか残ってなかった。

これで勝てるわけがない。私は観念した。レフティひとりでさえどうにもならないのに、もしこのポン熊までもイカサマをやっているなら、もうこれから先いくらやっても無駄なことだ。ただいたずらに借金を重ねるようなものだった。

「もう、パンクです。これで終わりにさせてください」

私はいい、腰を上げようとした。

「なにもう一回できる。華代に二十万、預けているじゃねえか」

レフティが拒否するようにいった。

「兄ちゃん、この勝負は完全にパンクしたらお開き、ってことではじめたんじゃなかったのかい」

ポン熊がレフティに同調していう。

「上等じゃないの。やってやんなさいよ」横から姫子がいった。「でも、再開は有坂の旦那が帰ってからということ。それでいいわね」

「なんでだい？　姐さんがいるじゃねえか」

ポン熊が不服そうな声で姫子にいった。

「遊びのつもりで入ったけど、どうやらそうじゃなかったようね。じつはわたしとこのひとはいい関係なのよ。なら、同じ卓で打てるわけないじゃない。その代わり、このひとの負けはわたしが面倒みるわ」

姫子の言葉に、レフティがソッポを向いた。

「へえ、姐さんがこの兄ちゃんとね」

ポン熊がヤニっ歯をむきだして笑った。

「どうせ、有坂の旦那はまだでしょ。三十分で戻るから待ってなさいな」

姫子がレフティとポン熊にいい、私を目で促した。

私は姫子と一緒に雀荘を出た。

朝の五時を回ったばかりで、表はもう白々と明けていた。車やひとも行き交っている。

姫子がなにもいわずに、ビルの裏通りを歩いてゆく。私は彼女のあとを黙ってついていった。

五十メートルほど行った角を曲がった所で姫子が立ち止まった。そして目の前のしもた屋風の木造のラブホテルに、振り返りもせずに入ってゆく。

かびの匂いがツンと鼻につくような部屋だった。

入るなり、姫子が私の首に手を回してきた。

「お金の心配はしないでいい。だから勝負をおやり。レフティはきょうで終わりよ」

「終わり、って?」

「やってればわかる」

いうと、姫子が帯をスルリとはずした。

麻雀での緊張感が一気に解き放たれてゆくのを覚えた。姫子の脱ぎ捨てる着物の衣《きぬ》ずれが興奮を助長する。

布団を敷くこともせず、私と姫子は畳の上にもつれ合いながら倒れ込んだ。

電気をつけていない暗い部屋のなかに、カーテンの隙間から糸のような朝の白い光が差し込んでいる。その光のなかで、真っ白な姫子の裸体が浮かび上がった。

「見たいんだ」

私は姫子の耳元でいった。

「なにを?」

姫子が私の耳元で答えた。

「みんなだ。ママのすべてだ」

「いいわ、見て」

姫子が私から身体を離した。

「きれいだよ」

「目だけじゃ、だめ」

つま先からふくらはぎ、ふくらはぎから大腿部、大腿部から黒い茂みへと、私はすべてを確かめるように舌を這わしていった。

姫子がピクンと身体を震わせ、腹ばいになる。

光のなかで、姫子の背中の菩薩の彫り物が浮かび上がった。まるで生きているように波打っている。

「きれいだよ」

私はもう一度いった。

「きて」

菩薩の像を抱くように、私は姫子の背に両手を這わした。

「私がついている。菩薩もついている。だからなにも心配なんかすることない」

姫子が耳元でささやいた。

熱い姫子のものに包まれたとき、なぜか私の頭のなかに、寮のわきにある壊れた噴水の姿が浮かんだ。

どこか似ているような気がした。いったいなにが似ているというのだろう。

姫子の身体が痙攣《けいれん》した。その瞬間、頭のなかの噴水が消え、私ははじけていた。

「どうして、レフティがきょうで終わりなんだい？」

たばこを口にして、さっきの質問をもう一度してみた。

「きっと牌を握れなくなる」

気怠《けだる》げに姫子が答えた。

「牌を握れなくなる？」

姫子がゆっくりと身体を起こし、私を見て口元に笑みを浮かべた。「もう時間がないわ。自分の目で確かめなさいな」

姫子が脱ぎ捨てた着物を手に取った。

雀荘に戻ったのは、約束より十分ほど遅れてからだった。

レフティ、ポン熊、華代の三人が卓を囲んでいた。麻雀をしているわけではなかった。卓の中央にあるドンブリにポン熊が覆いかぶさっている。賽子《さいころ》のはねる乾いた音がした。

「四五六だぜ」

ポン熊がキャッキャッと笑い声を上げた。レフティと華代がお札を卓上に放った。

「よう、兄ちゃん、朝のお散歩はどうだったい?」卓上の金を集め、ポン熊が振りむいた。

「置いてきぼりを食っちゃ、こんなモンでもやってなきゃ時間の潰しようがねえや」

レフティは、こっちを見ようともしなかった。

「なんだい? あれ」

姫子に訊いた。

「チンチロリンよ」初めて目にし、初めて耳にする博打事だった。「ああやって、ツキをすり減らしていくのよ」

ドアが開き、有坂が姿を現した。

「よう、待たせたな。なんだい、お開きになっちまったってんじゃねえだろうな」

「なにいってんだい。アリの旦那を待ってたのさ」いうなりポン熊がドンブリを卓からどけた。「おい、兄ちゃん、戦闘再開だ」

私は姫子を見た。姫子がバッグから金を無造作につかみ取ると、私のポケットに突っ込んだ。

「って、わけだ」

ポン熊がいい、有坂を見てヤニっ歯をむき出した。

有坂がわかったようなわからないような表情で私たちを見つめた。

場替えの牌を握る。

「もう、姐さんは入らねえから、二抜けじゃねえぜ。みっちりやれる」

ポン熊がうれしそうに、キャッ、とひとつ笑い声をもらした。

「北海道、もうひとついくわよ。いいでしょ」

姫子がいった。

レフティがチラリと私と姫子に視線を走らせた。これまでにない激しい光が込められていた。

「は、はっ、こいつはおもしれえや。俺は異議ねえぞ。で、他のやつはどうなんだ?」

有坂がいい、心底おかしそうに、大きな笑い声を上げた。

「俺だってかまやしねえさ」ポン熊が応じ、レフティを見る。「おめえはどうなんだい?」

「かまわねえよ。だけど、その北海道は乗るとこが決まってる」

レフティが私を一瞥《いちべつ》した。

「だからおもしれえのさ」

有坂がふたたび大きな笑い声を上げた。

レフティがいうように、姫子はすべて私に乗りつづける気だろう。華代と姫子のふたつの北海道。仮に華代が私に乗るようなことがあれば、すべてが三倍になる。満貫は三倍満、倍満は六倍満、もし役満を上がれば十二倍満……。姫子が無表情でたばこを吸っている。

起家は私だった。以下、ポン熊、有坂、レフティの布陣。

賽子を握る指先がじっとりと汗ばんでいる。

「いったい、誰を潰そう、ってんだい？」

転がる賽子を見ながら、有坂が誰にいうともなくつぶやいた。

六。ポン熊が無言で賽子を振り返した。ポン熊の横顔には、さっきまでのおちゃらけた表情はなかった。緊張がにじみ出ている。

十二。三つ山を残して、私は配牌を取りはじめた。

ドラは東。その東が最初の四牌のなかにふたつあった。私は緊張した。私の山の次の四牌のなかにも、もうひとつ。つまりもう暗刻《アンコ》になっている。そして、最後のチョン、チョンでもうひとつ——。

ドラの東が四枚、それも親の私はW東《ダブトン》だ。

心臓が張り裂けるように鼓動していた。後ろで見ている姫子の緊張も伝わってくるようだった。W東の四枚以外の私の配牌はこうだった。

私はに手をかけた。

次の自摸《ツモ》、🀛。よし——。私の胸の鼓動がさらに大きくなった。打、🀂。

有坂の声は出ない。ドラがドラだけに、翻牌《ホンパイ》を鳴かれて早上がりをされるのが一番不安だった……。

W《ダブ》🀀を暗カンすべきかどうか——。これが他の翻牌なら黙って一枚切るところだが、カンをすればハネ満が確定する。だがそうすれば、たぶん皆下りに回ってしまうだろう。

とりあえず私はドラの🀀を四枚抱えたまま、様子を見ることにした。

二回無駄自摸がつづいたあと、絶好の🀋を引いた。これで一向聴《イーシャンテン》。

🀀🀀🀀🀀🀊🀋🀋🀋🀙🀚🀛🀝🀠🀡

もし不自由な辺🀟を引けば、🀉🀌🀊という万子の三面待ち聴牌になる。むろん上家のレフティが🀟を切ればチーをしてもいい。

だが逆の場合——そっちのほうが可能性が高いだろう——万子の待ちを先に引いてしまったときには、待ちが最悪の辺🀟となってしまう。そうなれば上がりの可能性は遠のく。

ここは辺🀟を嫌って🀝にくっつける手か……。

麻雀打ちはじめは引きが強い——。永田の言葉をおもい出した。

「どうしたい、兄ちゃん？」

下家のポン熊がジレたようにいった。

その一言で、私は🀝を切り飛ばした。

「ポン」

レフティが私の捨てた🀝を叩いた。打三萬。混一色ではなさそうだ。

食えば聴牌だが、ここはじっと我慢。

私の自摸、🀡。なに気ないふうを装って、東を一枚捨てた。カンをすれば、比較的ポンしやすい🀡まで絞られるおそれがある。

「ふぅ〜ん」

ポン熊が私の捨てた東をマジマジと見つめた。それからチラリと私に視線を寄越す。

配牌を取りはじめたのは、ポン熊の山からだった。その最初の四枚に東が二牌入っていた。もしかしたら、ポン熊はそれを知っているのではないか——。とすれば、やつは私が東をカンせずに一枚捨てたとおもうだろう。

有坂とレフティは、ポーカーフェースを決め込んでいる。だがドラの東を私が切った以上、もう警戒しているだろう。

一巡回って、レフティがもう一枚三萬を切った。どうやら対子《トイツ》落としらしい。つまり手が煮つまっているのだ。

だが私は食いたい衝動を抑え、自摸山に手を伸ばした。盲牌する指の腹にザラザラとした感触があった。だった。

瞬間、迷った。どう受けるか——。

を切って万子で待てば、三面チャンになる。しかもだと高目の三暗刻《アンコ》となり、W、三暗刻、ドラ三のハネ満。

逆にを切って筒子待ちにすれば、の変則両面待ち。しかしこっちも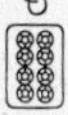で、同じくハネ満になる。

「リーチ」

私はを手の内から出し、リーチ棒を卓上に放った。

ここは黙聴《ダマテン》より、リーチだろう。レフティの手を止める必要がある。を切って引っかけにもなっているし、そのをレフティがポンしている以上、も出やすいと考えたからだった。

「兄ちゃん、クワバラ、クワバラ、やな。おまけに姐さんと二人分かい」

いいながらポン熊がを切ってきた。たぶん暗刻落としだろう。

有坂、打、。これは私の現物。

「こんなシャレたことをやんのかい？」

レフティが一瞬考えたあと、いくらか小馬鹿にしたような調子で、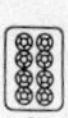を切った。

「ロン」

私の声はうわずっていた。

広げた私の手をレフティが穴の開くほど見つめている。

「ははっ、坊主、やるじゃねえか」有坂が声を出して笑った。「そういう手は裏も乗ってるもんだ。早く見ろや」

裏をめくると、

が寝ていた。これで、ドラがまた三つ。全部で十三翻。親のトリプルになる。

キャッキャキャッ、とポン熊が騒ぎながら手で椅子の脇を叩いた。そしてすかさず、後ろの華代と姫子の北海道をめくった。姫子はむろん私だ。だがまさかとおもった華代までが私に乗っていた。

レフティの顔がいくらか青ざめていた。

「上等だな……」

しめて親の九倍満の払いとなる。

「誰を殺したいのか、わかったぜ」

有坂がにやりと笑っていった。

「堪忍《かんにん》ね。そういうつもりじゃないのよ」と華代。

「まだ終わったわけじゃねえよ。勝負は下駄を履くまでわかるもんか」

レフティが応じ、牌を勢いよく崩した。

一本場、大物手を振り込んだあとだというのに、レフティがあっさりと食いタンのみで私から出上がった。

そして、まるでそれでツキを呼び込んだかのように、レフティが上がりはじめた。有坂が抜けていたときと同じようにやたらと聴牌が早い。

ポン熊の親でチー対子のドラドラを三巡目に私から、有坂の親でもタンピン三色の満貫をポン熊から七巡目に、という具合に立てつづけに上がった。

そしてレフティの親。六巡目にまたしてもリーチがかかった。ドラは。

こんな捨て牌だった。

（リーチ）

私は、オヤッ、とおもった。どこかで見た手牌形に似ている。すぐに気づいた。これは親のトリプルを打ち取ったときの私の手牌とソックリなのだ。

私は現物のをなか抜きして切った。

二巡回って、レフティがあっさりと

を自摸り上がった。

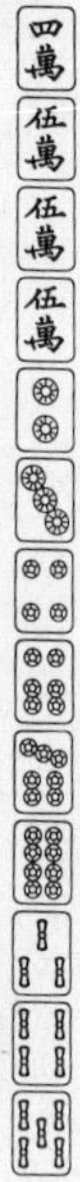

メンタンピンのドラ一、裏も乗って、親のハネ満だった。

しかも待ちは、伍萬を暗刻で抱えての三萬六萬四萬の三面待ち。

そんな馬鹿な……。私は点棒を払いながら、レフティの横顔をじっと見つめた。

「おもしれえな」有坂がポツリといった。「虚仮《こけ》にしよう、ってのかな」

俄然、洗牌《シーパイ》をする有坂とレフティ、そしてポン熊の手がせわしなくなった。牌を裏返す間もなく、山を作りあげてゆく。

四巡目、今度は有坂がリーチ。レフティがそれを無視して、強引な牌を切り飛ばしてきた。

そして、追っかけのリーチ。

私の山が終わり、レフティの山になった第一自摸で、レフティが大きく左手を動かし、自摸った牌を卓に叩きつけた。

チー対子のドラ単騎、だった。

その瞬間、有坂がレフティの左手を押さえ込んだ。

「ちょっと、待ちな。動くんじゃねえぞ」

レフティが有坂をにらみ返す。

「ポンも動くんじゃねえ。おい、坊主。卓の上にある牌を数えろ」

私は事の成り行きに茫然《ぼうぜん》とし、キョトンとした目で有坂を見た。

「早くしねえか」

有坂に促され、私は各自の河《ホオ》に捨てられた牌と残された牌山の牌をひとつずつ数えはじめた。

各自の河にある捨て牌と残りの山の牌の合計は八十一だった。

「八十一です」

数え終え、私は有坂にいった。

「ほぅ、八十一ねぇ」有坂がうなずいた。「坊主、麻雀の牌ってのは全部でいくつあるはずだ？」

「百三十六です」

「だよな。各自の手牌に十三、それとこいつが自摸《ツモ》った、それで五十三。するってえと、ちょっとばかりこいつは妙じゃねえか、全部でいくつになる勘定だ？」

なるほど、有坂のいう通り、牌は全部で百三十四で、二牌足りない。

私は黙って有坂を見、それからレフティに視線をやった。

「変な言いがかりをつけねえでくれ」レフティが有坂をにらみ返している。「それじゃ、なにかい、俺がなにかやってるとでも言いたいのかい？」

「その通りさ」

有坂が答を引き取り、押さえたレフティの左手をねじりあげた。レフティが顔を歪める。

「ポンも坊主もゆっくりと卓を離れろ」

有坂の言葉に私はそっと席を立った。ポン熊も腰を上げる。

いきなり有坂がレフティの椅子を蹴倒した。もんどりうったレフティの横に、牌がふたつ、ころころと転がり出た。

「ほう、こいつはなんだね？」

有坂がレフティにいった。レフティが目を伏せる。

私は背後の姫子と華代をそっと見た。姫子は顔色ひとつ変えずに成り行きを見守っている。華代の顔は蒼白だった。

「アンちゃん、そいつはちっとばかりまずいな」ポン熊がヤニっ歯をむき出した。「さっきから、ずっとその手を使ってた、ってことかい？」

レフティがふて腐れたような顔をしてソッポを向いた。

「――、ってわけだ、坊主。どうやら麻雀はお開き、ということになりそうだな」

有坂がいい、ねじったレフティの左手にふたたび力を込めた。レフティがうめきをもらした。

「姐さん、どうするな？」

有坂が姫子にいった。

「どうする、って？　神戸はうちの店を辞めたわ。つまり、もう私とは関係ないということ」

レフティが弱々しげな目で、姫子を見つめる。姫子がそれを無視するように、たばこに火をつけた。

「そうかい。じゃ、この落とし前は、こっちの好きにさせてもらっていいということだな」

姫子がうなずいた。

「坊主とポンはどうなんだ？」

有坂が私とポン熊に訊いた。

「どうする、って……」

私は口ごもった。

「俺はこの手のもめ事は嫌いでね。さっさと退散させてもらうよ」

ポン熊はそういうと、帰り支度をはじめた。

「坊主、きょうの麻雀の負けはいくらになっている？」

有坂が私に訊いた。

姫子を見てから、私はポケットの金を数えてみた。七十万近くを負けていた。

「そいつは、全部こいつに面倒みさせるとしよう。それでいいな?」

私はうなずいた。

「じゃ、あとは俺のケリのつけ方だけ、ってことだ」

いうなり有坂がねじりあげたレフティの左手の甲に片足を乗せ、指を反り返した。レフティの口から絶叫がもれた。

その声に、出口に向かおうとしていたポン熊が足を止め、振り返った。だがすぐにそのまま部屋を出ていった。

レフティが身体をエビのように曲げ、左手の指を抱え込んでいる。その横で有坂がたばこを手にしていた。

私は急に吐き気をもよおし、おもわずトイレに駆け込んだ。

二度吐いたとき、背中をさすられた。姫子だった。

「こんな経験、初めてなんだものね。無理ないわ。でもそのうち慣れる」

「ママは知ってたんだね」

レフティはきょうで終わりよ——。ついさっき、ホテルでそういった姫子のことばを、私はおもい出していた。

「知ってたわ。神戸は有坂の旦那には以前から目をつけられていたのよ」

「じゃ、なぜ教えてあげなかったんだい？　ママとは知らぬ仲じゃないじゃないか」

私はいくらか口調を強めていった。

「博打事は自分で責任を持ってやるものよ。神戸だってそれぐらいの覚悟でやったんでしょ」

「そんなものなのかい？」

「そんなものよ。イカサマはバレたらイカサマ。バレないうちはイカサマじゃないわ。だけど、もしそれが露見したときはどういう結末になるかぐらいは神戸も当然知っていたはずよ」

もう一度背中をさすろうとした姫子の手を私はさえぎった。

「もうひとつ訊きたいんだけど」私は胸にわき上がっていた疑問を口にした。「あの百万、こういう結末になることを見越して、僕に貸してくれたわけかな？　つまり麻雀では負けても損をすることはないと……」

「どうかしら」

一言いうと、姫子がトイレから出ていった。

私は鏡に映っている自分の顔をじっと見つめた。頬がこけ、目の下には黒い隈《くま》ができていた。

俺はなにをやっているんだろう……。

ふたたび吐き気をもよおした。しかし苦い胃液のようなものが喉もとにせり上がってきただけで、もうなにも出てはこなかった。

トイレを出たとき、レフティと有坂の姿はなかった。姫子と華代が雀卓の椅子に腰をかけて話していた。

「帰る」

私は独り言のようにいってから出口にむかった。

「待ちなさいよ」

「ひとりになりたいんだ」

姫子にピシャリといい、私は雀荘のドアを押した。

きょうの暑さを予感させるような太陽が東の空に輝いていた。

表通りに出ると、私は額の汗を拭ってから目についた公衆電話に十円玉を放り込んだ。だが、十円玉がカシャリと落ちた音を耳にした瞬間、私は受話器を置いていた。

永田にいったいなにを話すというのだろう。胸の内をしゃべれば、この自分の気持ちが救われるとでもいうのだろうか……。ともかく帰ろう。今はただ帰って、ぐっすりと眠りたい。

だが、そのとき私は気がついた。

いったいどこに帰ればいいんだろう。寮になんてもう居場所はない。テコに会いたいとおもった。しかしきっと今の自分の身体には姫子の匂いが染みついているだろう。

そのとき私の脳裏に、太陽の光を受けたなにかキラリと輝く光景が浮かんできた。すぐに気がついた。それは子供の頃から馴れ親しんだ、あの故郷のキラキラと輝く海だった。私は声にならぬような声をあげると、四ツ谷の駅にむかって一目散に走りだしていた。

解説

北上次郎

本書の主人公は、梨田雅之。白川道の愛読者なら、この名前だけで、おやっと思うかもしれない。白川道のデビュー長編『流星たちの宴』の主人公と同姓同名であるからだ。本書の梨田雅之は、終戦の年に大陸の北京で生まれ、数カ月後に日本に引き揚げてきて、湘南で育つ、とされている。注意深い読者なら、『流星たちの宴』で加地見憲三と再会するくだりで、梨田雅之と加地見憲三は湘南の高校で同じ水泳部だったとさりげなく書かれていたことをご記憶だろう。両方とも湘南育ちで同姓同名なら、これは明らかに同一人物といっていい。

『流星たちの宴』は、一般客に情報を提供する投資顧問会社「兜研」を舞台に、株に憑かれた男たちの物語を迫力満点に描いた長編だが、この物語が始まるまでの梨田の履歴を簡単に紹介すると、大学を出てから大阪の広告代理店に就職するも、二十五歳のときに相場に手を出して失敗。その後一年弱、相場屋で働いて借金を返済し、二十九歳のときに独立して通信販売の会社を設立。ところがその事業に失敗して妻の故郷に帰り、そこで何ひとつ不自由のない生活を送ったものの、三十七歳のときに妻子を置いて上京し、「兜研」に入るというものだった。そこから始まる「ひりひりと熱い物語」が『流星たちの宴』だったが、ここではこの履歴だけを頭に置いておきたい。

本書『病葉流れて』は、その梨田雅之の大学時代を描く長編である。東京都下の国立大学に入学した梨田雅之が、その学生寮にやってくる場面から幕が開く。彼がそこで覚えるのは麻雀だ。「麻雀に没頭しているとき、私の血は騒いだ。牌を握る指先から、熱い、ほとばしるような快感が身体全体に駆け巡った」と、たちまち梨田雅之はこのギャンブルに夢中になり、物語は麻雀を中心にまっすぐ進んでいく。他の猥雑物はいっさいない。つまり本書は本格的な麻雀小説である。

この長編の連載中に、私は次のように書いている。

「週刊ポストに連載中の白川道『病葉流れて』が面白い。というのは麻雀シーンが迫力満点なのだ。今年の六月で連載百回を超えた小説を今さら褒めるのでは遅すぎるが、実は毎回読むようになったのは今年になってからなのである。もともと連載小説はまとまってから読む主義なので、この連載もそれまでは時折読む程度だったが、どういうわけか今年になってから読みはじめると、麻雀シーンの迫力にびっくり。この緊張度が最初からずっと貫かれているなら、これは久々の傑作麻雀小説だ。この数カ月の展開も読むかぎりでは、阿佐田哲也『麻雀放浪記』を彷彿させる青春ばくち小説だが、はたしてこのトーンで貫かれているのかどうか。早く単行本としてまとまってほしい」(「本の雑誌」一九九七年八月号)。

麻雀小説は少ないので、もっと読みたいという熱望がこの短文にはこめられている。本書の末尾近く、やくざの有坂とポン熊、そしてレフティと卓を囲むシーンを見られたい。この凄まじい迫力は、我々が久しぶりに目にするものだ。こういうシーンを読みたかったのである。これだけでも十分なのだが、しかしもちろん、これだけではない。

白川道の小説にはいつもアフォリズムというものが溢れているが、本書も例外ではないことが一つ。たとえば大学の先輩永田から梨田は麻雀の基礎訓練を受けるのだが、その永田語録の二連発を引く。

「博打をただ勝てばいい、と考えるやつがいる。絶対に勝つためにイカサマをやるやつもいる。だけど、そんなものは博打とはいわない。博打に事寄せた単なる金儲けさ。泥棒と遜色ない。そういうやつは、一時的には勝ちを拾うかもしれない。でも大局的には負けるだろう。博打っていうのは、さっきいった、人知を越えたなにか、つまり天運ともいうべきものとたったひとりで相対することなんだ。天運を信じない者に天運が味方するわけがない」

「今、君が覚えているのは、麻雀の牌との間の因果関係ということに過ぎない。実戦はこうはいかない。実戦というのは生きているからだ。つまり、実際の勝負というのは、麻雀の牌とやるわけではなく、卓を囲む人間や、そいつが操る牌の流れということなんだ。将棋同様、麻雀もまったく同じ勝負というものはない。人によって勝負に対する考え方や感じ方がちがうから、同じ局面でも当然切り牌も異なってくる。従って、この麻雀の基本がマスターできたら次は戦う相手の人間心理を読むことが必要になってくる」

喫茶店のウェイトレスであるテコもこんなことを言う。

「明日やるべきことが見つけられないひとだけが博打と出会う。そして、明後日の見えないひとは博打に溺れ、将来の見えないひとは博打で死んでゆく」

白川道の登場人物は、みんなこういうことを言うのである。主人公にさまざまなことを(それを真理といってもいいが)、こうして教えるのである。もっともテコの場合は、本人の弁ではなく、博打のために財産も家族も失ってしまった父親の言葉だ。

もう一つは、本書が見事な青春小説になっていることだろう。ストーリーの表層で語られるのは、博打の技術論であり、認識論だが、その麻雀を通して、世界をどう把握するかということが語られる。つまり、一八歳の梨田雅之は、麻雀を通して実社会を知っていくのだ。

本書はその成長小説でもある。となると、彼を新たな世界に案内するヒロインも登場してきて、それが前記したウェイトレスのテコと、クラブのママ姫子。この姫子語録も引いておく。

「いいこと、覚えていて。博打事に興味があるんだったら働くことになんて時間を使っちゃだめ。働くことに興味があるんだったら博打事に手を出しちゃだめ。両方を中途半端にやる男だけが、この世の中から居場所を失うのよ」

阿佐田哲也『麻雀放浪記』がそうであったように、本書にも青春の甘美な香りが立ち込めているのは、博打というあやふやなものに己を賭けようとする青年の激しい感情が、物語の中で渦巻いているからである。ギャンブル小説はこういう瞬間を持って初めて、専業者の手を離れて我々のものとなる。ギャンブルに縁のない読者の心をも摑むのはそのためにほかならない。

あとは本書を離れた話になる。『流星たちの宴』を読むかぎり、梨田雅之はここで語られた大学時代のあと、大阪の広告代理店に就職することになる。一八歳で姫子を知り、有坂やポン熊たちと卓を囲んだ梨田が、表の企業に就職するとは意外だが、その後相場の世界に入っていくのは、やはり博打の血というものだろう。本書を読み終えると、物語上の人物にすぎないというのに、この梨田雅之という男の人生がなんだかひどく気になってくる。早く忘れたいのに、忘れられない男なのだ。だから、加地見憲三と、自転車に乗り、湘南の海岸通りを夜の夜中に走り回ったり、遊泳禁止の海で泳ぎながら満天の星を見上げた高校時代の話を読みたい。『流星たちの宴』から『病葉流れて』に遡《さかのぼ》ったように、もう少し遡って、「当時の湘南など、その実は、海の恩恵に浴する区域などほんのわずかで、背後には依然として広大な田畑を抱えた典型的な田舎の一地方にすぎなかった」という梨田雅之の高校時代を描く青春小説が読みたい。そうなるともうギャンブル小説から離れてしまうかもしれないが、この男の人生に決着をつけるために、梨田雅之三部作の完成を夢見るのである。

――文芸評論家

この作品は一九九八年九月小学館より刊行されたものです。

幻冬舎文庫

●好評既刊
天国への階段(上)(中)(下)
白川　道

復讐のため全てを耐えた男。ただ一度の選択を生涯悔いた女。二人の人生が26年ぶりに交差し運命の歯車が廻り始める。孤独と絶望を生きればこそ愛を信じた者たちの奇蹟を紡ぐ慟哭のミステリー！

●最新刊
作家小説
有栖川有栖

ミステリよりミステリアスな「作家」という職業の謎に、本格ミステリ作家・有栖川有栖が挑戦。怯える作家、書けない作家、壊れていく作家――コメディでホラーな、作家だらけの連作小説集。

●最新刊
火の粉
雫井脩介

元裁判官・梶間勲の隣家に、かつて無罪判決を下した男・武内が引っ越してきた。武内は溢れんばかりの善意で梶間家の人々の心を摑むが、やがて次々と事件が起こり……。驚愕の犯罪小説！

●最新刊
再生ボタン
福澤徹三

教師と学生達がキャンプ地で怪談話を披露しあった末の悲劇を綴る「怪の再生」。期限付きの命を手に入れた男の生への執着を描く「お迎え」他、全十編。深夜、独りで読んでほしい恐怖小説の傑作。

●最新刊
嫌われ松子の一生(上)(下)
山田宗樹

30年前、中学教師だった松子はある事件で馘首され故郷から失踪する。そこから彼女の転落し続ける人生が始まった……。一人の女性の生涯を通し愛と人生の光と影を炙り出す感動ミステリ巨編。

病葉《わくらば》流《なが》れて

白川道《しらかわとおる》

平成16年8月5日　初版発行

発行者――見城徹

発行所――株式会社幻冬舎

〒151-0051東京都渋谷区千駄ヶ谷4-9-7

電話　03(5411)6222(営業)

03(5411)6211(編集)

振替00120-8-767643

印刷・製本―中央精版印刷株式会社

装丁者――高橋雅之

万一、落丁乱丁のある場合は送料当社負担でお取替致します。小社宛にお送り下さい。

定価はカバーに表示してあります。

Printed in Japan © Toru Shirakawa 2004

幻冬舎文庫

ISBN4-344-40552-8　C0193　し-14-4